刘文良◎著

中国当代
生态文学
创作理论与批评

九州出版社
JIUZHOUPRESS

图书在版编目（CIP）数据

中国当代生态文学创作理论与批评 / 刘文良著. --
北京：九州出版社，2021.5
　ISBN 978-7-5225-0093-5

　Ⅰ．①中… Ⅱ．①刘… Ⅲ．①中国文学－当代文学－
文学创作研究 Ⅳ．①I206.7

　中国版本图书馆CIP数据核字(2021)第105220号

中国当代生态文学创作理论与批评

作　　者	刘文良　著	
责任编辑	赵恒丹	
出版发行	九州出版社	
地　　址	北京市西城区阜外大街甲 35 号（100037）	
发行电话	(010)68992190/3/5/6	
网　　址	www.jiuzhoupress.com	
印　　刷	北京旺都印务有限公司	
开　　本	710 毫米 ×1000 毫米　16 开	
印　　张	17	
字　　数	200 千字	
版　　次	2021 年 6 月第 1 版	
印　　次	2021 年 6 月第 1 次印刷	
书　　号	ISBN 978-7-5225-0093-5	
定　　价	78.00 元	

目　录

上篇：生态文学创作之思

下篇：生态文学批评之声

绪论　生态文艺：中国梦与生态文明的使命担当

第一节　弘扬正能量：文学艺术的神圣责任

正能量，是近年来文艺界反复倡导的一个叙事姿态，一种写作境界。习近平总书记指出，艺术家只有解决了自己的历史责任和社会担当问题，在我们的作品里面才能找到它的正能量，找到它的价值观，有助于社会、心灵、生活、家园的和谐。文学家、艺术家的选材与立意体现出强烈的责任感，作品中人物的言行体现出担当意识，文艺的责任与担当就有了坚实的保障。当前，中国梦已经成为全中国人民的梦想，文学、艺术在中国梦的建构中承担着严肃而特殊的使命，文艺家必须深深扎根于中华民族丰厚的文化土壤，围绕中国梦和正能量这样的时代主题进行文学与艺术创作。

心浮气躁，哗众取宠，阿世媚俗，脱离群众，批评失语，恐怕是世纪之交我国文艺界曾经普遍存在的陋习。习近平总书记在全国文艺工作座谈会上的讲话指出，改革开放以来，我国文艺创作产生了很多脍炙人口的优秀作品，但是也存在着抄袭模仿、千篇一律的问题，存在着机械化生产、快餐式消费的问题。"在有些作品中，有的调侃崇高、扭曲经典、颠覆历史，丑化人民群众和英雄人物；有的是非不分、善恶不辨、以丑为美，过度渲染社会阴暗面；有的搜奇猎艳、一味媚俗、低级趣味，把作品当作追逐利益的'摇钱树'，当作感官刺激的'摇头丸'；有的胡编乱写、粗制滥造、牵强附会，制造了一些文化'垃圾'；有的追求奢华、过度包装、炫富摆阔，形式大于内容；还有的热衷于所谓'为艺术而艺术'，只写一己悲欢、杯水风波，脱离大众、脱离现实。"① 究其根源，乃在于一些文艺家缺乏应有的担当精神，他们不愿意亲近群众，不能沉下心去体验生活。习近平总书记强调，"艺术可以放飞想象的翅膀，但一定要脚踩坚实的大地。文艺创作方法有一百条、一千条，但最根本、最关键、最牢靠的办法是扎根人民、扎根生活。应该用现实主义精神和浪漫主义情怀观照现实生活，用光明驱散黑暗，用美善战胜丑恶，让人们看到美好、看到希望、看到梦想就在前方"。② 善于观察生活，贴近生活，挖掘生活，在人民群众鲜活而平凡的生活中找出好题材，聚焦群众的命运，倾听群众的诉求，回应群众的关切，表现群众的情感，这样的作品才会为人民群众所喜闻乐见，才能为中国梦的筑梦工程添砖加瓦。在当今的文学、影视艺术中，小青年们复杂过度的情感纠葛，家庭成员的意外"缺位"与"在野者"的寻机"补位"，"不露白不露"的敏感镜头，"伤了也白伤"的种种暴力，等等这些，往往成为一些作品攫取读者眼球的"资本"。其实，作家更应该在日常生活中感悟别人感悟不到或者根本不愿感悟的东西。尽管很多只是凡人小事，但同样可以视若珍宝，因为真正的好金子可能就隐藏在大家忽视的沙子当中。中国梦的实现，需要有雷厉风行、大刀阔斧的改革者披荆斩棘，需要有大

---

① 习近平.在文艺工作座谈会上的讲话 [N].人民日报,2015-10-15.
② 习近平.坚持以人民为中心的创作导向创作更多无愧于时代的优秀作品 [N].人民日报,2014-10-16.

智大慧、开拓进取的科技人才创新驱动，同时也离不开众多的凡人百姓默默奉献。从这个意义上来说，老百姓的柴米油盐、生活起居、婚育赡抚都是中国梦的组成部分。老百姓不仅关心自己的人生，关心自己身处的社会，同样非常关心身边的生态环境。中国梦的实现，对于每一个中国人来说，都是一个憧憬，同时也是一份责任。任何一个中国人都应当有自己的担当，虽然有大有小，但只要是正能量，便都可以成为梦想之厦的一块砖、一把泥。文学家、艺术家要善于发掘脚下这块熟悉的土地所蕴藏的正能量，发现身边普通群众的真善美，表现他们身上对人类社会与生态环境强烈的责任意识和担当精神。

中国梦是全中国人民和世界华人的梦想，国家富强、民族振兴、人民幸福靠什么来保证？当然是各行各业、各条战线广大人民群众的责任与担当。平凡责任大担当，文学与艺术的使命也正在于此。实现中华民族伟大复兴的中国梦，是当今文学与艺术最响亮的主题，而"中国故事"则是诠释和演绎中国梦主题最基本也是最有力的元素。讲述中国故事，讲述中国好故事，是中国梦文艺的活力之源和魅力之基。"讲好中国故事，是传播中国声音的重要方式和基本途径。特别是对于文学创作来说，就更有条件和更有能力担纲这一重任，因为文学创作本来就是讲故事的，它天然赋有着最能把故事讲好、讲精彩、讲澜熳的美学机制与艺术要素，并因此而产生了许多彪炳史册、熠耀时世的大作品和好作品。"[①] 也正是这样一些经典的中国故事好作品，激励了一代又一代的中华儿女为中华之崛起而挥洒汗水甚至奉献生命。所谓中国故事，"是指凝聚了中国人共同经验与情感的故事，在其中可以看到我们这个民族的特性、命运与希望"。"我们讲述'中

---

① 艾斐.讲好中国故事与文学语境选择[J].创作与评论,2015(4).

国故事'，并非简单地为讲故事而讲故事，而是以文学的形式凝聚中国人丰富而独特的经验与情感，描述出中华民族在一个新时代最深刻的记忆，并想象与创造一个新的世界与未来。"① "中国故事"是故事，也是人生。中华文明博大精深，瑰丽多姿，美丽而神奇的自然风貌，悠久而丰富的人文历史，浓郁的民俗风情，居功至伟的开国功臣，平凡普通的创业者，改革开放的巨大成就，等等，无一不是中国故事的丰富矿藏。开发中国富矿，讲好中国故事，传播中国声音，展示中国风采，可以在世界话语体系中彰显文化自信，有效地提升文化软实力。"只有真诚地、理性地、机敏地，幽默、自然、诗意地表达中国故事，才会让别的国家的观众，即使在经济全球化、信息网络化、文化多元化、冲突与合作共存的动荡世界里，同样能感触到现实中国的旷怀达观，凝重沉稳，温情和谐，智慧而充实，快乐而轻逸的生活旋律。"② "中国故事"的成功讲述，关键在于我们要善于以中国美学的方式有意无意地写出我们共同的经验。从普通人的生活细节以及情感与心灵的隐幽之处，让读者体察到中国人的人生理想和生活追求，体察到中国人为人处世、待人接物的惯用方式，体察到在传统文化与现代文明交汇的过程中中国人心灵的矛盾与冲突。当然，中国故事最好以中国文学方式来讲述，"方式不仅仅是一种介入事件和情感的方法，方式里凝结着民族的精神气质、审美趣味、文化观念等民族特有的一切"。③

近些年来，中国文艺饱受诟病，其中一个很重要的因素就是低俗之风甚嚣尘上。为了获取最大的经济利益，一些文艺创作者、表演者根本无视

---

① 李云雷.如何讲述新的中国故事——当代中国文学的新主题与新趋势[J].文学评论,2014(3).

② 谭仲池.中国故事的情理和诗性表达[J].创作与评论,2013(22).

③ 刘金祥.以中国文学方式讲述中国故事[N].文艺报,2014-6-13.

道德准则，无视社会主义精神文明，专门以迎合部分观众的低级趣味为目的，往往是能俗则俗，不能俗也俗。一些文学中充斥着暴力与色情，语言粗俗；舞台、荧屏上充斥着低俗的表演，镜头露骨。面对如此尴尬之境，一些文艺家不是从自身找原因，而是归因于群众，认为群众的趣味就是如此，要走群众路线就不能免俗。这当然是一种不正确的认识，其错误就在于将"通俗"与"低俗"混为一谈。通俗是文艺所提倡的，而低俗则是文艺应该反对和抵制的。关于这个问题，习近平总书记在文艺工作座谈会上曾严肃地指出："低俗不是通俗，欲望不代表希望，单纯感官娱乐不等于精神快乐。精品之所以'精'，就在于其思想精深、艺术精湛、制作精良。文学艺术要肩负起社会责任，讲格调、讲品位，不迎合低级趣味，不搞低俗、庸俗、媚俗。"[①]"通俗"与"低俗"，虽然只是一字之差，却有着本质区别。"通俗是语言问题，是语言的大众化；低俗是格调问题，是内容的庸俗化。"[②]尽管"通俗"与"低俗"都面对大众，提倡明白易懂的艺术形式，但通俗以引导大众"向美"为旨归，力求启迪人们的思想、陶冶人们的情操，带给人们的是精神上的艺术享受；而低俗则主要是引诱大众"向丑"，以带给人们无聊、庸俗的感官刺激为目的，常常拿暴力和黄色当笑料，拿损人当幽默，拿无聊当有趣，把不宜进入艺术表现的、没有审美意义的东西当作艺术审美的内容来加以张扬。区分文艺作品是通俗还是低俗，一个简单的方法就是看它是一门心思地强调看头、噱头、搞笑以迎合部分消费者的低级趣味，还是通过老百姓喜闻乐见的内容和形式去满足大多数消费

---

① 习近平.坚持以人民为中心的创作导向创作更多无愧于时代的优秀作品 [N].人民日报,2014-10-16.

② 佚名.通俗与低俗，界限在哪里 [N].人民日报,2011-9-1.

者的精神追求。

通俗文艺是和谐畅达的文艺，矫情、做作、滞涩是通俗文艺的忌讳。虽然很多读者可能会钟情于曲折的故事情节，渴望享受出其不意的艺术氛围，但是，如果这些曲折、意外不是建基于情节的自然发展，那将会让读者更加难受。雅与俗之间其实并不存在不可逾越的鸿沟，而是完全可以统一或者融合的。文艺创作者需要在划清"通俗"与"低俗"甚至"鄙俗"界限的同时，充分肯定通俗文艺的积极社会作用，发挥通俗文艺的特殊效能，促进通俗文艺与高雅文艺相辅相成、相生相济、相得益彰，让文学艺术俗中生雅、雅中导俗得以实现，从而更好地完成"武装人，引导人，塑造人，鼓舞人"的历史使命。中国梦是亿万中国人民的梦，文艺是联通梦想与生活的桥梁，健康通俗的文艺可以给予广大人民群众心灵享受和精神力量。"一部好的作品，应该是把社会效益放在首位，同时也应该是社会效益和经济效益相统一的作品。文艺不能当市场的奴隶，不要沾满了铜臭气。优秀的文艺作品，最好是既能在思想上、艺术上取得成功，又能在市场上受到欢迎。"①优秀的文艺作品应该像及时的阳光雨露可以温润我们的心田，应该像香气四溢的咖啡可以振奋我们的精神，应该像高雅的音乐可以陶冶我们的性情。而优秀的文艺工作者更要自觉坚守艺术理想，"除了要有好的专业素养之外，还要有高尚的人格修为，有'铁肩担道义'的社会责任感。在发展社会主义市场经济条件下，还要处理好义利关系，认真严肃地考虑作品的社会效果，讲品位，重艺德，为历史存正气，为世人弘美德，为自身留清名，努力以高尚的职业操守、良好的社会形象、文质兼美的优秀作

---

① 习近平.坚持以人民为中心的创作导向创作更多无愧于时代的优秀作品 [N].人民日报,2014-10-16.

品赢得人民喜爱和欢迎"①。

第二节　助推中国梦：生态文艺的使命担当

生态文明是人类文明的崭新形态，"生态梦"是"中国梦"重要的组成部分，筑就伟大"生态梦"，生态文艺应该肩负起这一盛世重任。诺贝尔文学奖获得者莫言说过："文学艺术不是在中国梦之外，文学艺术本身就是中国梦一个重要构成部分，而且完整地编织和实现一个中国梦，缺了文学和艺术之梦，梦就不完整。"②

随着科学技术的飞速发展，人类文明取得巨大进步的同时也陷入多种困境，与人类生存息息相关的自然生态、社会生态和精神生态正面临着严峻挑战。经济增长、人口增加与能源、水、土地、矿产等资源严重不足的矛盾日益尖锐，生态环境恶化的形势非常严峻。而在精神文化领域，一些人也出现了比较严重的价值观扭曲、错位现象，精神危机同样是与日俱增。日益恶化的生态危机使得人的生存问题变得空前严重起来，关注人与自然、人与人的关系问题，思考人在宇宙中的角色定位问题，寻求摆脱危机之道已成为我们全面建成小康社会，实现中华民族伟大复兴，实现人的自由全面发展必须面对的现实课题。

党的十六届三中全会明确提出了"坚持以人为本，树立全面、协调、

---

① 习近平 . 在文艺工作座谈会上的讲话 [N]. 人民日报 ,2015-10-15.

② 韦科 ."汇聚正能量抒写中国梦——文艺创作塑造中国梦"座谈会综述 [J]. 文艺理论与批评 ,2014 (2).

可持续的发展观，促进经济社会和人的全面发展"①的科学发展观，"可持续发展，就是要促进人与自然的和谐，实现经济发展和人口、资源、环境相协调，坚持走生产发展、生活富裕、生态良好的文明发展道路，保证一代接一代地永续发展"。②自 2012 年党的十八大首提"美丽中国"、将生态文明纳入"五位一体"总体布局以来，习近平总书记在很多场合发表过有关生态文明的讲话、论述，做出过相关批示。"绿水青山就是金山银山""APEC 蓝""乡愁"等"习式生态词汇"广为人知。2016 年 1 月，习近平总书记在省部级主要领导干部学习贯彻党的十八届五中全会精神专题研讨班上指出，环境就是民生，青山就是美丽，蓝天也是幸福，绿水青山就是金山银山。党的十九大报告明确提出："建设生态文明是中华民族永续发展的千年大计。必须树立和践行绿水青山就是金山银山的理念，坚持节约资源和保护环境的基本国策，像对待生命一样对待生态环境，统筹山水林田湖草系统治理，实行最严格的生态环境保护制度，形成绿色发展方式和生活方式，坚定走生产发展、生活富裕、生态良好的文明发展道路，建设美丽中国，为人民创造良好生产生活环境，为全球生态安全作出贡献。"③习近平总书记强调，要清醒认识保护生态环境、治理环境污染的紧迫性和艰巨性，清醒认识加强生态文明建设的重要性和必要性，以对人民群众、对子孙后代高度负责的态度和责任，真正下决心把环境污染治理好、把生态环境建设好，努力走向社会主义生态文明新时代，为人民创造良好生产生活环境。要树立尊重自然、顺应自然、保护自然的生态文明理念，坚持

---

① 中共中央关于完善社会主义市场经济体制若干问题的决定 [M].北京 : 人民出版社,2003.

② 认真落实科学发展观的要求 切实做好人口资源环境工作 [N]. 人民日报 ,2004-3-11.

③ 习近平 . 决胜全面建成小康社会 夺取新时代中国特色社会主义伟大胜利——在中国共产党第十九次全国代表大会上的报告 [N]. 人民日报 ,2017-10-28.

节约资源和保护环境的基本国策，坚持节约优先、保护优先、自然恢复为主的方针，着力树立生态观念、完善生态制度、维护生态安全、优化生态环境，形成节约资源和保护环境的空间格局、产业结构、生产方式、生活方式。要像保护眼睛一样保护生态环境，像对待生命一样对待生态环境，推动形成绿色发展方式和生活方式，协同推进人民富裕、国家强盛、中国美丽。要扎实推进生态文明建设，实施"碧水蓝天"工程，让生态环境越来越好，努力建设美丽中国。党的十八大以来，以习近平同志为核心的党中央深刻回答了为什么建设生态文明、建设什么样的生态文明、怎样建设生态文明的重大理论和实践问题，提出了一系列新理念新思想新战略，形成了习近平生态文明思想，成为习近平新时代中国特色社会主义思想的重要组成部分。"习近平新时代生态文明思想是在继承发展传统和融会贯通中西生态哲学基础上的提炼和升华，它继承发展了中国传统文化'天人合一''道法自然'的生态智慧，融会贯通马克思主义自然观的思想精髓，结合中国基本国情和现实问题，在新时代语境下凝聚为'生命共同体'的哲学表述，表现出鲜明的中国理论特色和新时代精神内涵。"①习近平新时代生态文明思想不但是建设美丽中国的行动指南，也为构建人类命运共同体贡献了思想和实践的"中国方案"。

生态文明的实现是一项伟大而复杂的系统工程，文学、艺术正是这个系统工程中非常重要的一环。从生态学的观点看，文学艺术需要与人生与社会与自然建立有机的良性的关系，它不仅要关注自然生态环境，更要关注良好人性的塑造，关注人的发展，文化建设在生态文明建设中承担着重要的使命。"文化建设的直接目的是为人提供文化产品和文化服务、营造良

---

① 王光东，丁琪. 新世纪以来中国生态小说的价值 [J]. 中国社会科学,2020(1).

好的文化氛围、改造和丰富人的主观世界。因此，文化建设实质上是在建设'以人为本'的生存'软环境'以及和谐共存的'精神生态'，这是建设美好家园的重要组成部分。"① 文学艺术作为文化建设中一个极其重要的方面，同样需要用科学的思想来指导。坚持"以人为本"，强调"全面、协调、可持续发展"的科学发展观实质上是"生态文明的科学理念"，它为新世纪的文艺建设增添了更加深刻的"生态"内涵。而从另外一个角度说，生态文艺的发展则为践行科学发展观、构筑生态中国梦创造了良好的文艺生态环境。

何为生态文艺？生态文艺有狭义与广义之分。从广义上来说，大凡那些描写人的生存状态，表现人与自然的对话，展现精神生态的文学艺术作品都可以归入生态文艺的范畴；从狭义层面来理解，生态文艺主要是指以人与生态环境的关系为题材或主题的文学、艺术。生态文艺是当代生态思潮与文学、艺术的结合，是对生态危机的综合回应，它把关怀"生态"作为自己的神圣使命，对推动现代工业文明的"现代性"进行痛苦而又深刻的批判与反思。生态文艺通过对人与自然关系的描写来映现人与社会、人与人、人与自我等关系，表现人类所面临的自然生态危机及其背后所蕴含的深层的精神生态危机。1962 年，美国生态文学家蕾切尔·卡逊发表了"扭转了人类思想的方向"、"引发了世界范围的发展战略、环境政策、公共政策的修正"的划时代的《寂静的春天》，从而"开启了作家们大规模的自觉创作生态文学作品的时代"，自卡逊树起生态文学这块里程碑之后，西方生态文学便开始了迅猛发展的态势，美国、法国、德国、加拿大等国家的生态文学均取得了比较突出的成就。

---

① 周文彰.科学发展观视野中的文化建设 [J].求是,2004(21).

在我国，生态文学创作兴起于 20 世纪 80 年代初，最开始是在台湾地区，首倡者是马以工、韩韩和心岱三位女性。也有认为，"《人民文学》1980 年第 9 期刊发的张长的短篇小说《希望的绿叶》应是中国当代最早发表的生态文学作品"。① 自 80 年代中期以来，中国大陆散见于文坛用以表现"生态"题材的小说、诗歌、散文、戏剧、报告文学、电视专题片、摄影、漫画等文艺作品，其数量还是相当可观的。徐刚、哲夫、王治安、沙青、亦秋、刘先平、李青松、陈应松、陈桂棣、岳非丘、郭雪波、麦天枢、何建明、马役军、刘亚洲、刘贵贤、姜戎，等等，这些让人眼熟的名字，这些让人尊敬的作家，都与生态文学结下了不解之缘。《中国环境报》《绿色时报》这些环保和林业部门的"专业报纸"都辟有生态文艺的副刊，由环境文学研究会于 1992 年创办的生态文学刊物《绿叶》连续多年发表了大量表现人与自然题材的文艺作品。由梁从诫主编的《自然之友》及自然之友书系之一的《为无告的大自然》亦发表了许多情真意切、感人肺腑的报告文学。由曲格平与王蒙任首席顾问、高桦任执行主编的"碧蓝绿文丛"（出版时间介于 1997 年 2 月至 2000 年 3 月），汇集了散见于全国各地的以生态、环境保护为题材的小说、散文、报告文学，气势恢宏。

2002 年的 SARS（非典）事件发生后，很多人对生态环境的重要性有了更加深刻的认知，这也直接促成了一些作家的生态思考与创作转向。2005 年，广东清远生态诗人戚华海在作家出版社出版了《当代生态诗歌》，该书收录了 34 位诗人的生态诗歌作品，华海为每首作品都撰写了评论，成就了中国第一部生态诗歌选本和生态诗歌评论著作。2009 年，光明日报出

---

① 陈菲，龙其林. 生态灾难与中国当代生态文学选本的编选 [J]. 湘潭大学学报 (哲学社会科学版),2020(3).

版社出版了由张晓斌主编的生态小说选本《感恩自然》，其中包括很多关于动物的生态小说或童话，如《藏羚羊跪拜》《月光下的郊狼》等。2012 年，荣荣主编的《绿野风情：中国生态文学原创作品选》由宁波出版社出版。"宁波市生态办联合市文联《文学港》杂志社举办了'宁波作家生态行'活动，组织上百名作家、摄影爱好者采风，创作出一批生态文学作品。编选者从千余篇征文中挑选出四十多篇文章，分为'诗意行吟''山水徜徉''炊烟依旧''低碳答卷'四个栏目辑录。"①2014 年，王光东编选的《新世纪小说大系：2001—2010·生态卷》由上海文艺出版社出版，侧重于选介 21 世纪以来的中国当代生态文学作品，如《鱼》《哦，我的可可西里》《豹子最后的舞蹈》《哈纳斯湖》《老虎大福》等。2017 年，张辉主编的"中国第一部以报刊文章为编选对象的生态选本"《大地文心：中国生态文学优秀作品集》由中国环境出版社出版。

从 2016 年 3 月开始，由曾获湖南省十大文艺图书奖、广东省有为文学奖金奖、深圳市十大佳著奖等奖项的深圳市光明区作协主席远人主编的《当代中国生态文学读本》陆续出版，迄今为止已经出版了《重回生命之树》《让时光葳蕤》《当繁星闪烁》《流淌吧，河流》《天空安详如镜》《在群峰之上》《听江声浩荡》《给心灵以辽阔》《沿一片青草》《等绿荫覆盖》《山川无尽延绵》《大河昼夜奔腾》《蓝色是种激情》《唯有山水话永恒》《从浩瀚到无垠》《看生命云卷云舒》等近二十卷，选编了包括张曙光、雷平阳、马永波、宋宁刚、汪树东、陈永强、王祥夫、王池光等作家、学者的小说、诗歌、散文、评论等多种文体的生态文学作品，旨在为读者和当代

---

① 陈菲，龙其林.生态灾难与中国当代生态文学选本的编选[J].湘潭大学学报(哲学社会科学版),2020(3).

文坛提供一种面对自然、亲近自然、回归自然的文学样式，力求从文学角度，从个人叙事的呈现中观照出人与自然的精神结合，实现人与自然的和谐唤醒。

生态梦，中国梦，生态中国梦。文学艺术如何在实现生态梦、中国梦的过程中充分发挥自己的优势，怎样实现文学艺术的中国梦？莫言的回答掷地有声："毫无疑问，必须深深地植根于中国的历史生活和现实生活、中国人民编织和实现中国梦的伟大历史进程中，然后去表现在这个过程当中人的发展、人的丰富。"① 由人定胜天到敬畏自然，由"祛魅"到"返魅"，人们在与自然的交往中不断成长，人格得到不断提升与丰富，这正是生态文艺的核心主题，也是生态文艺助推中国梦的根本之道。习近平总书记强调，"追求真善美是文艺的永恒价值。艺术的最高境界就是让人动心，让人们的灵魂经受洗礼，让人们发现自然的美、生活的美、心灵的美。我们要通过文艺作品传递真善美，传递向上向善的价值观，引导人们增强道德判断力和道德荣誉感，向往和追求讲道德、尊道德、守道德的生活"。② 文艺的生命在于打动人，在于推动文明进步，而文学、艺术能不能打动人，关键还在于作品中所蕴含的思想光芒、人文情怀具不具备掀起读者、听众、观众情感波澜的艺术魅力。生态文艺，抚慰人类日益疲倦的心灵，追求超乎人类自身的大爱，表现天人和谐的终极之境，在这样一个自然生态和人文生态危机重重、人类生存环境岌岌可危的时代，颇能激发人们强烈的共鸣，从而为生态中国梦的实现营造浓郁的情感氛围。"理性主义的单向度发

---

① 韦科."汇聚正能量抒写中国梦——文艺创作塑造中国梦"座谈会综述 [J]. 文艺理论与批评 ,2014(2).

② 习近平. 坚持以人民为中心的创作导向创作更多无愧于时代的优秀作品 [N]. 人民日报 ,2014-10-16.

展造成人与自然的失衡、人与他人的不和谐，这些都是现代性发展不可逾越的阶段，而且无法单靠理性自身来解决。感性的生态文学作品在此将发挥重要作用，它为人的伦理道德提升提供文本，使人类在未来的伦理生活中有所抉择，由此自觉地践行生态原则。由于生态文学作品指向未来，一旦在生活中出现了有损生态的行为，生态文学作品就会开始发挥警示作用，让人自然联想到作品中描绘的生态危机的可怕后果，从而奋起斗争，自觉规训自身的主体行为、维护世界的生态化。"① 进一步地，生态文艺助推"中国梦"，还必须拥有全球化的意识。文艺家应当善于将自己的思想和艺术眼界从中国本土向全世界拓展，以中华精神和中国元素为内核，生动、形象、诗性地向世界人民讲述中华生态好故事，将社会主义核心价值观、生态中国梦与全人类共同追求的向真、向善、向美的精神境界进行有机对接和延伸，通过展现中华民族的特殊魅力吸引世界目光转向东方。

---

① 伍艳红，周平学 . 伦理学视野下的生态文学书写 [J]. 天津师范大学学报（社会科学版),2018(5).

上篇：生态文学创作之思

第一章　当代审美文化背景下生态文学的兴起

　　二十世纪九十年代开始，我国社会急剧转型，大众生活及其审美表现方式、文学艺术的价值取向等，都迅速地发生着极大的转换。作为中国社会经济转轨和文化转型产物的当代审美文化也随之发生了巨大的变化，倚重流行与通俗、蔑视严肃与高雅，推崇媚俗和刺激效应、漠视大众审美素质的提高，注重感性的宣泄和表现、轻视理性的思索和感召，成为当代审美文化一个比较显著的特征。在这种新型审美文化背景下，文学被无情地赶入边缘，昔日笼罩在头上的光环已黯然消失。然而，富于戏剧性的是，人类生存的现实困境却又给了高雅文学一个生存的机遇和理由。生态危机的频频告急激发了人类生态意识的逐渐觉醒，伴随着西方生态经济学、生态伦理学、生态哲学等生态文化理论的大量植入以及对中国本土文化资源中所蕴藏的生态智慧的发掘，生态文学正以一种清新和高雅的姿态迅速成长起来，在当代审美文化的大背景下，顽强地进行着反叛与超越的抗争。正是这样一种积极的抗争，为中国文学带来了新的生机，更重要的是为我国生态文明建设注入了鲜活的精神动力。

第一节　反叛媚俗文化　寻觅文学精神

随着市场经济的确立与发展，文化的内涵与意义都发生着前所未有的变化。审美文化一定意义上来说已经成为一种消费性文化，这也就决定了它必然更多地以商业价值为目标。不可否认，文化市场的形成给审美文化的生长与发展注入了生机，但审美文化也在普遍的发财欲和对钱袋的依赖中发生了病变。过度的商业追求难以避免地压制了审美文化的人文关怀，"媚俗"成为当代审美文化的一个显著特征。媚俗 (Kitsch) 是审美文化转型时期所产生的一种负现象，也是一种典型的审美现象。米兰·昆德拉（Milan Kundera）指出："对 Kitsch 的需要，是这样一种需要：即需要凝视美丽谎言的镜子，对某人自己的映象流下心满意足的泪水。"① 这面"镜子"就是他人的目光，而媚俗就是在"镜子"面前搔首弄姿，忸怩作态。说得通俗一点媚俗就是不择手段地讨好他人，为取悦于他人而不惜猥亵灵魂，扭曲自己，屈服于世俗。当代审美文化的媚俗化与当代哲学密切关联，作为当代审美文化根基的当代哲学思潮发生了重大变化，"正在日益失去纯正的性质而趋于世俗化、生活化和感性化，表现出崇实、尚用、拜物的倾向"②，体现出重实在的现实价值而轻终极价值的理论品格。当代哲学思潮带来的深刻变革之一便是普遍的游戏心态的生成，审美文化也随之蜕变为享乐、休闲、游戏的手段和工具，在承担精神升华义务的神圣使命中渐渐地抽身而出，越来越成为高雅艺术的"看客"而非参与者。

---

① 米兰·昆德拉. 小说的智慧 [M]. 长春：时代文艺出版社,1992:15.
② 姚文放. 当代审美文化批判 [M]. 济南：山东文艺出版社,1999:20.

"媚俗"行为的目的很明确，那就是要以降低文化的品位、格调和深度为代价换取某种非文化的实惠。为了迎合大众的"口味"，很多文化生产者遗失了社会责任感，主动丢弃了严肃和高雅，失落了道德和理想，自甘成为媚俗的牺牲品。"真善美被视为过时的古典观念，美的表现性被金钱收买成为纯粹的表演和包装，于是假与恶在美的形式包装下招摇过市并广为推销。"① 随着审美文化的蜕变，文学的启蒙意识早已被消解，而变成一种纯粹的娱乐和消遣的工具，昔日备受青睐的高雅文学已陷入"全面撤退"的尴尬境地。于是，躲避崇高、反讽调侃、搞笑逗乐的流于平面化、世俗化的作品泛滥成灾，"文学泡沫股"不再是一句戏言。曾经轰动一时的《曼哈顿的中国女人》充满着欲望，充满了自我赞美和自我标榜，不加掩饰地炫耀成功、讥笑失败，活脱脱一部展示虚荣的媚俗之作。这也正印证了学者们的论断："媚俗的根本内涵是从需要回到欲望"，"把欲望等同娱乐，再把娱乐等同于审美，就成为媚俗的全部理论根据"。② 以媚俗为典型特征的当代审美文化以及该背景下的媚俗文学艺术反过来又以其特有的"感召力"腐蚀着人们的灵魂，种种欲望的过度膨胀导致了他们疯狂地掠夺自然，使人类赖以生存的自然生态遭受了极大的破坏。欲望的膨胀也扼杀了人的灵魂和美好天性，人类的精神家园也不断地垮塌，自然生态、社会生态、人性生态都面临着巨大的危机。评论家雷达先生说过："一个民族的文学倘若没有自己正面的精神价值作为基础，作为理想，作为照彻寒夜的火光，它的作品的人文精神的内涵，它的思想艺术的境界，就要大打折扣。"③ 幸运

---

① 曾永成.文艺的绿色之思 [M].北京：人民文学出版社,2000:1.

② 潘知常.当代审美文化中的"媚俗"——在解释中理解当代审美文化 [J].社会科学,1994(8).

③ 雷达.当前文学创作症候分析 [N].光明日报,2006-7-15.

的是，作为有着强烈历史使命感和深沉社会责任感的生态作家对畸形的审美文化提出了严正抗议，他们以一种全新的反叛姿态，配合着全球性的生态运动，用自己的良知和血性书写着一种"反叛"的诗意——生态文学，不仅为文学的发展输入了新鲜的血液，也为人们生态意识的强化创造了良好条件。

相比于当代审美文化背景下"流行文学"的媚俗化，生态文学以其超凡脱俗的清新形象展示着自己的魅力。它积极表现人类所面临的自然生态危机及其背后所蕴含的深层的精神生态危机，对整个生命系统处于生存危机中的生命进行审美观照和道德关怀。生态文学"是人类存在困境的艺术显现，是正在进行的精神革命的审美显现与预示，是行进在新文明路上的缪斯的歌唱"[①]。远离媚俗，拒斥媚俗，重扬严肃、崇高的儒雅风范，演奏阳春白雪的庙堂之音，积极倡导文学精神的回归，正是生态文学的追求，也成为当代审美文化背景下生态文学反叛精神的强烈反映，是生态文学正能量的体现。

一方面，生态文学通过给"欲望至上""科技至上"论者的当头棒喝而重新凸显文学的否定精神。"否定精神，是文学精神指向中最主要的内涵之一。"[②] 文学艺术常常通过对现有世界的否定来显示出对理想世界的渴望的意义，并以此张扬文学精神。这在生态文学中尤为突出。生态文学是在现代工业文明所引发的生态危机的严酷现实背景下诞生的，它否定当今欲望化的现实生活和媚俗化的当代审美文化。它以强化人们的环境意识为出发点，揭露破坏生态、污染环境的坏人坏事以及生态观念淡薄的丑事傻事，

---

① 方军,陈昕.论生态文学 [J].中南民族大学学报 (人文社会科学版),2003(2).

② 雷体沛.当代文学 : 消逝的文学精神 [J].漳州师范学院学报 (哲学社会科学版),2005(1) .

大量展示生态危机的残酷事实，以对生态危机深重的忧患意识警醒世人，激发人们自觉的生态意识，走出狭隘人类中心主义的思想误区。莫言的短篇小说《天下太平》（《人民文学》2017 年 11 期），叙述原来的大湾清水见底，村民习惯于在干净卫生的河湾里洗澡，全村人的饮用水，也都来自湾边一口大水井。然而，利欲熏心的村民袁武为了节省费用，竟然丧心病狂地把开办养猪场的污水偷偷地直接排入大湾里。从此大湾渐渐变成了一个臭气熏天的污水坑，井水也完全变质，无奈的村民只好买水喝。而且，村里不少人还因此得了怪病，年轻人都不敢回村，一个原本山清水秀、村民们怡然自得的太平村彻底失去了活力。阿来的《遥远的温泉》（上海文艺出版社，2015 年）中，副县长贤巴为了追求所谓的政绩以换取升迁的筹码，不顾实际情况盲目地发展当地经济，把原本美丽的温泉开发成为一个不伦不类的人工景点，最终逃脱不了被遗弃的命运。钟平的《塬上》（陕西师范大学出版社，2014 年）中，县长刘亦然为了经济指标而不顾自然环境的承载能力和制约条件，盲目上马污染重能耗高的煤化水泥产业，为了获取更多的财税收入而放纵企业违规违法生产。很多生态文学写出了现代人追求欲望的满足而毁坏生态环境的同时，自身也异化成欲望的奴隶。"利令智昏的人们像尘封的钟表，汲汲于功名富贵，也许他们所得很多，但他们不再拥有自我。"① 在《愿环球无恙》（《当代》1996 年第 2 期）中，作者王英琦以十分伤感的笔调向世界发出询问：俯瞰今日全球，还有多少"清且涟漪"的河流？还剩几多"绿无涯"的山脉？哪儿再去寻中国古代山水诗画"江枫渔火""寒林远寺"的意境？哪里还再有激发莫扎特、舒伯特灵感的森林草原、花香鸟鸣？这每一个问号都沉重地砸在我们的心坎上：掠夺自然，

---

① 　[美] 约翰·缪尔 . 我们的国家公园 [M]. 郭名惊译 . 长春 : 吉林人民出版社 ,1999:1.

破坏生态，是可耻的；尊重自然，关爱生态，是人类最基本的责任和义务，更是人类自身生存的根本保障。罔顾生态环境的现代科技的滥用，也使得大地万物遭受着无尽的劫难。在《狼图腾》（长江文艺出版社，2004年）中，面对吉普车、冲锋枪、扫描仪、探测仪等科技文明的产物，不管草原狼有多么矫健的身姿，有多么狡猾的"智慧"，也不管它们有多么强大的团队意识，吃草的狼终究逃脱不了喝石油的汽车的追赶和长了眼睛的子弹的飞射，躲避不掉扫描仪和探测仪的搜索和追踪，"这些现代文明的产物使被称作草原之王的蒙古狼的尊严荡然无存"①。

另一方面，生态文学又力求通过塑造精神高尚、人格健全、血肉丰满的人物形象来实现对审美的自由理想和完美世界的构建，并试图以此抚慰和疗救人们被当代审美文化熏染得日渐荒芜的心灵。生态文学善于挖掘现实生活的诗意美，大力讴歌治理污染、保护生态的时代楷模，歌颂关心人类生存、热心生态环境的新人新事、新的道德风尚，展示理想的生态社会，为生态和谐唱响了一曲曲激情洋溢的赞歌。在众多生态作家的笔下，记录着一个个备受崇敬的名字：他们有被称为"月下老人"的克升克腾旗林业局局长李景章，敢为环保鼓与呼的科长戴业成等环保管理工作干部；也有自己设立护林碑的陈建霖，把自己多年跑运输赚来的血汗钱全部用来植树造林的山西小伙李生军，带领学生一心做环保调查和宣传的女教师周美恩，用血汗和生命植树治沙的牛玉琴夫妇等普通民众和环保志愿者；等等。这些生态先觉者强烈的生态意识、环保精神和环保行动，确实能给我们这些追求美好生活、向往和谐社会的人以莫大的启迪、鞭策和鼓舞，让我们树立保护环境的信心。

---

① 高春民.社会化反思：生态文学创作的潜在主题[J].江汉论坛,2019(3).

温亚军的《寻找太阳》(《天涯》，2002 年第 2 期）给我们诉说了一个极其感人的人与动物相互依存的故事：在环境艰苦的苏巴什哨卡，战士们和一对小羊羔"太阳"和"月亮"共同生活。在人和动物的和谐相处中，洋溢着和谐自然关系中的温情。台湾作家心岱的《向天地赎罪》(《人间杂志》，1986 年第 7 期），讴歌了一个山村的民众自发组织起来保护一条与自己世代相伴的山溪，坚决与往溪水里倾倒垃圾、电鱼、开发破坏的人们做斗争的故事。李文德、赵新贵的《商家坪》(天马图书有限公司，1998 年），叙写了以商彩霞为代表的新一代知识分子，在充满火药味的年代，勇敢地带领广大社员，冒着被关押的危险，治理荒坡，植树种草，经过 20 多年的努力，终于使商家坪的 36 座山、18 条沟变了个样。肖勇《重耳神兔的传说》(《民族文学》，2004 年第 7 期）则刻画了苏木党委书记任念亲和他领导下的治沙农民宝利高，利用科学技术在沙漠里种草、在荒山上植树，以"功成不必在我"的奉献精神和以科技造福人民的治沙种草行动，深情地表达了打造生态发展新模式的决心和以科技为动力助推绿色发展的新方向。

铁凝《咳嗽天鹅》(《北京文学》，2009 年第 3 期）中，刘富只是一名司机，但是他却用一颗善良的心对待一只生病的天鹅。这只病天鹅，是镇长的亲戚从芦苇丛里捡来的，知道是珍贵保护动物而不敢吃，但又没办法给天鹅治病，于是就趁镇长去看望他的时候，将鹅送给了镇长。镇长无意中接受了，自然也不敢吃，又没有心思来照料它，就将这个烫手山芋转手又送给了他的司机刘富。刘富只好硬着头皮将这只病鹅带回了家。女儿从网上查阅资料后知道这是一只"咳声天鹅"，而刘富阴差阳错听成了"咳嗽天鹅"。刘富担心只喂天鹅白菜营养不够，就喂它自己也舍不得吃的鸡蛋，还积极大胆地治好了天鹅的病。然而，天鹅是候鸟，只能旱养三个月，新的问题又出现了。"一天早晨，刘富在院子里迎接了天鹅的问候之后，就见它步履踉跄地从窝棚里钻出来，站也站不好，走又不敢走似的。刘富蹲在地上仔细观察，立刻发现了问题：这天鹅的脚蹼已经干裂。刘富的脚就在这时也突然不自在起来，脚趾缝之间像有利刃在切割，凉飕飕地刺痛。女儿放学回来，刘富催她赶快上网再查。原来天鹅只能旱养两三个月，离开水过久脚蹼就会皴裂。刘富这才用心想想'候鸟'这个词。天鹅是候鸟，刘富的小镇既寒冷又没水，能管天鹅一时，却管不了它的一世。"[①] 为了尽快让天鹅有个好的生存环境，他又开始了为天鹅寻找求生之路……虽然这只天鹅最终没有逃脱"被炖"的命运，但还是让我们看到了野生动物保护的希望，至少镇长没敢吃，镇长的亲戚没忍心吃，刘富更是对其善待有加。而批准炖鹅的竟然是动物保护的执法者——动物园的景班长，这黑色幽默的结局，也让我们看到了野生动物保护的任重而道远。

由此可见，在转型期审美文化背景下，与其他流行文学以媚俗为"美"形成鲜明对比，生态文学向往高雅，追求崇高，敢于面对物化世界做一种逆向的精神选择，它的"背叛"也将使它在速朽的物质面前获得不朽的价值，成为文学史上独特而璀璨的一景。"通过对文学与自然、人与自然关系的重新审视与定位，来揭示生态危机的深层思想文化根源，表达人与自然和谐共荣生态理想追寻的生态文学，不仅体现了对包括人类在内的生命系统的关注与持续发展，更表现了文学的社会功用及作家鲜明的生态意识。"[②]

---

① 铁凝. 咳嗽天鹅 [J]. 北京文学 ,2009(3).

② 吴景明. 新世纪社会转型与底层写作、生态文学的兴起 [J]. 当代文坛 ,2015(1).

第二节　超越感性狂欢　探求诗意生存

转型时期，当代审美文化越来越热衷于以感性的"表演"来迎合大众、满足大众、娱乐大众，这既是商业化、市场化冲击的结果，也与作为养育当代审美文化的母体和土壤的当代社会心理不谋而合。20世纪90年代开始，我们进入了一个文化转型的特定时期，旧的价值体系已被消解，而新的时代"轴心"尚未形成，这也就出现了一种中间的"空无"状态。正是这种中间状态孕育出了这个时代的特殊社会心理：虚无、失落、浮躁、焦虑。这种社会心理一个最重要的表现就在于恒定的价值立场的缺席，它所带来的最为明显的后果就是对于时尚的追逐和盲从以及对娱乐性和感官性生活的无原则认同。在这种社会心理的主导下，当代审美文化不可避免地呈现出感性化、平面化特征，对人生意义和价值的关注已退居至非常次要的位置。由于中心价值体系的崩溃，当代审美文化对形象塑造和形象感受多是采取价值中立和意义悬置的态度，无价值判断和无意义选择直接导致了当代审美文化形象的狂欢和意义的泯灭。而当代传媒工具和现代科技的发达，更是极大地强化了语言、音乐、色彩、动作的"表演"性质，使得当代审美文化悬浮于"感性"的本质得到了进一步强化。同时，科技手段的运用也使得艺术活动在很多情况下已为一种机械化的模仿复制所代替，个性化的创造日渐萎缩。"由于没有意义的支持和个性的选择，当代审美文化在文化品位上奉行折中主义，在实际操作中实行商业的实用主义或功利主义。""文化的折中主义和商业的实用主义的结合，把审美文化完完全全降到了享乐层次。"① 文化的价值和意义在片面的感性解放中陷入低级趣味而难以自拔。

正是在这样一种审美文化背景下，文学不但对主流意识形态和主流话语进行消解，也对传统价值理念进行极度消解。文学急于从叩问灵魂、挖掘深层内涵的"深度"中摆脱出来，文学的人文价值和社会功能为形而下的感官愉悦所代替，直接的感性效应成了衡量作品高下的普遍尺度，商品化价值遮蔽了审美的价值属性，并一跃而成为文学的"看点"和"卖点"。而这种过分推崇文学对感性欲求的满足的做法，必然"带来社会审美行为的畸形发展，直接导致艺术生产和接受越来越不重视认识和审美的价值，只重视可视、可听、可读的所谓娱乐功能，其审美崇尚也越来越趋于由深层向表层、由崇高向卑微转化"②。文学的品位和格调急剧滑坡，无价值或负价值的感性化庸俗产品成批生产。很多文学家已不再从心灵走出，也不再关注生命，他们再也喊不出"为人生而写作"的口号了。然而，以拯救地球为己任、以终极关怀为目标的生态文学却对当代审美文化的这种"感性"狂欢提出了强烈的质疑。生态文学以生态系统的整体利益为最高价值，不仅关注人类的生存，更关注整个地球的生存，关注人类与地球的和生共荣，生态责任、文明批判、生态理想和生态预警是生态文学的本质特征，这也就决定了它必然不能以浮泛的感性来影随当代审美文化的狂欢。生态文学要实现它为生态立言、为人类的终极关怀立言的神圣使命，就必须对人类和宇宙万物的生存状况进行深刻的反思，并以艺术化的方式进行表现。

从感性层面上广泛地反映生态问题还只是生态文学反叛意识的一个方

---

① 肖鹰.当代审美文化的反美学本质[J].中国青年研究,1996(1).
② 李西建.中国文学需要什么[J].小说评论,1995(5).

面，深入揭示生态问题产生的根源才是生态文学震撼人心最为根本的一面。正如生态文学研究者乔纳森·莱文（Jonathan Levin）曾经指出的：我们的社会文化决定了我们在这个世界上独一无二的生存方式，如果不研究这些，就没有办法深刻认识人与自然环境的关系，而只能表达一些肤浅的忧虑。面对长江、黄河、淮河等母亲河的重重"灾难"，作家哲夫撰写的系列"生态报告"对造成这种悲惨境况的原因进行了犀利尖锐的剖析和深刻的反思，揭露和控诉那些鼠目寸光、唯利是图、竭泽而渔、不计后果的愚蠢行为和地方保护主义。在这种反思中，很多生态文学作家都注重从人类观念这一根本性的层面进行触动。胡发云的中篇小说《老海失踪》（长江文艺出版社，2001年），其所揭示的正是现代社会文明的进程与自然之间的矛盾冲突。但小说并没有简单地诠释主题，而是通过独具视角的揭示，把人与自然的冲突、发展与环境的冲突进行了鲜明的展示，并以此观照人类的命运，深切反省人类的行为和社会发展的误区：人类的无知与狂妄、自私与贪婪打破了人与自然的和谐；决策层观念的滞后与地方保护主义是导致生态失衡的祸根。作者在表现人与自然的冲突时，也没有停留在表层的叙述上，而是通过人物个性及命运的揭示，从社会、人性哲学的层面做出了深入发掘，从而使得这部生态小说具有了更为普遍的社会人生意义。正因为很多生态文学家都坚持这种叩问灵魂式的"追根溯源"，他们的生态文学作品也就具备了超乎寻常的震撼力，为读者生态意识的培育起到非常关键的作用。

生态文学的超越性还表现在它对修正社会、经济、科技发展思路和发展模式的直接"催化"作用。这是对靡靡之音大行其道的当代审美文化的又一种超脱，更是文学实现推动和谐社会构建使命承担的有益探索。在反思和揭示不正确的社会、经济、科技发展思路和模式直接导致环境的恶化和生态危机方面，生态文学往往是非常深刻的，而这对于促进政府修正和实施社会发展政策特别是环保政策等都是大有裨益的。陈桂棣在《淮河的警告》（人民文学出版社，2005年）中就沉痛地指出"以邻为壑"的思路和做法正是淮河流域遭受严重污染的重要原因之一：安徽阜阳市深受颍河和泉河之害，这两条河流的污水大部分来自河南，但是，源自阜阳市的济河却又是这座城市的"下水道"，流向了淮南和蚌埠；靠喝淮河水的淮南和蚌埠，一边埋怨上游来的污水，一边又把自己的污水给了淮河下游；江苏盱眙县的第二水厂已经启动，这座山城告别了喝污水的历史，然而，这个县又把大量的工业废水和生活污水排入了洪泽湖……是的，正如陈桂棣所忧虑的，老百姓缺乏同心同德的意识，政府部门缺乏协调合作精神，国家不做出完整的规划，没有统一的强制性措施，生态治理将是一句空话。同时，要整治生态环境，构建和谐社会，坚持可持续发展更是必由之路。可持续发展作为一种发展理念，也已渗融于很多生态文学作家的心灵之中，他们深感片面发展经济、忽略环境保护的严重危害性，往往通过生动地展现这一矛盾的尖锐性向人们揭示走可持续发展道路的必要性和重要性，以忧患、浓情的笔触，为"可持续发展"深入人心、融入政策而呐喊。朗确的《最后的鹿园》（云南民族出版社，1998年）正是这样的优秀之作。它通过一些鲜为人知的动物世界的故事，尤其是带有浓厚神话色彩的动物对人类报复的故事，深刻揭露了人类经济发展对自然生态环境的依赖关系，鞭笞了狭隘人类中心主义和经济主义价值观，批判了哈尼族地区以传统经济伦理为依托的经济发展模式，用形象生动的故事和触目惊心的结局警示边疆各民族人民：只有用可持续发展价值观指导我们的经济发展，才是人类社会持续发展最行之有效的方式。毫无疑问，这样的生态文学对于经济、社会发展政策的制定、修正和实施的确有着很大的启示和借鉴意义。

新时代的生态文学家正是力求将创作自由与强烈的社会责任感统一起来，不满足于对生态危机、对人类生存危机的浅表反映，深刻反思和发掘危机的根源，致力于探求人类、地球乃至整个宇宙诗意生存的理想途径。生态文学成功地超越了当代审美文化及其背景下流行文学的感性狂欢，凭借其特有的灵性与独具的魅力，引导人们不断摆脱现实功利的羁绊，实现文学对人的终极关怀，为高雅文学，为真正文学的复活树立一面旗帜，开拓一片新的天地。

第二章　生态文学的生态内涵及其呈现方式

中国当代生态文学的滥觞可以追溯到 20 世纪 70 年代末。当时，"寻根文学对现代性所带来的功利性做出了非议，对于人性的异化、人与自然的疏离做出了生态方面的批判，成为生态文学的先声"①。80 年代中期到 90 年代中期，《小木屋》《北京失去平衡》《依稀大地湾——我或我们的精神现实》《国土忧思录》《三峡三峡》《崩溃的黄土地》《山坳上的中国》等生态报告文学，以及《沙狐》《怀念黑潭中的黑鱼》《鱼的故事》等生态小说的诞生，开启了中国生态文学的春天。90 年代末，中国的生态文学开始进入自觉和深化期：作家生态主体意识有所提高，涌现出了专门从事生态文学创作的作家；除报告文学外，生态诗歌、散文、小说越来越成为生态文学家族的主要成员，《天湖》《喊山》《避雨之树》《面朝大海，春暖花开》等诗歌，《驮水的日子》《大河遗梦》等散文，《黑雪》《毒吻》《天猎》《地猎》《豹子最后的舞蹈》《大迁徙》《大拼搏》《大绝唱》《怀念狼》《狼图腾》《燃烧的水》《额尔古纳河右岸》《藏獒》《刺猬歌》《狗村》《黑焰》《中国虎》《生命树》《河上柏影》《黑马奔向狼山》《霍林河歌谣》等小说，引领着生态文学在我国文艺界不断提升影响力。

---

① 吴景明 . 走向和谐：人与自然的双重变奏 [D]. 长春 : 东北师范大学 ,2007:25.

第一节　生态文学的生态之蕴

工业现代化带来了严重的生态灾难，导致了多重生态危机。一是人与自然相冲突，引发了自然生态危机；二是人与他人相冲突，引发了社会生态危机；三是人与自我相冲突，引发了精神生态危机。当前生态问题的核心与关键，是人与自然的关系。重视自然生态危机，消除自然生态危机，对于解决当前日益严重的生态危机来说显然是非常重要的，但生态危机又绝不仅仅限于狭义的自然生态危机，还有社会生态危机以及精神生态危机。要真正解决生态问题，不仅仅是要解决自然生态问题，更为根本的也许还在于要解决社会生态和精神生态方面的问题。生态文艺批评，"从本质上说，是一种文化批评"，它需要"从人类文明的危机、人性的危机等角度来揭示生态危机的本质"。[①] 其所关注的也绝不只是自然生态这一层面，精神生态和社会生态同样是生态批评必须关切的对象，是生态文学不可忽视的表现对象。

一、良性的自然生态

习近平总书记在党的十九大报告中指出："人与自然是生命共同体，人类必须尊重自然、顺应自然、保护自然。人类只有遵循自然规律才能有效防止在开发利用自然上走弯路，人类对大自然的伤害最终会伤及人类自

---

① 刘文良. 文化诗学视域中的生态批评 [J]. 云南社会科学 ,2008(4).

身，这是无法抗拒的规律。"① 习近平新时代生态文明思想中的"生命共同体"理念是对人与自然关系的哲学概括，强调"自然是生命之母，人与自然是生命共同体，人类必须敬畏自然、尊重自然、顺应自然、保护自然"②，强调人类与山、水、林、田、湖都是有机生命体，是由生命体及其赖以生存发展的环境构成的相对独立的子系统，各个子系统之间紧密相连、互为生存发展的条件。"山水林田湖草是一个生命共同体。人的命脉在田，田的命脉在水，水的命脉在山，山的命脉在土，土的命脉在林和草，这个生命共同体是人类生存发展的物质基础。"③ 这就要求我们切实转变传统发展观，树立"绿水青山就是金山银山"④"保护生态环境就是保护生产力，改善生态环境就是发展生产力"⑤ 的生态发展观，走生态优先、绿色发展的生态文明道路。只有坚持正确的自然观和科学的生态观，生态文明才可能有坚实的保障。

自从人类产生以来，人与自然就结下了不解之缘，人类的命运，始终与自然的存在和发展休戚相关。调整和处理好人与自然的关系，需要我们有正确的"自然观"。人类文明的前进与人类"自然观"的发展是息息相关的，换句话说，人类的自然观直接影响和制约着人类文明的发展。在当代生态危机频现的现实语境中，要树立符合社会生态文明前景的自然观，其

---

① 习近平.决胜全面建成小康社会 夺取新时代中国特色社会主义伟大胜利——在中国共产党第十九次全国代表大会上的报告 [N].人民日报,2017-10-28.

② 中共中央宣传部编.习近平新时代中国特色社会主义思想学习纲要 [M].北京:学习出版社,人民出版社,2019:167.

③ 中共中央宣传部编.习近平新时代中国特色社会主义思想学习纲要 [M].北京:学习出版社,人民出版社,2019:173.

④ 习近平谈治国理政 (第 2 卷)[M].北京:外文出版社,2017:393.

⑤ 中共中央宣传部编.习近平总书记系列重要讲话读本 [M].北京:学习出版社,人民出版社,2016:234.

中一项重要的基础性研究就是以历史的辩证的眼光对长期以来的自然观进行分析与评价。考察和反思人类在社会文明发展中确立的自然观念及其所引发的人与自然关系的发展与变化，可以为重建人与自然的和谐关系，为生态文明的构建提供宝贵的经验、教训和有益的启示。在中国，传统的以"天人合一"为主要内核的"和谐"自然观源远流长；而在西方，古希腊"有机论"自然观、马克思恩格斯辩证唯物主义自然观、现当代天人和谐的生态自然观等倡导人与自然和谐统一的"和谐"论自然观在人类自然观的形成和发展旅程中同样影响深远。

进入 20 世纪，随着生态环境问题的频频出现，西方一些哲学家和思想家敏锐地意识到，如果不树立正确的自然观，在"无情"的自然面前，人类将一败涂地。他们开始认真地反省自己的思想传统，从不同维度阐述了人与自然的伦理关系，试图重建天人和谐的生态自然观。

英国数学家、哲学家阿弗烈·诺夫·怀特海 (A.N.Whitehead) 在自然观上一直致力于构建过程论的有机论自然观。他坚持认为机械论自然观的时代已经过去，"在即将到来的时代里生物学和活生生的动物将要求受到更多的尊重，而且作为一种必然结果，人类的自然观念也将重新回到对其丰富而具体的多样性、其由自身所确定的自由、其特性的深度复杂性甚至神秘性、其内在意义和价值方面的认识上去。简而言之，这将是一个有机论的时代。"[①] 怀特海的过程论思想为后现代主义者所继承和发扬，建设性后现代主义代表小约翰·B.科布 (John.B.Cobb) 和大卫·R.格里芬 (D.R.Griffin) 正是在怀特海哲学的影响下提出自己的有机论自然观的。他们肯定自然物

---

① ［美］唐纳德·沃斯特.自然的经济体系：生态思想史 [M].侯文惠译.北京：商务印书馆,1999:370.

具有内在价值，强调事物的内在价值作为其自身的终极因或目的因，并以此与其他事物形成有机性；他们强调人与自然有着必然的、本质的"内在联系"，人类扎根于自然，永远不可能脱离自然，人类并没有什么特殊的价值，那种自命不凡地视人类为万物中心，是一切存在的目的的观念，是导致人类利益和所有物种利益赖以生存的生态秩序大规模被破坏的根源；他们倡导整体论思想，指出自然界和人类社会这两大领域是一个完整整体的组成部分，"那种认为世界完全独立于我们的存在之外的观点，那种认为我们与世界仅仅存在着外在的'相互作用'的观点，都是错误的"。①

20世纪20年代，法国哲学家史怀泽(Albert Schweitzer)提出了"敬畏生命"的伦理学。史怀泽认为，这世界除了人以外，环绕我们周围的，也是有生存意志的生命，爱护并促进生命，是人类善性的体现。慈念在胸，敬畏生命，就能够而且善于倾听"环绕我们周围的"生命，让人与自然和谐相处。他主张伦理学必须把道德关怀的范围从人扩展到包括一切有生命的对象的自然界，一切生物都是平等的，人和自然生物的关系应是一种特别亲密、互相感恩的关系。"有思想的人体验到必须像敬畏自己的生命一样敬畏所有生命的意志。他在自己的生命中体验到其他生命。对他来说，善是保持生命、促进生命，使可发展的生命实现其最高的价值。恶则是毁灭生命、伤害生命，压制生命的发展。"②

德国哲学家海德格尔(Martin Heidegger)在20世纪30年代就看到了技术世界中存在的巨大危险。在他看来，技术不仅是人类达到目的的手段和工具，技术还体现为人与自然之间真实存在着的一种"关系法则"。他认为

---

① [美]格里芬.后现代精神[M].王成兵译.北京:中央编译出版社,1998:23.

② [法]阿尔贝特·史怀泽.敬畏生命[M].[德]汉斯·瓦尔特·贝尔编,陈泽环译.上海:上海社会科学院出版社,1995:10.

科技作为现代人与自然交往的中介，特别是与工业化的密切联系，对全球生态环境的恶化负有不可推卸的责任。他认为，技术时代的真正危险还不是由某些技术引出的那些对人类不利的后果，比如原子弹、核武器；真正的危险在于现代技术在人与自然及世界的关系上"砍进深深的一刀"，从而对人对自然的自身性存在都造成了扭曲与伤害。海德格尔对西方主客二分的、过分强调人的主体性的自然观念进行了无情的批判，主张从对技术本质的追问、沉思中寻求拯救力量，重建人与自然接触、回归"诗意的"生活方式。

法国当代思想家埃德加·莫兰(Edgar Morin)进一步分析了造成"技术控制了现代人"的原因，那是因为"人的认识论已经被技术化"，技术因此变成了以合理性自居的、无意识的、被普遍化了的认识论的支柱。技术的本性是"操纵"和"摆布"，"我们随着技术的发展发明了新的和十分微妙的操纵的方式，在这种操纵方式中对事物的操纵同时需要人类接受操纵技术的奴役"[①]。莫兰还说，现代技术已经成了一个"怪物"，这个怪物怪就怪在它就是我们自身的一部分，而我们也是它身体的一部分，人，以被征服的方式与技术"一体化"了。[②]

同样是在 20 世纪 30 年代，被认为是环境伦理学先驱的美国生态学家利奥波德(Aldo Leopold)提出了"大地伦理"。他认为人是大地共同体的普通成员和公民，而不是土地的统治者，我们需要尊重土地。人们要和自然建立伙伴关系模式，以取代把自然当成征服和统治对象的传统关系模式。

---

① [法]埃德加·莫兰.复杂思想：自觉的学科[M].陈一壮译.北京：北京大学出版社,2001:81.

② [法]埃德加·莫兰.复杂思想：自觉的学科[M].陈一壮译.北京：北京大学出版社,2001:145.

利奥波德把由土壤、水域、植物和动物等组成的集合，都纳入道德关怀的范围之内。他提出人类必须把道德权利的概念从人类伦理学中扩展到大自然的一切实体和过程中去，确认它们在一种自然状态中持续存在的权利。当人们把大地看作我们所归属的共同体时，就会带着爱和尊敬去和它相处。人有义务尊重共同体中的其他成员和共同体本身，维护共同体的完整、美丽、稳定被视为最高的善。利奥波德反复强调，生物或大地自然界应当像人类一样拥有道德地位并享有道德权利，个人或人类应当对生物或大地自然界负有道德义务或责任。

另外，挪威生态哲学家阿兰·奈斯 (Arne Naess) 则开创了"深层生态学"。奈斯的生态哲学主要有两层含义，即"生态中心主义平等准则" (ecocentric equilibrium) 和"生态实践原则" (ecological realization)。深层生态学认为在自然界中，人和动物具有相同的价值，人不是自然的主宰，人与宇宙生灵共生共存。奈斯认为，每一种生命形式都有生存和发展的权利，人类应该充分尊重生命，尊重生命多元化，承认生态整体的内在价值，与自然和谐共处，若无充足理由，人没有任何权利毁灭其他生命。同时，从个人生态实践出发，深层生态学认为人有义务保护自然，人应该杜绝对自然的征服和掠夺欲望。奈斯十分注意发掘东西方文化中的生态智慧并将其有机地结合，形成了他独特的生态智慧，他的生态理论中充满了多元文化的智慧，灌注着生态平衡的思想。如今，深层生态学正在获得越来越多学者的关注和支持，成为西方哲学和生态运动中不可忽略的重要组成部分。

现当代生态学及新兴的生态哲学也都为实现人与自然的和谐发展提供了新的思路，它们一般都强调应该从整个生态系统出发，把人与自然作为统一的整体来认识、处理和解决生态问题。一些思想家在对世界系统的极限以及它对人类活动的限制进行分析的基础上，强烈呼吁：为了人类的生存与发展，必须有效地保护自然和环境，使人类发展与自然环境之间保持一种稳定平衡的状态。美国丹尼斯·米都斯 (Dennis L.Meadows) 等人的研究报告《增长的极限》、巴巴拉·沃德 (Barbara Ward) 等所著《只有一个地球》和杰里米·里夫金 (Jeremy Rifkin) 与特德·霍华德 (Ted Howard) 的《熵：一种新的世界观》等集中地体现了这一思想。目前已在全球范围形成共识的可持续发展理论，其核心思想也就是要在实现人与自然关系和谐的基础上来发展经济，推动生态文明的进程。在自然的发展进程中，人类，以自己独特的方式进行着索取与回馈。实践证明，什么时候人们树立了正确的自然观，生态环境就能得到有效的保护；什么时候人们在自然观的问题上误入了歧途，生态环境就将遭到破坏甚至严重毁损，而人类自身也会自食苦果、深受其害。

良好的自然生态，是生态文明之基。生态文明的提出，是人类对传统文明形态特别是工业文明所造成的生态破坏进行深刻反思的成果。建设生态文明，首要的目标是遏制自然生态恶化的趋势，逐步恢复或重建生态平衡。因此，生态文明首先指向的是自然生态文明。现代女作家宗璞荣获茅盾文学奖的长篇小说《东藏记》（人民文学出版社，2001 年），开篇描写了昆明"非常非常蓝"的天："这是一种不可名状的蓝，只要有一小块这样的颜色，就会令人赞叹不已了。而天空是无边无际的，好像九天之外，也是这样蓝着。"蓝天白云、茂密的森林、清新的空气、洁净的水源、丰富的资源……都是自然生态文明必不可少的表征。红柯的《哈纳斯湖》（《钟山》，2000 年第 4 期），被誉为"森林草原湖光山色的诗性史诗"，作品写到小伙子深深地被湖的美景感染了，"他的鼻子不由自主地动起来，跟水管子一样突突跳着，清纯的空气跟水一样流入体内，内脏热乎乎的，好像被装进玻璃瓶里，晶光闪闪。眼睛跟蛾子一样扑向明亮的野花，草丛到处是花，跟燃的蜡烛一样"。[①] 作品中，人与自然的关系已经完全超脱了以往人们意识中的简单的征服与被征服的对抗，人与自然是一体的，人诗意地栖居于自然的怀抱中，自然"人化"，人也"自然化"，人在与自然的倾诉与交流中得到心灵的放飞，也使得自己的思想得到了升华。

破解人与自然对立的困局，建设有序的生态运行机制和良好的自然生态环境，是生态文明建设的重要标杆。当然，生态文明视域下的自然生态有别于农业文明时的"黄色文明"，不同于工业文明时的"黑色文明"，也不同于原始文明时的"蓝色文明"，它是通过人类劳动确证了人的本质，是人与自然自觉和谐相处的"绿色文明"。

一方面，自然界是人类的母体，是人类生存发展的前提条件。马克思曾形象地指出，人有两个身体，一个是他的有机身体即血肉之躯，还有一个是无机身体即外部自然界。人是自然界的产物，永远不能摆脱对自然界的依赖关系。"我们连同我们的肉、血和头脑都是属于自然界和存在于自然之中的。"[②] "人本身是自然界的产物,是在自己所处的环境中并且和这个环境一起发展起来的。"[③] 人是自然之子，人不能离开自然而存在。另一方面，生态文明的核心是"以人为本"，美丽、和谐与稳定的自然生态必须留下人类的足迹，是人类劳动创造的成果。马克思指出:"被抽象地孤立地理解的、

---

① 红柯.哈纳斯湖 [J]. 钟山 ,2001(4).

② 马克思恩格斯选集 (第 4 卷)[M]. 北京 : 人民出版社 ,1995:384.

③ 马克思恩格斯选集 (第 3 卷)[M]. 北京 : 人民出版社 ,1995:374-375.

被固定为与人分离的自然界，对人说来也是无。"①生态文明既肯定自然的客观存在性，又强调人的价值和尊严。如果人类只是消极保护环境，被动地爱护自然，作为类存在物的"人"就会趋于消亡，自然环境的保护也就毫无意义。人以自身能动的实践活动认识与改造自然，然而，人类的一切生产实践活动需存在于自然之中而不能凌驾于自然之上。人类赖以生存的自然资源是有限的，据统计，在自然状态下为维持生态平衡，地球资源负载力只够养活二十亿人口，但现今全球总人口却高达七十多亿，而且这个数字还可能持续增加。显然，这超出地球承载能力 2 倍多的人口的存在，不得不相对挤占其他生物的生存空间。然而，人类并没有因为自身人口的急剧膨胀而更加谨慎自己的行为对环境的影响，而是以生存与发展为由加速征服与改造自然。生态环境的恶化，人与自然关系的失谐，主要是因为人与自然之间的物质变换在两个方面出了问题：一是人类违背自然规律的盲目劳动（妄为），二是人类超过自然环境的承载能力过度劳动（过为）。"人类与自然之间关系的种种失谐现象，都与人类劳动中存在的妄为和过为有直接关系。人类既需要以科学劳动克服妄为，又需要通过适度劳动约束过为。"②也就是说，人的活动不能逾越人类生存环境可持续承载所允许的限度，人的存在不但要对他人、对社会负责，而且要对自然界的一切生命以及生命赖以生存的环境负责。恩格斯早就警告人们："我们不要过分陶醉于我们人类对自然界的胜利。对于每一次这样的胜利，自然界都对我们进行报复。每一次胜利，起初确实取得了我们预期的结果，但是往后和再往后却发生了完全不同的、出乎预料的影响，常常把最初的结果又消除了。"③

---

① 马克思恩格斯全集（第 42 卷）[M].北京：人民出版社,1979:178.

② 王景全.休闲：人与自然和谐之道 [J].中州学刊,2007(1).

③ 马克思恩格斯选集（第 4 卷）[M].北京：人民出版社,1995:383.

生态危机的出现就是人类陶醉于对自然的胜利的同时自然给予人类的报复，表面胜利中突显的是最让人痛心的失败。痛定思痛，善待自然，尊重自然，还自然和环境本来面目，是生态文明建设的必然要求。习近平总书记强调，要"坚持全民共治、源头防治，持续实施大气污染防治行动，打赢蓝天保卫战。加快水污染防治，实施流域环境和近岸海域综合治理。强化土壤污染管控和修复，加强农业面源污染防治，开展农村人居环境整治行动。加强固体废弃物和垃圾处置。提高污染排放标准，强化排污者责任，健全环保信用评价、信息强制性披露、严惩重罚等制度"。① 只有真正构建起政府为主导、企业为主体、社会组织和公众共同参与的环境治理体系，才能确保自然生态的良性发展。

二、健康的精神生态

Nature 或 Natur，在西方语言中，同时具备"自然"和"本性"的意思。希腊文中，"自然"（physis）一词，并非我们现在所说的作为自然事物总和的自然界，而指的是事物的"本性"（nature）或"本原"（arche，"太初"之意）。希腊文中与我们今天所使用的"自然"概念相当的，是"世界"或"宇宙"（kosmos）一词，它有两层意思：一是指天地之间一切事物的总和，更重要的是指这些事物的秩序；而希腊哲学中，宇宙是本原（最初状态）分化演变的产物，本原是在宇宙内部起作用、并赋予宇宙万物特定的秩序的原因。在东西方传统思想中，曾经有"人是一个小宇宙"的提法，认为人就是宇宙的翻版、镜子，在人的本性中可以发现宇宙力量的

① 习近平. 决胜全面建成小康社会 夺取新时代中国特色社会主义伟大胜利——在中国共产党第十九次全国代表大会上的报告 [N]. 人民日报 ,2017-10-28.

缩影。早在公元前五世纪，古希腊哲学家阿尔克迈翁（Alcmaeon）在他的著作中就认为人是一个"小宇宙"，是大宇宙的缩影，人体是世界构造的反映。公元前三世纪的斯多葛派哲学家也坚信这一点，说是由于上帝的激活，才使宇宙成为一个活生生的实体。到文艺复兴时期，当时很多自然哲学家仍然信奉这样的"大宇宙和小宇宙"理论，认为人体构造就像一个小宇宙：组成世界和人体的成分是相同的，人的肌肉是土，人的血液是水，人的体温是火，人的气息是空气；至于具体的各个部分，头就是天，足就是地，胃是海，胸是空气，骨是石头，血脉是树枝，头发是草，感情是动物。"大宇宙和小宇宙"理论同时也告诉我们：一切关于宇宙（自然）的知识实际上都根源于人的自我认识。

人的本性，也即人的"内部自然"。如同宇宙（自然）的完整性一样，人的内部自然也具有完整性，这种完整是通过意识与无意识、知觉和思维、理性与感性等的配合得到的。然而，这种"内部自然"的完整性却被西方近代哲学打破了，理性与感性的，抽象和个别的，知觉和思维的，直觉和分析的，不再是和谐的整一，而是呈现分裂状态。随着科技水平的提高，这种分裂愈演愈烈，人们对"科学神"的膜拜取代了对"自然神"的敬仰。"当人们不再对自然怀有敬畏的感情，而将其视为征服、利用和占有的对象时，人的内部自然发生了不幸的'异化'——理性与感性的、抽象和个别的、知觉和思维的、直觉和分析的分裂。"[1] 而正是这种人的内部自然的异化催生了人与自然关系的异化，"理性"的人类开始了疏远自然、制约自然、征服自然的历程。西方当代著名思想家欧文·拉兹洛（Ervin Laszlo）

---

① 刘蓓.生态批评：寻求人类"内部自然"的"回归"[J].成都大学学报(社科版),2003(2).

在解析人类的生态困境时认为，生存的极限不在于地球的自然生态环境，而在于人的内心，在于人类对于自己生活态度、生存方式的选择："人类的最大局限不在外部，而在内部。不是地球的有限，而是人类意志和悟性的局限，阻碍着我们向更好的未来进化。"①

当下，水体、陆地、空中污染都已经非常严重，植被严重破坏，资源日益枯竭，一些物种濒临灭绝，人类正以前所未有的速度和规模破坏着生态圈的动态平衡，全球性生态危机越来越严重，人类也为此付出了日趋沉重的代价。有人认为，科学技术的发展可以克服生态危机，有人认为，加强行政管理和法制建设可以抑制生态危机。或许，这些全都正确，然而，这些显然又是不完全的。如果我们的目光只是停留在生态系统的物质层面和外部层面，把最终解决生态问题的希望仅仅寄托在科学技术的进步与社会管理制度的完善上是远远不够的，科学技术和社会体制后面的精神、理念问题常常起着决定性作用。比如，我们掌握了推进人类文明进步的科学技术，但错误的理念却完全有可能诱导我们运用科学技术毁坏人类文明；我们借鉴了外国的许多法律规范，却没有，也不能移植法律规范后面的那些理念，由此造成了许多问题。生态问题与人的精神、理念有一定的关系，从人的精神、理念方面找原因或许正是治本之举。

的确，自然领域发生的危机有其深刻的人文领域的根源。自然生态的恶化与人的生存抉择、认知模式、价值观念、文明取向、社会理想等密切相关。人类不但是自然性的存在，同时也是精神性的存在，在自然生态和社会生态之外，还有一个精神生态系统。"人类的精神，在历史发展中是人类文明和文化的有机体，处于历史上各种文明和文化的有机关联中。在现

---

① ［美］E·拉兹洛. 人类的内在限度［M］. 北京：社会科学文献出版社，2004:15.

实性上，也都是人的现实生活的一个有机构成，是与经济、社会的现实发展和价值形式构成活的机体。在人的生命存在和活动中，在精神与物质之间，甚至各种精神因素之间，都存在生态关联。"①生态批评家鲁枢元更加深刻地指出，拯救地球与拯救人心是一个问题的两个方面。生态困境的救治仅仅靠科学技术的发展，靠科学管理的完善是不行的，还必须引进"人心"这个变量。

实践证明，生态危机不仅发生在自然领域、社会领域，同时也会发生在精神领域。人类社会中的生态失衡、环境污染正在不知不觉中向人类的心灵世界、精神世界迅速蔓延。"精神污染"已经成为最可怕的污染。不只是自然生态的破坏可以毁灭人类，人类自身的精神生态严重失衡同样可以毁灭人类自身。而且，人类精神生态失衡所导致的后果还可能远远超出自然生态失衡的后果。海德格尔早就意识到人类精神生态面临着巨大的危机，他认为：新时代的本质是由非神化，由上帝和神灵从世上消逝所决定。地球变成了一颗"迷失的星球"，而人则被"从大地上连根拔起"，丢失了自己的"精神家园"。②海德格尔并由此而向我们发出了严重的警告：在核武器毁掉人类之前，人类很可能在精神领域已经先毁灭掉自己。文学家詹姆斯·乔依斯（James Joyce）也沉痛地指出："与文艺复兴运动一脉相承的物质主义，摧毁了人的精神功能，使人们无法进一步完善。现代人征服了空间、征服了大地、征服了疾病、征服了愚昧，但是所有这些伟大的胜利，都只不过在精神的熔炉中化为一滴泪水！"③

---

① 沈勇. 精神生态与伦理规范 [J]. 广西教育学院学报,2005(2).

② [德] 冈特·绍伊博尔德. 海德格尔分析新时代的科技 [M]. 宋祖良译. 北京：中国社会科学出版社,1993:195.

③ [法] 詹姆斯·乔依斯. 文艺复兴运动文学的普遍意义 [J]. 外国文学报道,1985(6).

当今时代，拜金主义、消费主义、实用主义、功利主义、个人主义等盛行和泛滥，人类确实得到了短暂的感官愉悦和满足，但与此同时，信仰缺失、心灵的空虚与麻木却接踵而来，伦理道德的沉沦和生命意义的丧失似乎也变得难以避免。人们在追寻自我存在意义的过程中，显得困惑、迷惘和孤立无援，人们的精神生态问题愈来愈凸显。由精神生态危机导致的信仰崩溃、金钱至上、道德沦丧、违法犯罪、民族纠纷、恐怖主义、局部战争，等等，都已经严重危及人类的生存。其实，人的内部自然生态的平衡不仅不是可有可无的，而且，它还是整个大生态系统的一个极其重要的组成部分，它的平衡程度甚至决定着"外部自然"的水平。人类是地球生态系统众多物种中相互依存的一个物种，也是地球村中享有重大权力同时又应当承担重大责任的一员。想要缓解生态危机，必先审视并调整人对自然的态度和观念。按照马克思、恩格斯的说法，现代社会中自然的衰败与人的异化是同时展开的。人与自然的对立，不仅伤害了自然，同时也伤害了人类赖以栖息的家园，伤害了人类的精神自然（内部自然）。说到底，那种实用主义的、物质主义的、片面的、短视的价值观正是造成现代生态灾难的罪魁祸首。而要重新修正现代社会的价值体系，在很大程度上取决于人类如何端正自己的价值取向，如何正确面对精神生态问题。

面对各种愈演愈烈的生态问题，人们开始追根溯源，从一般生态伦理学角度反思和规范自身行为、平衡生态的同时，开始把目光投注到人类自身的精神状态问题上来。1972 年美国生态学者巴特生（Gregory Bateson）在《走向精神生态学》（*Steps to an Ecology of Mind*）一书中把精神定义为"生命事物的系统现象特征"，认为精神从来都是物质现实的一部分，应该科学地平衡精神与物质的关系，从人类自身的角度对精神和生态问题进行系统的思考与探索，把抽象的精神与生态相联系。另外，为了更好地考察人类与其环境因素之间的联系，法国社会学家夏尔丹（Cherdin）和法国科学家克洛德·阿莱格尔（Claude Allegre）也都论及了"精神圈"问题。尤其是阿莱格尔引入的"精神圈"，还特别突出了人的社会生活对地球系统平衡所产生的危害与后果。中国学者鲁枢元也提出了自己的"精神圈"概念，认为在水圈、土壤圈、岩石圈、大气圈、生物圈之外，还应该有一个由人类的操守、信仰、冥思、想象构成的"精神圈"，它对地球生态系统具有更大、更深远的影响。精神生态在人的精神世界与人所生存的物质世界之间搭起了一座沟通协调的桥梁，它不但关注人的精神世界，研究如何通过外部环境的优化和文化制度的建设来改善人的精神心理问题，还关注人的精神活动对外部环境的影响，尝试通过对人的精神世界的建设来规范人的观念、行为，缓解人的发展与自然和社会发展之间的矛盾冲突。

的确，生态批评应当与深层生态学改造生态价值观念的主张相呼应。对于发展中国家来说，因为大部分的资源已被发达国家以各种方式直接或间接地掠夺了，保护生态环境与提高基本生活水平就常常处于一种两难选择之中，精神生态恶化的问题很容易被基本生存追求造成的物质环境破坏的问题所掩盖。而发达国家的状况似乎也好不到哪里去，他们的外部自然环境的治理确实已经取得了相当的成效，但是，他们所面临的精神生态危机问题，却不仅没有得到改善，反而有日益加重的趋势。由精神生态的危机而导致道德伦理问题、心理问题、自杀、吸毒、民族纠纷、恐怖主义、局部战争等都可能一触即发。面对这一切，生态批评的眼光，显然不能仅仅局限于狭义的生态环境保护——"外部自然"的改善。正如生态批评学者刘蓓所言，生态文学的最高使命，不是呈现人类与外部自然在表层意义上的和谐相处，也不是说服读者完全摒弃现代文明，返回最原始的"自然"状态。人类既处于自然之内也在其之外，艺术与文化的潜能在于，它能使我们更加清晰地意识到，自然与文化在我们生活中有着多么错综复杂的交叉关系。"保护和修复人类的精神生态，是保护物质生态环境的重要前提条件。回归自然，始于人的内部自然的回归。不能实现这一首要任务，全面健康的环境生态将永远无法实现。"① 回归自然是人类身心健康、心态正常的必由之路，只有回归自然，与自然和谐相处，形成"人天合一"的境界，才是人类精神家园的最终归属。文学是一种坚守，"生态文学致力于坚守绿色发展、永续发展，也在探求如何重塑人的精神信仰，致力于面向未来，且情意性地充蕴人的精神世界，意在丰富生态文明的精神内蕴"② 。这也正是生态文学的执着所在。

甘肃作家雪漠的长篇小说《猎原》（中国大百科全书出版社，2018 年）中，面对祖国西部越来越失衡、不断恶化的自然生态环境，作者在捕捉到造成生态环境恶化和失衡的"病原体"之后，以一个作家的生态良知和对社会、人类的强烈责任感，借主要人物孟八爷之口，为我们开出了一剂疗救生态环境的药方。面对狼祸和干旱，孟八爷睿智地指出：自然生态最大的威胁，其实不是狼，也不是水，而是那颗蒙昧的心。心变了，命才能变；心明了，路才能开。雪漠看得很准很透彻，生态危机的根本实际上正是人的精神危机。"只有改变人的心性，重铸人的灵魂，人的心态才会趋于平衡

---

① 刘蓓.生态批评：寻求人类"内部自然"的"回归"[J].成都大学学报 (社科版),2003(2).

② 盖光.生态文学：人类和谐生存的精神祈望 [J].鄱阳湖学刊 ,2019(1).

和健康，才不会再去干那些伤天害理和破坏生态平衡的事情。"①尽量抑制自己的贪欲，过好简单朴素的生活，这才是我们保护生态环境最牢靠的精神根基。猎人不打猎，还能生活下去吗？显然很难。但传统的以求生存为目的打猎方式对于生态环境的破坏还是有限的，真正按照行猎规矩打猎的猎人并不是破坏自然生态平衡的人。《猎原》中，藏族猎人瘸阿卡严格按照猎人的老规矩行事，从不做赶尽杀绝的事情："不贪，日求三餐饭，年求两件衣。需要了，打一个。"显然，这样自我约束观念很强的猎人和这样的打猎方式反而是维护自然生态平衡的一部分，对自然生态真正造成威胁和破坏的是那些利欲熏心、一心想着发昧心财的"赶山"者。作品中，雪漠以现实主义的手法再现了中国西部农民日益恶化的自然生态环境以及异化的社会生态环境下的众生相，深入反思和探究了西部农民的精神文化生态与自然生态、社会生态之间的关系。

三、和谐的社会生态

生态问题是社会问题，生态危机最本质的根源是"社会原因"，这是马克思关于生态问题本质的经典阐述。良好的社会生态可以为自然生态提供有序的保障，而不良的社会生态则可能造成自然生态的毁坏，2005 年开始的"圆明园整治事件"就是一个适例。当年圆明园湖底防渗工程、圆明园福海湖心岛出租事件等都已成为破坏自然生态的警示事件。事实证明，这些防渗工程、古迹重建工程其实并非必建工程，而是一些单位或利益集团甚至个人为了能够通过工程获得利益而弄出的一些破坏性工程。一位社会

---

① 宋俊宏 . 张树铮西部的忧思——生态文学视域下解读雪漠长篇小说《猎原》[J]. 河西学院学报 ,2014(1).

学专家忧心忡忡地表示，因为有对既得利益的维护，公众、媒体、环保部门对圆明园的"保卫战"依然艰难。在强烈的以追逐利益为目的"社会生态"掌控下，"自然生态"遭到严重破坏的例子不胜枚举，圆明园事件绝对不是唯一的个案。因此，进一步完善市场经济的公开、公正、公平的原则，防止由于社会生态的恶化而危及自然生态，将是我们"社会主义和谐社会"建设以及"中国梦"筑梦工程的题中应有之义。

马克思以实践为基础的人化自然观是我们认识生态问题的锐利思想武器，马克思自然观认为：通过人的实践改造加工过的人化自然才是现实的自然界。在马克思看来，生态问题实质上就是社会问题，要想真正实现人与自然的和谐关系，必须从解决社会问题入手。导致生态危机的根源是多方面的，但社会原因却是一个根本性的原因。自然生态危机的产生在很大程度上是因为人类对人与自然的关系的认识还没有达到相当深刻的程度，人类片面地把自然界当作索取对象的价值观导致了人类与自然矛盾的激化，而导致这种价值观得以膨胀的主要原因则是由社会造成的。虽然社会制度是在人改造自然的过程中产生的，但不合理的制度直接影响人与自然的关系。在不合理的物质至上的社会中，个人对物质财富的占有已经不仅仅是为了维持生计，而且是取得社会权力的最基本方式，同时也成了某些人"高贵"身份的象征，这就加剧了个人对财富和资源的贪欲，他们在无节制地争夺自然资源的同时，也就很少考虑自身经济行为对自然环境的损害。

马克思强调，我们不是反对人们对自然界的利用，而是反对对自然资源的自私利用。人掠夺自然是私欲膨胀的结果，而人的私欲是由社会关系，特别是生产关系决定的。生态危机主要是人类自私地利用自然的结果，而私有制是人与人之间利益争夺的根源。"资本主义生产发展了社会生产过程的技术和结合，只是由于它同时破坏了一切财富的两个源泉：土地和工人。"① 其实，面对自然界对人类不合理行为的报复，面对一个危及自身生存的生态环境，人们在对于生态问题重要性的认识方面或许已经在一定程度上达成了共识，但是，具体到生态问题这一现实问题的解决上，就似乎很困难了。一方面，人们都在感叹生态环境的恶化，在担心生态环境的恶化，另一方面，又在不断地，甚至是变本加厉地损害着生态环境。富人（也指发达国家）希望占有更多的自然资源而获得更多的财富，穷人（也指发展中国家或不发达国家）希望争取更多的自然资源以摆脱贫穷。于是，有限的自然资源就在这种利益争夺中被急剧地耗失。所以，人类要消除生态危机，"最根本的是要消除私有财产权力在人与人之间制造出来的竞争和对抗，在此基础上消除不同利益主体在利益上的冲突。只有如此，人们才能真正从人的'类存在'的意义上去关注那些属于人类的共同利益，否则，要真正解决生态问题是不可能的。"②

　　在生态问题的产生和如何走出生态危机的问题上，马克思是从现实实际出发来考察的。他并不反对和批判人的主体性，也不抽象地反对科学技术。相反，马克思认为，人之为人在于人有理性，人类的理性和科学技术的发展是人类文明进步的巨大动力和锐利武器。人的主体性不是要否定，科学技术不是要否定，而是要反对为所欲为的人的主体性，反对缺乏制约、自私自利地利用科学技术。马克思强调生态危机的解决要从解决社会问题出发，逐步消除人与社会关系的异化，特别是私有财产权力在人与人之间制造出来的竞争和对抗，消除民族与民族、国家与国家之间利益冲突的根

---

① 马克思恩格斯选集（第 44 卷）[M]. 北京：人民出版社 ,2001:579-580.

② 吕世荣 . 马克思自然观的当代价值 [J]. 河南大学学报（社会科学版),2004(2).

源，只有这样，生态危机才可能获得真正的解决。离开这些社会性的因素，抽象地谈论或否定人类的利益，是一种抹杀现实利益差别的空谈，不但于生态危机的解决无益，而且还会因为它掩盖了造成生态危机的真正原因和不同利益主体对生态危机应承担的责任和义务而导致生态危机愈演愈烈。

美国著名社会生态学家默里·布克钦（Murray Bookchin）在其《什么是社会生态学》中指出：几乎所有当代生态问题，都有深层次的社会问题根源。如果不彻底解决社会问题，生态问题就不可能被正确认识，更不可能解决。① 社会生态学认为，生态危机根源于人类不合理的社会生活模式，统治与被统治的压迫性社会结构，产生并强化了一切统治形式、思考方式和生活方式，包括人对自然的统治和掠夺。从现实情况来看，与其把生态危机的责任推给科学技术这把"双刃剑"，还不如说是不合理的社会体制与社会管理的过失。这里，我们以"城市扩大化"为例，可以比较清楚地看到这一问题。城市的高度工业化早已使得城市环境不堪重负，正面临着一次生态的大灾难。同时，由于城市的地价上涨以及项目审批的严格，一些污染严重的工厂便迁出城市，搬到附近的城郊一带，于是，污染源得以一圈一圈地往外扩散。而城郊地区的管理没有城市内的严格与科学，一些污染大的工业从而能够在郊区得以存活。同时，这些重污染工业由于吸收了城郊大量的劳动力，解决了一部分人的就业问题，也为当地政府创造了一些税收，所以郊区政府便对这些"黑色"工厂睁一只眼、闭一只眼。这也就启示我们，缓解生态危机，抑制生态灾难，必须与改变和完善社会体制与社会制度密切挂钩。作为推动生态问题解决及和谐社会构建的"催化剂"，生态文艺和生态批评都应当致力于反思我们不合理的经济社会发展模

---

① 余谋昌.生态哲学[M].西安：陕西人民教育出版社,2000:137.

式如何影响、导致环境的恶化和生态危机，为政府出台环保政策和举措提供参考和依据。

反思全球日益严重的生态危机，可以清楚地发现，人类非生态的现代化理念和实践模式是生态环境恶化的重要根源。现代社会的快速发展在很大程度上是依托于工业化和科技进步，然而，工业和科技的发展并不都表现为正确认识自然、合理利用自然、在自然能够承载的范围内适度地增加人类的物质财富。在很多情况下，却表现为干扰自然进程、违背自然规律、破坏自然美和生态平衡、透支甚至耗尽自然资源。哲夫的《地猎》（中国文联出版公司，1994 年）中，大峡谷水源原本清澈纯净，但因炼金造成严重的污染蔓延，自然之水浑浊不堪、污秽不已，直至永久枯涸。李宁武的《落雁》（《山东文学》，1999 年第 5 期）从大雁的视角，描述了工业化带给大雁生存的"至暗危机"。大雁一年一度的南北迁徙原本是自然界中一道非常美丽的风景线，但是，工业化的烟囱、硫酸和煤烟气味，导致这美丽的迁徙之旅变成了大雁的死亡之旅。而实际上，工业化背景下的大雁之旅，从某种意义上来说，也就意味着人类之旅。王华在《桥溪庄》（《当代》，2005 年第 1 期）中，描绘了在工业污染的荼毒下，桥溪村村民们那种凄苦无奈、疯狂绝望的灾难图景：男人基本上都患上了"死精症"，而女人则不怀血胎、只怀气胎。这仿佛一把达摩克利斯之剑，高悬于人们的头顶，使得所有对幸福的追求都变得脆弱和不堪一击。关仁山的《白纸门》（作家出版社，2014 年）围绕有上百年剪纸传统的麦氏家族和远近闻名的造船世家黄氏家族展开全方位描写，真实入微地记录了农民的生存状态和命运起伏。《白纸门》"呈现出雪莲湾人期盼现代性标识，然而却是工业污染造成的红藻、蟹乱的'海坏了'的结局"①,确实值得我们深刻反思。余华《自杀未遂者的讲述》则以黑色幽默的方式讲述了一个极具无奈感的悲哀:在一个"天空飘满了滚滚浓烟"、河水"流动时和一个气喘吁吁的纤夫没有什么两样"的现代都市,一个自杀者根本找不到适合自杀的地方。想跳楼,却发现街道地面全是垃圾,尘土在灯光里飞舞,想到嘴里将塞满卫生纸和空油瓶;想跳海,却发现化工厂黑乎乎的废水直接排入海里,海水散发着令人窒息的恶臭……

工业和科技的发展在给人类带来繁荣、幸福和欢乐的同时,也给人类带来了种种现实的或潜在的威胁,甚至可能是灾难的深渊:地球自然环境的不断破坏与恶化,社会生活的机械化与非人化,工具理性主义对人类的不断渗透与控制,等等。要构建持续发展的和谐社会和生态文明,必须认真检讨和更新传统的现代化实践模式,"把生态现代化视为社会整体现代化和构建和谐社会的重要价值追求,通过发展绿色科技、绿色生产力、环境保护和环境友好技术、绿色产品和绿色服务、绿色营销以及倡导以绿色生活方式、绿色消费方式、绿色行为方式等为内容的绿色精神文明,使人类走上一条资源可持续利用,人与生态环境和谐并使人与人、人与社会和谐的现代化道路"。②而在揭示和反思过度工业化和滥用科学技术给人类带来严重生态灾难、呼吁强有力的环保政策出台等方面,生态文艺和生态批评都是具有特别意义的。

20世纪60年代以前,美国政府的公共政策中还没有"环境"这一内容,环境问题还没有为政府所注意。1962年,蕾切尔·卡逊《寂静的春天》

---

① 雷鸣.论中国当代生态小说的阐释路径[J].学术界,2020(6).
② 方世南.生态现代化与和谐社会的构建[J].学术研究,2005(3).

出版，揭露并控诉了"DDT"等农药如何扼杀了人类生存环境的生机，如何把一个有声有色的春天变成了荒凉死寂的春天。《寂静的春天》发表后引起了极大的社会反响，一些环境保护政策随即出台，环境保护组织也逐步建立。1970年美国成立了环境保护署，DDT和其他几种剧毒杀虫剂被从生产与使用的名单中彻底清除。的确，《寂静的春天》的影响是非常深远的，"这本书犹如一道闪电，第一次使我们时代值得讨论的最重要的问题显现出来。""如果没有这本书，环境运动也许会被延误很长时间，或者现在还没有开始。"[①]卡逊质疑了我们这个技术社会对自然的基本态度，揭示出隐藏在干预和控制自然的行为之下的危险观念，"警示人们缺乏远见地用科技征服自然很可能会毁掉人类生存所有必需的资源，给人类带来毁灭性的灾难"。[②]此类生态文学之所以能产生如此强烈、积极的社会反响，因为它深刻地反思不正确的发展模式如何诱发和形成了越来越严重的生态危机，如何给自然生态环境带来了不可逆转的灾难性后果，同时又是如何导致了人类生存环境的岌岌可危，从而给广大民众传达出一种强烈的生态情绪，同时引发国家有关部门对于生态环境保护的重视，并制定相关的法律法规，出台有效的生态环保措施。

杜光辉的《可可西里狼》，贾平凹的《带灯》，孙正连的《洪峰》，胡发云的《老海失踪》，叶广芩的《猴子村长》等作品"对现代科层化体制对自然、社会带来的负面效应给予了激切的反思和追问"[③]。《可可西里狼》（作家出版社，2010年）叙写了一位曾经的"生态导师"石技术员复员后担

---

① 蕾切尔·卡逊.寂静的春天[M].吕瑞兰等译.长春：吉林人民出版社,1997：前言.

② Philip Sterling,Sea and Earth: *The Life of Rachel Carson*[M]. New York: Thomas Y.Crowel Compang, 1970.p.193.

③ 高春民.社会化反思：生态文学创作的潜在主题[J].江汉论坛,2019(3).

任玉树州经济委员会主任，为了发展玉树州的地方经济不得不将视野转向可可西里的金矿资源的"无奈"。《带灯》（人民文学出版社，2013 年）中的樱镇书记为了自己的政治前程，不顾反对强力引进大工厂以便发展樱镇经济，不惜以牺牲美丽自然环境的代价实现所谓富饶的美好愿望。《老海失踪》中，在山里长大，具有生态意识，懂得生态保护重要性的老朝为了发展地方经济和改善山区的贫穷现状，特别是为了服从上级部门和那些"组织内的规则"，只好舍弃内心的良知而去怠慢环境保护甚至破坏自然生态……正如评论家雷鸣所说，现代科层化体制的内在规则如果被作为不正当性的源泉和保证，那么个体的内在良知只能选择一种内在放逐，一种自我的边缘化。①

无序的社会生态破坏正常的自然生态，良好的社会生态促进自然生态的良性发展。习近平总书记在党的十九大报告中强调："加强对生态文明建设的总体设计和组织领导，设立国有自然资源资产管理和自然生态监管机构，完善生态环境管理制度，统一行使全民所有自然资源资产所有者职责，统一行使所有国土空间用途管制和生态保护修复职责，统一行使监管城乡各类污染排放和行政执法职责。构建国土空间开发保护制度，完善主体功能区配套政策，建立以国家公园为主体的自然保护地体系。"②生态文艺和生态批评在直接关注自然生态的同时，更应该将关注的目光投向社会生态，通过呼唤健康的社会生态推动良性自然生态的重建。

---

① 雷鸣 . 危机寻根：现代性反思的潜性主调——中国当代生态小说研究 [M]. 济南 : 山东文艺出版社 ,2009:103.

② 习近平 . 决胜全面建成小康社会 夺取新时代中国特色社会主义伟大胜利——在中国共产党第十九次全国代表大会上的报告 [N]. 人民日报 ,2017-10-28.

第二节　生态文学的呈现方式

虽然生态文学成功地实现了崛起，但不可否认，生态文学依然没能成为文学的主流，而是暂时处于中国文学的"边缘"。究其原因，一个很重要的方面就在于生态文学作为一个新的"舶来品"，本身在西方就没有获得一个确切稳定的定义。传到中国之后，学界对此更是仁者见仁智者见智，根据各自的理解来对其进行阐释，因此造成了人们对"生态文学"这个新兴概念理解的纷繁杂陈。从某一定意义上看，相对于方兴未艾的生态批评来说，中国本土生态文学创作的乏力阻碍了生态批评的长足发展。值得欣慰的是，生态文学批评的对象并没有被限定在当代典型意义的生态文学的狭小范围内，一些生态批评学者将我国古代的一些文学作品，例如山水田园诗或表现人与自然和谐共处的散文、小说也当作生态文学作品来研究，有效地拓展了生态批评研究的文本范围。然而，这也带来了一定的"副作用"——引起人们对生态文学概念理解的混乱。我国生态文学研究先驱人物之一的王诺先生在其学术著作《欧美生态文学》中对"生态文学"做出了目前国内最为权威、认可度最高的定义。他认为"生态文学是以生态整体主义为思想基础、以生态系统整体利益为最高价值的考察和表现自然与人之关系和探寻生态危机之社会根源的文学。生态责任、生态批判、生态理想和生态预警是其突出特点"。① 这个定义充分地考虑到了生态文学的产生背景并挖掘了经典生态文学的审美特质、主题思想，是评判真伪生态文学的重要标准。然而生态文学评判标准的提出，却仍然不能解决目前我国

---

① 王诺. 欧美生态文学 [M]. 北京 : 北京大学出版社 ,2003:11.

高质量的生态文学作品不多，与我国生态文学批评研究快速发展需要大量批评对象之间的矛盾。在此，我们提出"显性生态文学"与"隐性生态文学"的概念，希望能为拓宽生态文学研究对象与范围起到一定的作用。

一、显性和隐性：相对明显但难觅鸿沟的区分

众所周知，在作家进行有意识的创作实践之前，他必须在脑海中相应地确立一个鲜明的主题与形象，即他会思考"我要写什么""我应该怎么写""我所写的东西大致是个什么样子"等诸如此类的问题，我们不妨称之为作者的主观表达愿望或主观创作意图。而读者对文本的接受又是一个阅读再创造的过程，即读者在对文本进行解读时往往会因为自己的生活经验、修养水平甚至是某种非文学性的需要——例如政治斗争需要等因素而提炼出其他的主题。例如，在对我国经典文学巨著《红楼梦》的主题解读上，"因读者的眼光而有种种，经学家看见《易》，道学家看见淫，才子看见缠绵，革命家看见排满，流言家看见宫闱秘事……"①

对于这种情况，我们把反映作者主观创作意图的主题谓之为"显性"，把读者阅读再创造所得到的主题谓之为"隐性"。这种提法既尊重了作者与读者各自的创造性又使复杂化的主题得到区分，具有一定的合理性与可行性。再由此反观生态文学，不妨把那些作者创作时就秉持着一定的生态观念，而且这种生态观念在作品中的体现清晰而鲜明的作品定义为"显性生态文学"，而把那些作者创作时原本没有清晰的生态观念而是因为读者在解读时才被赋予某种生态意识的作品定义为"隐性生态文学"。另外，作者的生活背景也可以作为甄别生态文学作品"显隐性"的参考标准之一。因为

---

① 鲁迅.鲁迅全集（第7卷）·绛花洞主小引[M].北京：人民文学出版社,2003:419.

生态文学产生的大背景是人类进入工业化时代后对自然的破坏引起人与自然的高度对立，而这之前人与自然的矛盾并未高度激化，一切都还是处在一个相对比较和谐的状态之中。而且，从时间上来说，真正意义上的生态文学产生的标志是 1962 年蕾切尔·卡逊的长篇报告文学《寂静的春天》的发表，故而，在 1962 年之前的所谓的"生态文学"也是宜于被看作"隐性生态文学"的。应该说，显性生态文学和隐性生态文学是对于生态文学的一种相对明显但又谈不上鲜明界限的区分。

另外，"生态"本身就是一个涵容性非常强的概念，生态理念首先关注的是人类与自然的关系问题，统摄于人与自然的关系问题，即使并不是有意要表现生态主题的文学作品，也可以属于生态文学的范畴。2019 年，阿来出版了他的第三部以地震为题材的长篇小说《云中记》（北京十月文艺出版社，2019 年），通过阿巴这个典型人物形象启迪读者：包括自然灾害在内的种种磨难，一旦给我们的精神造成难以自拔的严重损伤，修复起来要比再创物质财富更重要也更艰巨。《当代文坛》副主编赵雷曾从人性深度和悲剧精神的角度，对阿来的灾难性书写给予了充分肯定，他认为《云中记》从文学、美学和哲学的维度，经由个体的消失、村庄的消亡来观照人类的普遍境遇和共同命运，从而达到超越性、悲剧性的境界。在一些人看来，《云中记》这样一部表达生与死的沉思的作品与"生态文学"还是有距离的。而实际上，《云中记》从阿来关于生命与死亡的咏叹和沉思中可以读到一种深刻的生态省思。"阿来尽管不是刻意要把小说写成一部反映生态问题的小说，但生态意识使他能把他所要思考的生与死的问题置于人与自然的关系中去认识，置于现代文明的新高度上去认识；他所思考的生与死问题不仅属于人类，也属于整个大自然，因此在小说中处处都闪耀着生态理念之光芒。"① 对大自然的爱贯穿于《云中记》中，在阿来的文思中，生与死不仅关乎人类，也关乎大地和自然。同时，小说对现实社会中的生态问题也进行了揭露和批判。而且，阿来选择了一个地震后的移民村作为书写对象。移民本身就是一种重新调整人与自然关系的措施，科学合理地移民可以让人与自然相处得更加和谐，反之则容易造成对抗而导致"双输"。应该说，一部作品是不是生态文学作品，不是作者自己说了算，也不是评论家说了算，更可能的还是读者说了算。很多读者从作品中读到了生态主题，领悟了生态内蕴，提升了生态意识，那么这样的作品就可以看作是生态文学，尽管它可能是隐性的。

二、显性生态文学：秉持清晰鲜明的生态观

显性生态文学作为生态文学的"正宗"，是目前生态文学批评研究的主要对象。这类生态文学，作者创作时就秉持着一定的生态观念，而且这种生态观念在作品中的体现是清晰而鲜明的。结合生态批评学者王诺学术专著《欧美生态文学》的界定，我们不难归纳出显性生态文学的主要特征。

第一，显性生态文学反对人类中心主义，并且以生态系统的整体利益为最高的价值判断标准。在显性生态文学作品中，我们常常会发现人的愚蠢无知与自以为是。人不是什么万物灵长，他和自然中其他物种一样都只是自然的孩子。当自然母亲的乳汁血肉被榨干的时候，和万物一起饿死的还有我们自己。因此，只有生态系统的整体利益才是最高价值的判断标准。在姜戎的《狼图腾》中，人类智慧的代表毕利格老人有这样一句话："难道草不是命？草原不是命？在蒙古草原，草和草原是大命，剩下的都是小命。

---

① 贺绍俊.《云中记》《森林沉默》的生态文学启示 [J]. 中国当代文学研究 ,2020(3).

小命要靠大命才能活命,连狼和人都是小命……"① 这样的说法是非常深刻的。所以王诺在论述生态文学的判断标准时甚至认为"这一特征是对生态文学最基本的判断,也是衡量一部作品是不是生态文学作品的第一标准"②。

第二,显性生态文学着重表现自然与人的关系,强调人类对自然所负有的责任。在人类中心主义与工具理性主义所操控的传统文学的理解中,自然仅仅只是一种工具、途径、手段、符号,它们作为一种形象在文学中的存在只是为了抒发、表现、暗示、象征人的内心世界与人格特征。而在生态文学中,自然和人的地位是平等的,甚至只有自然才是真正的主角,它和人类一样会思考,有感觉,懂得喜怒哀乐。在杨志军的生态小说《藏獒》(人民文学出版社,2005 年)中,藏獒群成了真正的主角,而人类却退到了陪衬的位置上。生态文学是有良知且警醒的地球儿女的文学,因此它们拥有深重的责任意识,表现了作者祈求忏悔与救赎的心情。在这方面,生态报告文学无疑是表现得最为淋漓尽致的。水是万物的生命之源,而我们却常常恩将仇报,生态报告文学"《北京失去平衡》最早报道了北京在污染、浪费与人口压力下的严重水资源危机"。"《永远的太湖》《淮河的警告》则直击'污患',分别以太湖、淮河的污染和治理为主轴,运用大量的事实与数据深入报告了令人触目惊心的污染状况与后果,为我们真实记录了一幅惨痛的河湖受难图。视野更为开阔的《守望家园·江河之卷》与《江河并非万古流》,二者不再锁定某条江河,而是将关注的目光投向整个江河系统来整体显示'人祸'而造成的危机。"③ 这些作品敲响着警钟,发出"人啊,你应当忏悔!"的启示,呼唤人们行动起来,保护生命之水,保护地球。

---

① 姜戎.狼图腾 [M].武汉:长江文艺出版社,2004:33.

② 王诺.欧美生态文学 [M].北京:北京大学出版社,2003:8.

③ 高彩霞.生态文学作品导读 [M].北京:中国环境科学出版社,2006:132-134.

第三，显性生态文学是直指人心的，它总是努力去寻找我们错误的根源——人类中心主义和工具理性主义。从这个角度上来讲，显性生态文学是主张文明批判的，主张历史地揭示文化是如何影响地球生态的。事实也证明我们在对自然进行开发的过程中，很多时候只顾及经济价值而忽略了生态价值，只考虑到自身的发展而漠视了其他生物的生存。"一百多支冲锋枪发出暴风骤雨般的响声，一波还没有停息，另一波又遽然轰响。藏羚羊们还没有清醒过来，就全部倒在血泊里。有的子弹穿透了母羚的身体，也穿透了母羚体内的幼羚，它们还没有看到外边是怎样的世界就被杀死了。羚羊的血和小草的露珠羼杂了，清晨的小河上空弥漫着血的腥热气息。"①这是《可可西里狼》描述的以王勇刚为首的盗猎集团，为了得到藏羚羊皮，利用藏羚羊分娩时无法逃命的生理特点疯狂杀戮的暴烈惨景，说是犯了天怒也一点不为过。"鄂伦春"，这样一个诗意的名字意为"山岭上的人"，这里的人们世世代代以狩猎为生，郁郁葱葱的大兴安岭森林就是他们的家园。曾经的鄂伦春人，祖祖辈辈敬畏自然万物、珍爱一草一木。然而，"现代化的大规模开发不仅使他们的衣食之源受到破坏，更严重的是对自然敬畏意识的消失使得他们失去了灵魂和生命的诉说对象"②。不但是动植物资源惨遭疯狂掠夺，水源也受到污染，而世代守望山林的猎人们也不得不体会着"失去灵魂归宿的痛苦"。鄂伦春女作家空特勒在《自然之约》(《民族文学》，2007 年第 9 期）中有这样的描述："世世代代生活在林子里的鄂伦春人，依靠他们的生态知识和传统文化保住了这一片自然圣境，而现在，鄂伦春人定居五十年的时间，仅仅五十年，不仅是传统文化失落，生态环境

---

① 杜光辉. 可可西里狼 [M]. 北京 : 作家出版社 ,2010:245.

② 郭秀琴. 新时期内蒙古"三少"民族作家生态小说书写中的文化忧思 [J]. 呼伦贝尔学院学报 ,2017(1).

已经严重恶化，森林减少，水土流失，夜夜都能听到这些树木在哭泣……"①试想想，一个生活在植被覆盖率近百分百的原始森林中的古老民族，仅仅在 50 个春秋的时间里，就因为外来文明的冲击而变成"无根一族"，实在让人心酸心碎。当人类中心主义和工具理性主义大行其道的时候，自然和人类必然会两败俱伤。"岳非丘在追溯长江污染的成因时，悲叹于'民族环境意识的苍白'；对于'阳光下和月光下的盗伐'，徐刚感到的是伐木者'近乎自杀式的无知'……"②可怕的是人心的沙漠啊！盲目的技术崇拜，把自然视为征服的对象将人类一步一步带进了发展的死胡同。所以，对落后文明的批判也是显性生态文学的一个重要特征。"光会攻击贬抑他人，不知建构，这不是文化。"③生态文学亦复如是，在批判旧的人类中心主义与工具理性主义的基础之上，生态文学研究者们也建构着诸如生态整体主义等新的生态观念，积极地"像山一样思考"。

第四，显性生态文学积极表达生态预警与生态憧憬。近些年以来，大量描述灾难与末日的文化制品席卷了书店影院，人们对未来的忧思由此可见一斑。末日预言也可以说是显性生态文学的一种表现形式，因为当我们周边的环境变得越来越陌生的时候，当各种灾害越来越频繁的时候，我们不免要对未来产生怀疑，发生恐慌。惊涛骇浪，急速冰冻，大地震，火山爆发，所有的这一切都仅仅是人类自我的预警吗？不见得。当然，除了有对未来灾难的预警，也有对未来的憧憬与幻想，毕竟自然是宽容的，人类也是懂得忏悔的。梭罗的《瓦尔登湖》就描述了人类与自然和谐相处的生态理想。

---

① 空特勒.自然之约 [J].民族文学,2007(9).

② 高彩霞.生态文学作品导读 [M].北京:中国环境科学出版社,2006: 132.

③ 刘再复.李泽厚美学概论 [M].北京:三联书店,2009:2.

显性生态文学，借助文学这种体裁来表达人与自然的生态关系，揭示人类所应该承担的生态责任，确实做到了正义与力量同在，他们所起到的警示与批判作用是不容置疑的。然而，显性生态文学也存在着一个比较普遍的问题，那就是往往侧重于对生态思想的宣传而忽视了其本身作为一种文学样式的文学审美性，对于文学所包括的艺术原则、审美规律和叙事技巧等则是不太注重的。比如郭雪波的生态小说《沙狐》（漓江出版社，2006 年）中对沙狐的描写明显过于概念化，在感染力上还不及老沙头。很多生态报告文学因为掺入了大量的数据与专业知识，读起来也可能令人感到乏味。如何才能让显性生态文学成为真正的"文学"，确实是一个值得好好探讨的课题。

三、隐性生态文学：一种审慎而必要的补充

还有这样一类文学作品，作者创作之时并没有自觉地渗透生态理念，而读者在解读时却通过调动自己的生活经验和知识积累，赋予了这些作品某些生态意识和生态价值观，从而实现了文学作品的生态化再创作。正如一千个读者眼中会有一千个哈姆雷特，对文学作品的解读是多元的。因此，当生态文学研究者用生态眼光来重新审视古往今来所有的文学作品时，他们总会从其中挑选出一些描绘、反映大自然之美以及人与自然和谐相处关系的文学作品，并把它们当作生态文学作品列入自己的研究范围之内，例如我国的一些山水田园诗和现当代的乡土文学作品。值得注意的是，这些作品的作者因为生活在人与自然关系相对较为和谐的时代里，因此不可能"怀着强烈的生态责任感为生态整体立言，并全面深入地探讨和表现自然与人的关系：自然对人的影响，人类在自然界的地位，自然与人类之间相互

依存的关系，人对自然的适度应用与超越生态承载力的征服、控制、改造、掠夺与摧残之区分，人对自然的保护和对生态平衡的恢复重建，人类重返和重建于自然的和谐等"[①]，然而这并不影响我们把这些作品视作生态文学来研究，毕竟作为一种自觉的生态意识，虽然没有经过系统化，但仍然给予后人以无尽的启示。尤其是这类作品往往具有较高的文学审美价值，从而弥补了显性生态文学作品在这方面的不足，并在某些方面为显性生态文学作品的创作提供了范式。

美国著名作家杰克·伦敦（John Griffith London）《野性的呼唤》（*The Call of the Wild*）可以看作是隐性生态文学的代表性作品，主要讲述一条家狗变成一只野狼的故事。作品通过一只狗的经历来表现本已处于文明世界的狗在主人的逼迫下如何回归野蛮，写的虽然是狗，但实际上也反映着人的世界。这条名叫"巴克"的狗，在被拐卖前，它是法官米勒家中一条养尊处优的驯养犬，成天过着"饭来张口"、无忧无虑的贵族式生活。然而，当它被拐卖到严酷的北方之后，便不得不面对一个完全不同的世界，原本的"衣食无忧"全都换成了各种生存挑战。在极其恶劣的现实环境中，巴克显示出了强烈的生存欲望，也正是这种生存欲望的激励，巴克想方设法克服一切难以想象的困难，成为一条完全适应荒野生存规律和竞争法则的雪橇狗。可怜的巴克长期饱受新主人的奴役和虐待，为了能够生存下去，它不得不全方位地改变自己，为了躲避严寒而学会了挖雪洞栖身，为了填饱肚子而学会了偷盗。它不只是勇猛，而且变得凶残、狡诈，善于耍心机，为达目的甚至不择手段。"成长起来"的巴克与饥饿的爱斯基摩狗拼死厮杀，与斯匹兹为争夺狗领导权而展开决战，通过与狼群恶战的方式一步步

---

① 姜桂华.《欧美生态文学》读后 [N]. 光明日报,2004-06-23.

树立起自己的威信，并确立了领头狗的地位。不仅如此，巴克最终还响应荒野的召唤，回归了大自然，回归了荒野，远离了人类文明的世界。应该说，这是一部带有比较浓厚的浪漫主义色彩的作品，"表面上浮动着作者对自然的无限向往，而深层次里却是人不得不陷入自己挖掘的陷阱的悲歌"[①]。毫无疑问，作品是有着一定的隐喻的，当巴克挣脱最后一点羁绊奔入荒野时，我们隐约意识到只有它才能真正追随那神秘的呼唤。而被越来越异化的人类，自己给自己编织了牢笼，冲不破或者说不愿意冲破这个牢笼，人类最终面临的将会是什么呢？

另外，当前某些原生态文学作品特别是原生态小说也被纳入生态文学的范畴，被看作是隐性生态文学。这确实壮大了生态文学的阵营，不过，我们也应该意识到扩大隐性生态文学范畴的做法虽然拓宽了生态文学的研究领域，极大地丰富了生态文学的研究对象，但它却可能淡化了生态文学的产生背景与典型性，使人产生并加深了只要是与自然环境有关的作品，无论是什么都可以看作生态文学的错觉。"什么都是，实际上也就什么也不是"，这种无限扩大生态文学范畴的做法无疑也可能会抹杀典型意义上的生态文学。

因此，从某种意义上说，隐性生态文学是生态文学必要的补充，但同时，在生态批评研究的过程中，隐性生态文学也应该是被审慎对待的对象。

---

① 蒋栋元.神、人、兽、魔——美国小说中的替罪羊形象 [J]. 武汉理工大学学报 (社会科学版),2013(3).

第三章　当代生态文学的主题

生态文学是以生态思想和生态视角为特点的文学，是一种反映生态环境与人类社会发展关系的文学。生态文学原本也只是文学阵营里的普通一员，然而越来越严峻的生态危机使它的价值越来越凸显。著名生态文学研究专家、哈佛大学教授劳伦斯·布伊尔（Lawrence Buell）曾经说过，生态文学是"为处于危险的世界写作"的。从这个意义上来说，生态文学"是人类减轻和防止生态灾难的迫切需要在文学领域里的必然反映，是作家对地球以及所有地球生命之命运的深深忧虑在创作中的必然表现"①，正是文学家强烈的环境责任感和社会使命感，推动着生态文学的兴起与发展，并引领着生态文学不断走向繁荣。

第一节　揭示与反思：生态文学的核心主旨

党的十六届四中全会提出了构建社会主义和谐社会的宏伟目标，并将构建"和谐社会"提升到党的"执政能力"的高度；党的十八大以来，习近平总书记的系列讲话对于生态文明建设有很多论述，这些对于生态文学

---

① 路春莲，刘鋆. 论生态文学的主题 [J]. 名作欣赏,2011(5).

的发展均提出了新要求。社会主义和谐社会的核心内涵是全面实现人与自然、人与人、人与社会的和谐共存、和谐共生、和谐共处、和谐共荣。构建社会主义和谐社会是一项十分庞大的系统工程，需要方方面面的通力合作。在文学艺术推动和谐社会构建的实践中，生态文学承担着特别重要的使命。生态文学不仅揭示人类社会的发展规律和自然的变化规律，而且深刻揭示人与自然的关系，通过揭示生态危机、批判人类中心主义、展现人与自然和谐共处的理想境界，"培育大众的生态意识及健康的消费观、发展观，从而促进自然、社会、人的精神世界三重生态的和谐发展"①。生态文学把人类的生存和发展问题视为人类必须解决的、最大也是最基本的问题，它对这一问题的反映、反思和探讨对于社会发展和进步，对于构建社会主义和谐社会，对于推动生态文明建设是深刻而富有启发意义的。

一、揭示频仍的生态险象

正确处理人与自然的关系，实现持续的生态和谐，是和谐社会的核心要义之一。一个人与自然不能和谐相处的社会，一个生态危机频仍的社会，不可能成为和谐社会。要从根本上消除目前困扰人类的生态危机，仅仅诉诸经济和法律手段是不够的，关键是人类必须树立生态伦理信念。构建和谐社会，首先就要求人们正确认识自己在整个生态整体中的地位，从根本上树立生态和谐的观念，彻底抛弃过去那种狭隘的人类中心主义观念，迅速增强生态环境保护意识和持续发展意识。

帮助人们树立生态和谐的观念，强化人们的生态意识，生态文学是一种潜移默化且极具感染力的方式。当今人类与自然之间的关系正处于一种

---

① 姜桂华. 生态文学大有可为 [N]. 人民日报 ,2004-6-29.

很不和谐的状态之中，在生态文学的视野里，"世界的矛盾和冲突主要是人类文明与自然之间的矛盾与冲突，世界的丑恶与黑暗指人类由于环境觉悟长期低下而盲目地掠夺自然的可怕行为，世界的破碎与混乱是指人为地破坏自然所造成的严重生态危机，而人的忧虑和痛苦则是指人类面对自然的无情报复所感到的无奈和忧伤"①。生态文学往往通过质疑人类干扰自然进程、征服自然的权利，揭示征服和统治自然的可怕恶果，揭露欲望膨胀对人的灵魂和美好天性的扼杀，使人们在震惊之余能够自发地对人类过去的不合理观念和行为加以否定和反抗，自觉增强生态环境保护意识，肩负起保护生态环境的责任和义务，使自然环境和社会环境达到高度的协调和统一，从而推动人类生态文明的发展。

面对全球性的大气污染、能源短缺、森林锐减、水土流失、土地沙化、臭氧层破坏、气候变暖、物种灭绝等种种现象，很多生态文学作家不断反思，逐渐认识到我们只有把人和自然放在平等的地位上，抛弃那种统治自然、主宰自然的错误价值观，能动地去关注自然、尊重自然、利用自然、回报自然，才能确保社会系统和生态系统协调发展。他们对日益严重的生态危机进行着深刻的观察和体会，并用沉甸甸的文学语言展现它的可怕形势和后果，借以震撼人们的灵魂。徐刚的《伐木者，醒来》（吉林人民出版社，1997年）集中描绘了中国大地上大量森林被滥砍滥伐的惨烈景象，揭露了越穷越砍、越砍越穷的恶性循环怪圈。马役军的《黄土地黑土地》（《当代》，1991年第5期）揭露了中国有限的土地资源被不合理地开发和利用，造成土地严重荒废和流失的惨痛局面。何建民的《共和国告急》（新世界出版社，2004年）将目光投射到大半个中国的金、钨、煤、锡等

---

① 向玉乔.论环境文学中的生态伦理思想 [J].湖南师范大学社会科学学报,2000(5).

矿产资源，揭露了人们的野蛮开采和肆意掠夺所造成的资源破坏。刘贵贤的《中国的水污染》记述长江沿岸各大城市，为了工业发展，每天都要把数百万吨的废污水倾泻给这条母亲河。文中以"五大湖的呐喊"，倾诉了围湖造田给众多湖泊带来的灾难，并描述了抚顺每天奉献给沈阳无数黑色金子的同时也搭配以日排量70万吨的废污水的事实，读来骇人听闻。而姜戎的《狼图腾》则异常沉重地讲述了一个忽视生态整体联系的悲剧故事：一个水草丰美、物种繁多的千年草原在人的摧残下，十几年内就变为退化草场，三十年内成为沙化地！如此等等，催人猛醒，撼人心魄。

著名生态文学家哲夫，出版了一系列关于"水"和"土"的生态文学作品，以反映频频发生在我们身边、对我们的生存造成极大威胁的"生态险象"。在接受《环境教育》杂志社专访时，哲夫深有感触地说："保持水土就是保持生命。五千年中华文明，其中最重要的一个文明，便是生态环境的文明。水土是一个大生态概念，所有生态破坏环境污染问题，破坏污染的其实是水土，一切的恶果最终都会归结于水土之上。没有水土，江河不会奔腾，森林不会茂盛，大气何以生成？万物不能繁衍生息，人类不能立足，城市建在哪里？没有了洁净良好的水土，一切人类的科技、教育、经济、社会、安居乐业等等，都是空谈。"[①] 他还以"生态科学家"的睿智分析了水土流失更加深层的隐患："城市人以为水土流失只发生在田野和农村，事实上城市水土流失也在逐年加重，并愈演愈烈。水土流失过程中还带来了超级细菌问题，人类活动正以前所未有的速度和规模改变着藏身土壤中的数以百亿计微生物全球'迁徙'的脚步，平衡已逐渐被打破。微生物正以一种'不可预估的方式'改变着全球生态系统，超级细菌正变得越

---

① 周仕凭.生态文学就是生存文学——专访山西省作协副主席哲夫[J].环境教育,2020(4).

来越危险，这是已经面临的一个新的危险。"①

　　韩少功的长篇随笔集《山南水北》（作家出版社，2006 年）记述了其迁居八溪峒的日常生活以及在乡村的所见所闻，既是对自然山水的审美感知，也渗透着对人文乡土的理性考量，而对城市生态环境恶化的忧思亦是该随笔集的重要主题。"正因为对工业文明的失望、对都市生活的不满，导致韩少功周期性地从都市抽身出来，回归自然，返回文学之梦，并在那里寻觅到能够满足自己精神需要的东西。当他用审美的眼光重新打量日复一日、年复一年的乡村生活，他发现了诗意，也看到了沉沦；当他在广阔的大自然中自由地呼吸，更感受到都市功利生活的窒息性。"②《月夜》篇，在韩少功的心目中，城市的月亮像"死鱼眼睛"，与乡村月夜的诗情画意完全不同。《藏身入山》篇，"都市里的钢铁、水泥、塑料等等全是无机物，由人工发明和生产，没有奇迹和神秘可言，几本数理化足以解释一切"。③而在《扑进画框》篇中，象征现代性、现代化的工业文明则被描述成梦魇般的存在："大街上汽车交织如梭的钢铁鼠流，还有楼墙上布满空调机盒子的钢铁肉斑，如同现代的鼠疫和麻风，更让我一次次惊悚，差点以为古代灾疫又一次入城。侏罗纪也出现了，水泥的巨蜥和水泥的恐龙已经以立交桥的名义，张牙舞爪扑向了我的窗口。"④《山南水北》中，汽车、空调、立交桥等现代文明的象征符号，一个个都演变成压抑人、摧残人、吞噬人的怪物。这些对于城市的密集恐惧，实际上传达出的是作者面对工业文明累累

①　周仕凭.生态文学就是生存文学——专访山西省作协副主席哲夫 [J].环境教育,2020(4).

②　周爱华.乡村日常的诗意建构——析韩少功《山南水北》[J].湖南工业大学学报（社会科学版）,2009(1).

③　韩少功.山南水北 [M].武汉：长江文艺出版社,2018:104.

④　韩少功.山南水北 [M].武汉：长江文艺出版社,2018:3.

伤痕而产生的内心焦虑。韩少功"担忧现代文明的畸形发展会给乡村带来沉重的精神病状，因为他看见了利益逼迫下失去生存根基的土地而不断外流的农民，看到了高楼的影子里繁殖出的'垃圾村'和'卖血村'，看见了许多离开土地后连心灵也流离失所的人们"。[①] 面对工业文明的推进和蚕食，忧虑中的韩少功是沉思的，沉思中的韩少功更是忧虑的，他因此而禁不住紧张地发问："哪一天工业也变成了农业，哪一天农民也都西装革履地进了沉闷写字楼，我还能去哪里听到呼啸和山歌，还有月色里的撒野狂欢？"[②]

反映生态问题只是生态文学的一个方面，揭示生态问题的根源是生态文学的另一方面，也是生态文学震撼人心最根本的一面。面对长江、黄河、淮河等母亲河的重重"灾难"，哲夫怀抱忧国忧民的崇高情怀，随中华环保世纪行记者团走遍沿江、沿河的山川和城乡，考察了这些流域的历史、文化和民情，撰写了"系列生态报告"（花山文艺出版社，2004年）:《长江生态报告》《黄河生态报告》和《淮河生态报告》。不但以翔实丰富的数据资料为我们展现了"一江两河"今日生态被严重破坏和污染的令人触目惊心的悲惨境况，更重要的是哲夫并没有停留于浅表的"报道"层面，而是对造成这种悲惨境况的原因进行了犀利尖锐的剖析和深刻的反思，揭露和控诉那些鼠目寸光、唯利是图、竭泽而渔、不计后果的愚蠢行为和地方保护主义，为转变社会发展观念，为整治生态环境、维护人与自然的和谐发展和整个社会的和谐发展发出了强有力的呼号。在这种反思中，很多生态文学作家都注重从人类观念这一根本性的层面进行触动。"在'人吃地'尤其是死人与活人争土地的现象背后，马役军震惊于民众土地观念的愚昧；

---

① 杨经建，周圆圆.独树一帜的生态文学创作——评韩少功《山南水北》[J].湖南工业大学学报(社会科学版),2009(1).

② 韩少功.山南水北[M].武汉:长江文艺出版社,2018:160.

何建明、秦泉、徐刚还不约而同地反思了'地大物博'的落后思想并为之心痛，有感于人们在生态环境问题上的麻木，后者还发出了最可怕的是人心也似沙漠的喟叹……"① 张炜的《刺猬歌》(人民文学出版社，2007 年) 对现代化负面力量进行了非常深刻的反思，以男女主人公廖麦与美蒂四十余年的爱恨情仇、聚散离合为经，以滨海乡镇与荒原莽林的百年历史为纬，编织出一个个光怪陆离、耐人寻味的传奇故事，揭示了现代人对自然资源的掠夺性盘剥而最终一步步毁坏自己赖以生存的美丽家园。阿来的《三只虫草》《蘑菇圈》《河上柏影》"山珍三部曲"(人民文学出版社，2016 年)，则表现了从"满足口欲"到"满足贪欲"的现代消费社会对虫草、松茸、柏树等边疆物产的灭绝性掠夺。曾经的青藏高原野生植物遍地都是，美味的蘑菇采不胜采。然而，自从大家将山野美味卖出好价钱后，山民们便倾巢出动进行挖掘，各类食材、药材被掘地三尺挖个精光，很多野生动物也被象征着现代文明的武器屠戮后成为抢手的毛皮，连那些被奉为神树的千年古柏也被砍伐殆尽，被切割成一段段昂贵的木材运走……

可见，很多生态文学正是通过大量展示生态危机的残酷事实，以对生态危机深重的忧患意识警醒世人，触动人们的灵魂，激发人们自觉的生态意识，走出狭隘人类中心主义的思想误区，从而从观念上也是从根本上奠定和谐社会、生态文明的基石。生态文学时时刻刻在告诫我们：不要违背自然规律，不要企图或幻想人类能够最终战胜自然。遵守自然规律，把人类的发展限制在自然所能承载，即自然规律所允许的范围之内，这样，真正的和谐社会、真正的生态文明才会有实现的可能。

---

① 罗宗宇．对生态危机的艺术报告——新时期以来的生态报告文学简论 [J].文艺理论与批评,2002(6).

二、反思生态危机的成因

自然是人类的母亲，也是人类生存与发展的资源宝库和基础，构建和谐社会，一个重要标志是统筹人与自然的和谐发展。传统思维往往把自然看作是改造和征服的对象，尤其是随着工业文明和市场经济的发展，在经济利益的驱动下，GDP 的增长曾一度完全依赖消耗资源来支撑，使得人与自然的关系经常处于一种紧张状态。反思全球日益严重的生态危机，可以清楚地发现，人类非生态的现代化理念和实践模式是生态环境恶化的根源。现代社会的快速发展在很大程度上是依托于工业化和科技进步，然而，工业和科技的发展在给人类带来繁荣、幸福和欢乐的同时，也给人类带来了种种现实的或潜在的威胁，甚至可能是灾难的深渊。要构建可持续发展的生态文明，必须深刻反思工业革命以来社会发展的逆生态模式，大力开发绿色科技，大力发展绿色生产，研发绿色产品，推广绿色服务，倡导绿色生活和绿色消费方式。而在揭示和反思过度工业化和滥用科学技术给人类带来生态灾难、呼吁环保政策出台等方面，生态文学也具有特别的意义。蕾切尔·卡逊《寂静的春天》以深入的调查、生动的事例、翔实的资料，更以她那悲天悯人的情怀、催人泪下的笔调，揭露并控诉了"DDT"等农药对大地、海洋的毒化，以及这些工业时代的化学药剂如何扼杀了人类生存环境的生机。《寂静的春天》发表后，由于卡逊提出的问题事关人类的生存，在民众的支持下终于引起美国国会的重视，并导致了环境政策的制定和环境组织的建立。《寂静的春天》的影响是非常深远的，它使得生态思想深入人心，直接推动了世界范围的生态思潮和环保运动的发生和发展，"引发了世界范围的发展战略、环境政策、公共政策的修正和环境革命"①。

---

① Carol B.Gartner. *Rachel Carson* [M]. New York: Frederick Ungar Publishing, 1983. p.87.

美国前副总统戈尔在他为新版《寂静的春天》所写的序言里，总结了卡逊对美国和全世界环境保护的重大贡献："《寂静的春天》犹如旷野中的一声呐喊，用它深切的感受、全面的研究和雄辩的论证改变了历史的进程……《寂静的春天》的出版应该恰当地被看成现代环境运动的肇始。"[①]

生态文学之所以能产生如此强烈、积极的社会反响，因为它"最为充分地融汇了作家社会学、创作生态学、消费经济学、文学人类学等知识"[②]。它通过揭示工业化对自然美和诗意存在的破坏、造成生态系统的紊乱和自然资源的枯竭、科技发展可能给自然和人类带来毁灭性的灾难等，传达紧张与热烈的生态情绪，渴望以文学的方式起到保护环境、优化生态、参政议政的作用，"为环境科学研究提供精神支持"[③]，促进政府对社会发展特别是环保政策的修正和实施，为和谐社会的构建提供直接的保障。

面对经济发展与环境保护之间不断升级的矛盾，人类不得不思考新的发展战略——可持续发展。这是一种新的发展观和文明观，其核心和本质是在强调经济增长的同时，人类必须确保自身的发展与自然的和谐、共生和共荣。可持续发展作为一种发展理念，早已渗融于很多生态文学作家的心灵之中，他们深感片面发展经济、忽略环境保护的严重危害性，往往通过生动地展现这一矛盾的尖锐性向人们揭示走可持续发展道路的必要性和重要性，以忧患的、浓情的笔触，为"可持续发展"深入人心、融入政策而呐喊。陈桂棣在他的《淮河的警告》中就沉痛地指出"以邻为壑"的思路和做法正是淮河流域遭受严重污染的重要原因之一。如果只顾自己的利益，没有大局意识，没有一定的牺牲精神，真正的生态保护是无法得到保

---

① 蕾切尔·卡逊.寂静的春天 [M].吕瑞兰等译.长春：吉林人民出版社,1997: 前言.

② 龚举善.转型期生态报告文学的理性审视 [J].郧阳师范高等专科学校学报,2004(1).

③ 周杰林.试论环境文学及其反馈作用 [J].河南师范大学学报（哲社版）,1998(5).

障的，和谐社会的构建和生态文明的实现也无异于空头支票。毫无疑问，这样的生态文学对于持续发展的和谐社会的经济、社会发展的政策的制定、修正和实施都有很大的启示和借鉴意义。

亦秋是中国当代文坛一位女作家，她的生态小说往往饱含着强烈的生态危机忧患意识和生态环境保护参与意识，可持续发展的观念也时常渗融其中。其《涨潮时分》（浙江文艺出版社，1997年）以深沉的笔调为我们叙述了一个必须走可持续发展道路的故事：一座座化工厂在一个城市的海滩上拔地而起，带来了该市经济的腾飞，却同时也导致了城市环境的日益恶化。为了解决环境问题，市政府不得不实施隧道引水工程、永登河治理配套工程等。小说在结尾处写道，由于生态环境受到严重破坏，强台风和海潮肆虐成灾，海边化工厂也一个一个被摧毁。小说通过描写自然对人类触目惊心的报复揭示了人类经济发展对生态环境的依赖，从而告诫我们：可持续发展之路是未来人类社会发展唯一行之有效的方式，只有用可持续发展价值观指导我们的经济发展，人类社会的持续发展才会得以实现。在我们经济社会的发展中，各自为政、协调不畅和地方保护主义等因素的存在，也是环境污染和生态破坏加剧的重要原因，是和谐社会构建和发展的障碍。

2018年，哲夫出版了其50万字的长篇报告文学《水土——中国水土生态报告》（中国青年出版社，2018年）。在哲夫看来，水土，是人与自然生命共同体和国家环境政治学的基础。水土保持之所以每况愈下，与很长一段时间"重视不够""欠账太多""隔山打牛"有着非常密切的关系。水土保持是生态环境的牛鼻子，"农林畜牧国土资源水利环保工矿企业，几乎所有部门所有企事业都可以囊括在内，只有全面统筹起来，高屋建瓴，高层决策，一揽子全盘布局，全方位施治，从开端把控，避免末端治理，才能事半功倍"[1]。

"我们要建设的现代化是人与自然和谐共生的现代化，既要创造更多物质财富和精神财富以满足人民日益增长的美好生活需要，也要提供更多优质生态产品以满足人民日益增长的优美生态环境需要。必须坚持节约优先、保护优先、自然恢复为主的方针，形成节约资源和保护环境的空间格局、产业结构、生产方式、生活方式，还自然以宁静、和谐、美丽。"[2]生态文学完全可以从现象与本质、原因与对策等方面，以对自然生态、精神生态和社会生态进行"诊断"或者开具"处方"的方式，为践行和实现习近平总书记在党的十九大报告中提出的"建设美丽中国"的美好愿景做出自己的非凡成就。

第二节　悲慨与诗意：生态文学的主题基质

一般说来，生态文学主要是通过两种方式呼唤人们的生态意识：或者通过描述人与自然相互对立及其造成的生态危机从反面唤起人们的生态忧患和生态保护意识，或者通过展示人与自然的和谐关系及其营造的美景佳境激起人们热爱自然、保护生态的意识。如此一来，生态文学也就有了两种最主要的主题基质，这就是悲慨与诗意。

---

① 周仕凭.生态文学就是生存文学——专访山西省作协副主席哲夫[J].环境教育,2020(4).

② 习近平.决胜全面建成小康社会 夺取新时代中国特色社会主义伟大胜利——在中国共产党第十九次全国代表大会上的报告[N].人民日报,2017-10-28.

一、悲壮慷慨：悲剧与崇高有机渗融

反思与批判，是生态文学特别突出的本质特征，为了强化这种反思和批判的效果，生态文学更多地采取悲剧的形式。将悲剧与崇高有机结合，将人的崇高与自然的崇高有机契合，睹物伤怀，悲壮慷慨，是很多生态文学震撼人心的根本所在。

1. 相对鲜明的悲剧性之维

鲁迅先生曾经说过：悲剧是将有价值的东西毁灭给人看。悲剧之"悲"往往从其一开始就已经注定，并随着情节的发展一步步走入深渊，直到最终的"毁灭"。因此，相对于喜剧而言，悲剧可以给人一种更深层的思考。悲剧和喜剧不同，喜剧不一定要考虑太多的深层含义，只要能给人一种娱乐的感觉就可能达到喜剧的目的，但悲剧是将"有价值的东西"毁灭给人看，把有价值的东西毁灭掉，总让人觉得可惜，但也正是这种感觉，才促使人不得不进行深刻的反思，思考这种毁灭的原因。庐隐认为："悲剧的描写，则多沉痛哀戚……所以这种作品至易感人，而能引起人们的反省。"[①]也正因为如此，"悲剧"题材就成为生态文学题材的首选，成为生态文学撼人心魄的力量之源。

从某种意义上来说，生态文学常常反映的是人与自然的矛盾问题，而且更多的是通过反思与批判人与自然的矛盾关系来唤醒人们的生态意识。为了能在更大程度上震撼人的心灵，生态文学多采取悲剧的形式，通过展现美好事物和美丽自然的无情毁灭以及人类在征服自然的过程中所遭受到的"自掘坟墓"式的惩罚，呼唤人们重新审视人与自然的关系，充分认识自然本身的价值，在实践中尊重非人类的自然物和各种生命的存在权利，

---

① 庐隐 . 创作的我见 [J]. 小说月报 ,1921(7).

敬畏自然，摒弃对大自然不负责任的态度。综观中外生态文学，悲剧性的作品都占重比。这些悲剧所展示的一般都是人类在疯狂征服自然的过程中"先赢后败"或是"同归于尽"的悲惨结局。云南哈尼族作家朗确的《最后的鹿园》就是典型的一例。小说精心地刻画了三个生物群体，他们分别是：以沙标为代表的弄嘎寨的哈尼族群众，以妙为代表的猴群，以玎和秀为代表的鹿群。三个群体之间本来是互相关爱、其乐融融的：三只猴子跟一个哈尼女人有一段相依为命的故事；平时，猴子为鹿群传递消息，在猴子们遇险时，鹿群又营救了猴群……然而，不幸的是，人类沙文主义的思想将这一切原本美妙无比的和谐之境毁灭得一干二净。为了获得眼前的短暂利益，弄嘎寨的人们毁林烧山，把三面山的千年老林变为焦土，把树木繁茂、满林花香鸟语的鹿园毁为荒园，使鹿群失去了赖以生存的家园，在头鹿玎的带领下集体自杀。除了沙标一家及时"逃亡"外，弄嘎寨男女老少因为分食鹿肉而无一幸免地患上了"鹿癫疯"：屋旁或站或蹲的男男女女、老老少少，有的躺在地上口吐白沫抽搐，有的麻木呆板地转来转去，还有一些人一会儿胡言乱语，一会儿又大哭大笑……显然，这场看似以鹿的彻底灭亡而告终的人兽之争实际上是人们的"自掘坟墓"之举。悲剧，把美好的事物毁坏给人看，朗确在小说的结尾处，把上述"和谐"之境全部打破，目的是让人们通过触目惊心的故事结局，明白一个最简单而往往又最容易忽视的问题：如果人类再不对自己错误的观念和行为进行深刻反省，最终毁灭人类的将是人类自己，这也是智慧的人类所最不愿意看到的。

考察当代大量的悲剧性生态文学作品，似乎"人——狼"悲剧更受生态文学家的青睐，这大概是由于人与狼的关系最能体现人与自然既对立又统一的关系。郭雪波的《狼孩》（北京中作华文数字传媒股份有限公司，

2006年）讲述了这样一个悲怆的故事：在一场对狼族群的猎杀中，"我"
救出了一只小狼崽，而母狼却叼走了"我"的弟弟小龙。小龙在狼群中长
大，变成了茹毛饮血的狼孩；而在"我"家长大的小狼崽白耳，虽然和
"我"的家人相依为命，但仍苦苦地追寻着母狼，疯狂地报复着猎杀狼族的
仇家……小说展示了一个既关乎人、也关乎兽的令人震撼的大悲剧。姜戎
的《狼图腾》也富有浓郁的悲剧意味，作品讲述的是狼作为自然的代表和
草原的主宰，无可奈何地走向消亡的悲剧过程。《狼图腾》的不同寻常之处
在于作者聚焦的对象是具有双重身份的狼，既是活生生的动物，又是草原
人的图腾。狼和草原人之间形成了一种既相敌对又相依存的关系：狼要吃
羊、吃兔、吃马甚至还吃人，这是人狼相敌对的一面；同时，狼是"草原
四害"的天敌，如果没有狼，草原很快就会遭到黄羊和老鼠的破坏，草原
人也就会因此而失去生活的基地。为了保护自己及牲畜，人们要捕杀狼，
但为了维持生态平衡，人又不能把狼赶尽杀绝。人狼共处成为草原人的宿
命，他们活着就要不断地与狼做斗争，死了还得让狼吃掉（"天葬"）。在
姜戎的笔下，这种人狼既敌对又依存的关系使草原人的生活充满了悲剧性
的经历：一方面要忍受牲畜遭狼屠杀的悲哀，另一方面又要忍受自己不断
去猎杀狼的痛苦，无论是哪种忍受都是血淋淋的，这也是作品中最为震撼
人心的地方。当毕利格老人既猎狼又护狼的对策被把狼全部消灭的政策取
代后，狼群成了历史，草原成了回忆，人类的生态环境陷入了严重的危机。
没错，人类在消灭狼的同时实际上也是在消灭着自己！俄语生态作家艾特
玛托夫（ЧингизАйтматов）的《断头台》也借"人狼关系"浓墨重彩地渲
染了"人与自然的罪与罚"这一悲剧主题。作品从自然悲剧和人的悲剧两
个层面展示自然生态与精神生态的全面危机，并将"末日"悲哀推向了极

致。在自然悲剧里，人类为开矿筑路而毁灭性地焚烧草原；为满足贪欲，流氓酒鬼巴扎尔拜掏掉狼窝卖了换酒喝，致使母狼连失三窝幼崽；为完成肉类上缴计划，人们用现代武器疯狂地射杀羚羊，对草原上的动物进行残暴的血腥屠杀。而人的悲剧又与自然悲剧紧密相连：狼变得异常凶残，疯狂地报复人类以发泄丧子之痛，牧民鲍斯顿在射杀母狼的同时误杀了自己的幼子肯什杰——人最终受到了严厉的惩罚。作家伤感地描绘着末日景象：周围一片死寂，到处覆盖着厚厚一层大火后的黑色灰烬；大地成了废墟——没有树木，没有草场，海上没有船只，只有一种奇怪的、没有止息的声音，隐隐约约从远方传来，像有人迎风哀吟，像埋在地底的铁制甲胄在哭泣，像丧钟……这一末日悲剧显然在警示我们：从狼的末日到人的末日仅仅只有一步之遥！人与自然是一个不容分割的统一体，保护自然就意味着保护人类自身，给狼留生路也就是给我们自己留生路。

一个很明显的事实是，严重的环境污染和生态破坏已经造成了巨大的生存环境危机，这危机不仅属于人类，也属于整个生物界。无论是人类还是动植物，甚至是看不见的细菌，都在这场上演的悲剧中扮演着悲剧的角色，只不过"智慧的"人类同时扮演着双重的悲剧角色：既是悲剧的制造者，又是悲剧的受害者。蕾切尔·卡逊的《寂静的春天》讲述了发生在杀虫剂、鸟类及地球之间的悲剧。作者以生动而严肃的笔触，描写因过度使用化学药品和肥料而导致的环境污染、生态破坏最终给人类带来不堪重负的灾难。而美国国家海洋大气局的前任首席科学家、杰出海洋生物学家西尔维亚·A·艾莉（Sylvia Alice Earle）的《海洋的变化：来自大海的呼唤》则是一部思考人类与海洋关系的作品，其讲述的悲剧同样令人震惊：鲸鱼和鲨鱼遭到了人类残酷的猎杀；由于石油泄漏，威廉王子湾和波斯湾发生了令人触目惊心的生态破坏；在澳大利亚大堡礁，那片原本美丽迷人的海域已成为千万吨不远万里、漂洋过海至此的人类垃圾的最终归宿……这一幕幕悲剧在我国生态作家的笔下同样得到了惊心动魄的展示。在《长江生态报告》（花山文艺出版社，2004年）中，哲夫将长江的十三个带有标志性的重点地段喻为"十三重门"，推开这沉重的"十三重门"，我们看到的是一幕幕悲惨的"生态景观"：污水未经处理，任意排放，长江各项污染指数都远远超标；上游森林过度砍伐，水土流失严重；沿途珍稀物种因生态环境恶化和超量渔猎濒临灭绝；长江多处存在洪涝隐患，有些地段闹水荒已严重影响人类及动植物的生存……作者非常动情地写道："它（长江）逡巡于上游时罹患了白血病，进入中游时爆发了肝昏迷和肺肿胀，到达下游时已策杖而行……如果它的病情继续加重，得不到有效的控制，它最终的命运，只能是坐轮椅……"在这悲惨的"景观"中，熔铸了作者悲愤的心情、悲壮的志向、悲悯的情怀。"我们到哪里才能找到一辆可供长江乘坐的轮椅？""为什么人民站起来了，山川江河森林万物却倒下去了？""为什么有人执迷于做'吃祖宗饭，断子孙路'的勾当？""谁把母亲变成了恶狼？""当地球上所有的土地全部毁弃，我们还能去哪里？"相信没有谁能在这一连串涉及人类生存的"？"面前无动于衷。《长江生态报告》以揭示现实、正视现实的勇气唱出了一曲低徊沉郁的长江悲歌。吴志峰《永远的太湖》、陈桂棣《淮河的警告》也直面严重的"污患"，分别以太湖、淮河的污染和治理为主轴，运用大量的事实与数据深入报告了令人触目惊心的污染状况及后果……

由此可见，悲剧性，是生态文学的重要特性，是生态文学借以震撼人心的重要维度。"悲剧"的展示，有效地提升了生态文学"反思性"和"批判性"的高度，也促使人们在震惊之余自发地对人类过去的不合理观念和行为加以否定和拒斥，自觉增强生态环境保护意识，肩负起保护生态环境的责任和义务，从而推动人类生态文明的发展。

2. 人之崇高与自然崇高相契合

无论是"崇高"还是"悲剧"，都是文艺学、美学的重要范畴。虽然崇高并不等于悲剧，但两者的联系非常紧密。悲剧有崇高的悲剧，也有非崇高的悲剧，崇高有悲剧的崇高，也有非悲剧的崇高。悲剧最能展示人的生生不已的生命激情与本质力量，当悲剧人物的生命受到压抑甚至毁灭时，生命激情往往会被激活到最兴奋的存在状态，正如席勒所描述的那样："相互矛盾的感情或本分，进行激烈的搏斗，对当事人来说，是痛苦的源泉，而我们旁观者看来，却很愉快。我们怀着不断高涨的兴趣注视着一种激情的发展，直到它把不幸的牺牲者拖进了深渊。"[1] 而力量与激情同样也是崇高的要素，崇高饱含力量与激情。郎加纳斯（Longinus）认为崇高具有强烈而激动的情感，"一切使人惊叹的东西无往而不使仅仅讲得有理、说得悦耳的东西黯然失色。相信或不相信，惯常可以自己做主；而崇高却起着横扫千军、不可抗拒的作用；它会操纵一切读者，不论其愿从与否"。[2] 悲剧常与崇高相结合，崇高的悲剧能够体现出深沉凝重的人的生命力量，这样的悲剧具有更加强烈的震撼力。在崇高的悲剧中，交织着高层次伦理意味的生命力量与痛苦结伴而行，"它们一方面遭受压抑毁灭，另一方面又能在压抑毁灭中实现生命本质力量的对象化，引发新的生命、新的人格的诞生成长，促使欣赏主体更深沉地去思索人的生命活动的意义和作用，感受人

---

① 古典文艺理论译丛编辑委员会.古典文艺理论译丛(6)[M].北京:人民文学出版社,1963:86.

② 伍蠡甫.西方文论选（上卷）[M].上海:上海译文出版社,1979:122.

的生命存在的价值和重量"①。崇高的悲剧必须包含人的生命活动的高层次伦理价值与深沉凝重的人的生命力量,两者不可或缺,舍去前者,悲剧便失去崇高意味;舍去后者,崇高便失去悲剧意味。

从一定程度上来说,目前的生态危机主要是由人类一手造成的,人类必须对此承担责任。缓解甚至消除生态危机,恢复和重建生态平衡,确保这个星球上的所有物种持续、安全、合乎规律地存在下去,是人类不能以任何理由推卸的义务。加拿大生态文学家法利·莫厄特(Farley Mowat)的长篇纪实作品《鹿之民》,讲述的就是一群具有强烈生态责任感的人宁可牺牲自己也要重建生态平衡的惨烈故事。世世代代居住在加拿大北部腹地的伊哈尔缪特人,他们的衣食住行全都依赖于北美驯鹿,因而有了"鹿之民"的称号。过去,这些"鹿之民"一直严格限制对鹿的猎取量,他们对驯鹿的猎取量与驯鹿的繁殖增长量一直保持着一种自然的平衡。然而,当"文明"社会唯利是图的商人把具有强大杀伤力的武器输入伊哈尔缪特人的家乡之后,大批大批的驯鹿倒在了"文明人"发明的枪口下,原有的生态平衡被彻底打破,从而也切断了伊哈尔缪特人的"命脉"。这场惨烈的浩劫过后,"文明人"离开了,扔下伊哈尔缪特人独自面对食物严重短缺的困境。伊哈尔缪特人终于醒悟过来,他们直觉到生态系统的稳定才是最重要的,生态平衡的毁坏带给自己的除了灾难还是灾难。为了减少食物消耗,重建新的生态平衡,一些伊哈尔缪特人竟然坦然地从鹿皮棚走出,让北极圈的冰雪严寒结束自己的生命:老太太从雪屋中走出,走进漆黑之中。纷纷扬扬的积雪包围着她,漆黑吞噬着她,风,如受伤的野兽般哀号。她脱光了全身的衣物,赤身露体地站在那儿,任凭狂风使劲地鞭打……伊哈尔

---

① 侔荣本.文艺美学范畴研究——论悲剧与喜剧[M].南京:南京大学出版社,2002:107.

缪特人就是通过这种自我消灭的方式，与所剩不多的驯鹿达成新的生态平衡。这是何等惨烈、何等悲壮的选择与行动！一种新的至善的人格随着他们生命激情的喷射和生命活动的毁灭而诞生。他们英勇无畏地结束了自己的生命，但这更是一种美丽而有尊严的生存方式，因为这样的死恰恰是为了更长久的生。这是悲剧的，但同时也是无比崇高的。只有承担起生态责任，人类才能长久生存，莫厄特以这部作品向全人类呼吁：人类必须放弃对自然的统治与掠夺，而代之以对自然的责任感和义务感，在生态平衡面前，人类没有太多的特权，而必须用符合生态伦理的行为去缓解人与自然岌岌可危的紧张关系，在此基础上想方设法重建新的和谐。

在我们看来，自然是崇高的，自然的崇高就在于它伟大的力量和它的不可战胜性。人当然也是崇高的，人的崇高在于他是有智慧、有情感的。自然的崇高与人的崇高并非两种对立的崇高，而是可以有机结合的。将自然的崇高与人的崇高相契合，就意味着，人的崇高不应以征服自然为判断标准，而应该以人保护自然、实现人在与自然和谐相处中的价值为标志。人类对自然的征服和控制取得了表面上的胜利，不幸的是，这个"胜利"并没有依照人的意志把人类引向快乐的伊甸园，而是把人类拖入了空前的危机之中。人是崇高的，大自然是崇高的，人与自然的和谐统一造就的往往是一种更为神圣的崇高。每当我们看到藏族人民与雪山高原的亲和场景时，心中便会油然而生一种圣洁的崇高之感。藏族是属于那种"诗意地居住在大地上"的民族，高原上的藏民们虽然是比较贫穷的，但他们无疑又是很快乐的，这从他们时刻哼在嘴边的歌声或许就可以悟出一二。这种快乐，是一种发自内心的快乐，是一种简单生活加上虔诚心灵而诞生的快乐。"因为有了对自然与生命的敬畏，雪山成为人间神山；因为有了对自然生命的祝愿，草原变得美丽吉祥；因为有了对自然与生命的虔诚，圣湖涌现人间百相；因为有了对自然与生命的向往，千里朝圣道路每一步路都是珍贵可吻；也因为感恩于自然与生命的博大宽容，高原万物被视为相亲相爱的生命园地。"① 藏民们虽然身居贫瘠的高寒荒原，但他们着意化荒凉为优美，所以在他们的心目中，故乡是那么的美丽如画，是那么值得赞美和叩拜！这正是源于他们对自然的崇高美与生命世界的和谐美的领悟。

迟子建的长篇小说《额尔古纳河右岸》（北京十月文艺出版社，2006年。获第七届茅盾文学奖，入选中宣部、国家新闻出版署重点选题计划"新中国 70 年 70 部长篇小说典藏"）讲述中俄边界的额尔古纳河右岸，一支数百年前迁徙自贝加尔湖畔，与驯鹿相依为命的鄂温克人，在严寒、猛兽、瘟疫的侵害下求繁衍，在日寇的铁蹄、"文革"的阴云乃至种种现代文明的挤压下求生存的故事。小说意欲构建和谐的生态图景，复魅自然，展示朴野之美和生态和谐的诗意空间。在作者心目中，大自然化育天地万物，为人类提供各种生存和生活资源，却从不主动向人类索取什么，这是神圣无私的母亲的大德大爱；而灾难、瘟疫、厮杀以及各种离奇死亡等现象则象征自然的神秘力量，折射出人在自然面前的渺小悲壮。"小说通过大量的仪式性书写来表达人对自然神性的尊崇。通过萨满跳神仪式来降灾祈福，这是鄂温克游猎部族最重要的精神信仰。猎杀到大型猎物要先举行隆重的祭祀仪式才可分食，不得不猎杀大熊后也要为其举行风葬仪式，这些古老的戒律中蕴含着对动植物神性的敬畏。"②

在生态哲学、生态美学的视野中，人的崇高与自然的崇高应该是一种

---

① 南文渊. 青藏高原藏区可持续发展的新思路 [J]. 青海民族学院学报（社科版），2002(2).

② 王光东，丁琪. 新世纪以来中国生态小说的价值 [J]. 中国社会科学，2020(1).

相契合的关系。承认人的崇高而否认自然的崇高，承认自然的崇高而否认人的崇高，都是失之偏颇的。失去了人与自然和谐的关系，生存尴尬的悲剧不可避免地将发生，而"崇高"（有时也指一种行为）也将失去它的意义。贾平凹的《怀念狼》（广州出版社，2007 年）中，为了从根本上保护濒临绝迹的狼，"我"与傅山及烂头对狼的基本情况展开普查，但"我们"的善意并没有得到狼的理解，狼并不领情，继续与人对抗，这也许是因为"我们"过去对狼的伤害太深太深。一路上，面对傅山这个过去的捕狼队长，狼并不躲避，反而是主动现身并大肆挑衅，傅山最终还是端起了猎枪。从一定意义上说，这可以看作是这些孤狼们的集体自杀，受保护而安逸地存活直至老死反而比不上以本真的状态与猎人争斗而亡，这也正是它们身上野性的彰显。狼的主动挑衅和坦然受死，无疑可以看作是一种非常悲壮的崇高行为。人在这种悲壮之下，却显得是多么的渺小。而更令人不愿看到的结果是，人们在消灭对手的同时，也不自觉地充当了毁灭自身的凶手。当狼受到法律保护而被禁止捕杀时，原来的猎狼英雄们的生命发生了变异，纷纷染上了怪病，而且病得不轻，无论是肉体上还是精神上都严重萎缩！显然，这是一个不折不扣的悲剧，甚至是人类最大的悲剧，是悲哀之至。

的确，人的崇高与自然的崇高是相依相生的，自然的崇高与人的崇高相契合，往往可以造就一种更加撼人心魄的悲壮慷慨的氛围。悲慨，是生态文学的魅力之源和力量之基，是生态文学之魂。

二、诗意栖居：人类与自然友好相处

生态文学不但大量报道和描写触目惊心的环境污染和生态危机，用血与泪的事实从反面诉诸人们的生态责任意识，促人反省，为政府正确的环境政策和发展政策的出台推波助澜，而且，它还善于挖掘现实生活的诗意美，讴歌美好的生态形象，展示理想的生态社会，为构建和谐社会营造和谐良好的生态氛围。

"诗意"是生态的重要内涵，在生态文学家的诗眼中，诗意首先就是对于大自然纯洁的礼赞。2019 年，陈应松出版了他的长篇生态小说《森林沉默》(《钟山》，2019 年第 3 期)，以其高度浓情的笔触描写了神农架的动物、植物和风情文化，全篇用了大约六分之一的篇幅纵情书写森林风景，让森林的呼吸以及森林的喜怒哀乐非常传神地在笔尖流淌出来。他将大自然看成是一种生命存在，并赋予其与人类生命体同等重要的意义和位置。"陈应松是带着对生命的呵护之情来书写森林中的草木生灵的，他对大自然满怀着爱意，大自然仿佛也给他一副喜悦与欢快的表情。他写出了人类与大自然万物之间的交流与沟通，而且在他的笔下，这是一种生命与生命之间的交流与沟通。"① 陈应松深切地意识到，人与自然的关系充满着神秘与复杂性，并不会因为提倡生态理念而能快速地得到完美调整，森林是神秘的，森林又是沉默的，人类只有怀着虔诚之心去敬畏森林、敬畏大自然，"诗意"才可能永续。正如他在创作谈中所言："人类对天空、荒野和自然的遗忘已经很久了，甚至感觉不到远方森林的生机勃勃。那里藏着生命的奥秘和命运的答案，人只是生命的一种形式之一，更多的生命还没有像人类那样从森林中走出来，它们成为了最后的坚守者。"②

那些掠夺自然、破坏自然、毁灭自然的行径已成为向往美好生活的人们的"公敌"，而那些为人类拥有美好家园而奔走呼号，用实际行动保护和

---

① 贺绍俊.《云中记》《森林沉默》的生态文学启示 [J]. 中国当代文学研究 ,2020(3).

② 陈应松 . 我选择回到森林——长篇小说《森林沉默》创作谈 [J]. 长篇小说选刊 ,2019(4).

治理生态环境的先进人物正成为人们心目中真正的英雄。生态文学大力宣传治理污染、保护生态的时代楷模，讴歌关心人类生存、热心生态环境的新人新事，为生态和谐唱响了一首首激情洋溢的赞歌。在生态文学家的笔下，他们既有要"给子孙创造一个理想的生存环境"的市委书记郭振山，也有将自己一生托付给青山的老宋、为寻找大天鹅而献身的徐秀娟、活跃在"索南达杰自然保护站"的杨欣、金辉等普通民众和环保志愿者。另外，于九声的《海阳"大禹"王智亭》(《时代文学》，1992年第1期)展示了20世纪90年代的"大禹"风范；刘玉民、郭廓的《都市之梦·泉水忧思录》(人民文学出版社，1994年)为"留得青山在，不怕没柴烧"的硬汉子谱写了一曲凯旋之歌；等等。生态文学中描写或塑造这些生态先觉者的强烈生态意识、环保精神和环保行动，确实能给我们这些追求美好生活、向往生态文明的人以莫大的启迪、鞭策和鼓舞。

和谐社会与生态文明不仅仅是一种社会理想，更应该是一种可以感受、可以触摸的社会现实。生动描述和谐社会的和谐景象，从现实生活中挖掘生活的诗意美，让人们身临其境地感受和谐社会诗意生存的美好境界，从而升华人们的爱国主义情操和环境伦理道德，促使人们更加自觉地维护生态的和谐，维护整个社会的和谐，这也是生态文学的责任和义务。尽管当今地球剩下的"诗意"已经不多，而且还在继续的破碎中，但这并不影响作者以敏感的心灵和细腻的笔触感受和描绘大自然的诗意存在。生态文学可以通过描写美丽、健全、富有生气的自然生态景观，营造人与自然亲近、友爱、和谐的氛围，以陶冶和培养人对大自然的热爱情怀。温亚军的《寻找太阳》叙写的人与动物相互依存的故事就非常感人。在环境艰苦的苏巴什哨卡，战士们和一对小羊羔"太阳"和"月亮"共同生活，战士们为了让羊儿顺利过冬而绞尽脑汁寻找干草，并冒着暴风雪搜救失踪的"太阳"，小羊的存在也给战士们枯燥寂寞的生活增添了情趣，在人和动物的和谐相处中，洋溢着和谐自然关系中的温情。阿来的"山珍三部"（《三只虫草》《蘑菇圈》《河上柏影》）站在生态整体主义的高度观照物产需求对藏地的影响，充满诗意地描写了人与自然的和谐关联。冬季的青藏高原那无比严酷的自然环境仿佛被有意识地省略或淡化了，《三只虫草》中涉及雪的世界是挨着杜鹃花丛的一小片残雪，《蘑菇圈》中冬天的雪带来了"滋润的干净的水的芬芳"，《蘑菇圈》中春天是布谷鸟啼唤而来的……时间、乡村、整个世界中的生命由鸟叫声关联在一起，成为一个亲近和谐、相互依存、生意盎然的生命共同体。"在'山珍三部'中自然与人类的关联不但有人与自然的和谐，更是写出了自然对人类的善与人类对自然的索取、伤害构成的相悖的关联。"[①]

诗意栖居，不仅仅是人类的诗意栖居，其实还包括作为人类朋友的动物的诗意栖居。重视动物福利（Welfare of Animals），是人与自然和谐相处的一个重要表现。动物福利对于大部分的中国百姓来说，也许还是一个比较新颖、时尚的话题，但是在一些西方国家，关于动物福利的立法与执法早就是"成效显著"了。1822 年，世界上第一部关于禁止残酷对待家畜的马丁法案在爱尔兰获得通过。随后，很多西方国家纷纷从组织机构、规章制度等方面给倡导动物福利提供保障。欧美大部分国家在 19 世纪就基本完成了防止虐待动物的立法，有了对动物福利的基本规定。20 世纪20–30 年代，这一动物福利体系在西方已经比较成熟。如今，100 多个国

[①] 于国华.生态文学的典范：阿来的"山珍三部"[J].东北师大学报（哲学社会科学版），2017(4).

家和地区已经有了比较完整的动物福利法。动物福利组织如美国的动物福利协会（Animal Welfare Institute）、澳大利亚"动物解放"组织（Animal Liberation）、英国的"动物援助"组织（Animal Aid）等已在世界范围内蓬勃发展起来，维护动物福利已经成为绝大部分西方人的自觉意识和行为。而反观中国，动物福利的现状实在令人心忧胆寒：粗暴屠宰，活吃猴脑，活剥动物皮……其手段之残忍用"惨绝人寰"来形容也绝不为过。这些人难道就真的这样痛恨动物吗？当然不是，只是，当眼前的经济利益与悲悯之心发生冲突时，他们往往选择了前者。北京曾有过为动物福利立法的打算，并出台了《北京市动物卫生条例（征求意见稿）》在网上公开征求市民意见。然而，仅仅征求了两天的意见之后，这一被称作"中国第一个保护动物福利的地方性法规"即被撤下网页，从而宣告了该法案的提前流产。其流产的原因据说主要是不少专家认为，给动物"福利"立法虽然很好，但毕竟太超前了，在实际生活中不具有操作性，很容易出现"违法"现象。也许，正如这些专家所言，在中国制定动物福利法的条件还不够成熟，但是，动物毕竟是与我们人类朝夕相处的伙伴，人类的福利其实是与动物福利息息相关的。重视动物福利，是"以人为本"的生态关怀，是"以人为本"的"双赢"效应。

倡导动物福利而得不到广泛的认同和响应，一方面可能是我们在进行动物福利的倡导时有些偏激，比如将动物"福利"与动物"权利"等同；另一方面则是由于人们对于重视动物福利之于人的诸多利益尚不能做出正确的判断，认为重视动物福利就是损害人的福利。讲究动物福利，究竟谁是受益者？动物本身自然是最直接的受益者，而人同样是莫大的受益者。尊重生命，善待动物，这是人类良知和善心的体现。同时，我们还应该看到，重视动物福利，其实是一种"双赢"，是一个"以人为本"的"双赢效应"问题。只有承认并树立这样一种动物福利"以人为本"的观念，动物福利倡导者的言论才能可爱、可信、可操作，而作为动物福利实践者的人们，也才会心甘情愿地为动物谋取福利。

首先，重视动物福利，是维护人类健康的保障。人与自然界息息相关，善待动物，是关爱人类自身的需要，关注动物福利同时也是关注人类自身的健康。不重视动物福利，动物性产品的质量就难以保证，这就必定会影响到人类的健康，危害公共卫生和安全。近些年来，SARS、口蹄疫、禽流感、人感染猪链球菌病尤其是 2019 年年底以来的这场全球性新冠肺炎疫情等，都严重地威胁着人类的健康乃至生存，而这些疫情危机都直接或间接地与动物的健康状况以及我们对待动物的方式相关。不良饲养、恶劣运输、粗暴屠宰等都可以影响动物性食品的安全和卫生质量。在饲养和运输过程中，如果条件恶劣（比如狭小空间高密度饲养、在饲料中添加激素类等违禁药品、长距离疲劳运输等），动物的体质就会下降，免疫力降低，容易感染各种疾病。从英国开始的"疯牛病"就主要是由于使用了含有肉骨粉的配合饲料而引发的，禽流感则主要是由于借助生长素催肥的鸡丧失了对病毒的抵抗力，高密度的生长环境又不可避免地带来了快速传播和高致病性。在屠宰过程中，如果遭遇粗暴对待（比如强行注水灌食、当着同类的面进行宰杀等），动物处于极度的痛苦和恐惧状态时，肾上腺素将会大量分泌而形成毒素，导致成品肉的质量大大降低，从而对人类健康造成潜在或直接的威胁。而且，重视动物福利，不仅仅是维护人们身体健康的需要，同时也是维护其心理健康的需要。在善待动物的过程中，人们完全可能因为获得了情感、道德和人文精神上的满足而精神愉悦。因此，从某种意义上讲，善待动物就是善待人类自己。

其次，重视动物福利，是推动经济发展的保障。任意处置动物，虐待动物，很多情况下是以追求经济利益最大化为目的的。殊不知，这种行为已经渐渐成为国民经济发展的巨大绊脚石。中国是一个农业大国，农畜产品的出口是我国农村经济发展的一大命脉。然而，近年来，日益紧张的"动物福利壁垒"已经成为制约我国农村经济发展的一大瓶颈。在国际贸易活动中，一些西方国家利用文化教育和传统习俗等方面的优势或影响力，以本国的动物福利法案为标准，借助动物福利的国家间差距构筑一道道动物福利壁垒（绿色壁垒），来限制甚至拒绝他国的动物及其相关产品进入本国市场，从而达到保护本国产品和市场的目的。越来越多的发达国家要求供货方必须提供畜禽或水产品在饲养、运输、宰杀过程中没有受到虐待的证明才准许进口，WTO 的规则中也写入了有关动物福利条款。我国一些禽畜及水产品生产加工企业在产品出口过程中，被指责在饲养、运输及屠宰动物时没有满足进口国的动物福利标准而遭遇到一些西方发达国家的拒绝，产品被退货，企业遭受巨大的经济损失。2005 年 2 月，我国河北省宿宁县轻视毛皮动物养殖福利、活剥动物皮毛的新闻被瑞士等国的国际动物保护组织报道后，引起西方国家的强烈反响，很多动物保护组织和人士纷纷给政府施压要求抵制进口中国的相关产品，我国毛皮产品出口贸易受到极大的冲击。此类遭遇动物福利壁垒的例子，在近年来的中国出口贸易中常有耳闻。从一定意义上说，动物福利甚至关系到畜牧业发展的大方向。在充分遵循动物福利的情况下，大力发展产品安全、品质优良的有机养殖，不仅可以在近期内获得较高的经济利益（据报道，有机养殖产品的价格要比一般常规产品的价格高出 30% - 200%，在欧洲，有机牛奶的价格比普通牛奶一般高出 35% 以上），而且还有利于促进养殖业的可持续发展，从而收取更大更长远的效益。

另外，重视动物福利，还可以为我们带来许多其他方面的利益。重视动物福利，可以带动环保事业和动物福利产业的发展而创造更多的社会效益和经济效益；重视动物福利，可以获得良好的社会声誉和社会评价而带来更多的潜在利益；重视动物福利，可以形成人与动物和谐相处兼及人与人和谐相处的良好氛围而带来更多的生态效益；等等。重视动物福利，不仅是具有暂时也许还无法估价的长远利益，而且具有看得见、可计量、近在眼前的现实利益。可见，那种认为"重视动物福利就是损害人类福利"的观点其实是站不住脚甚至是很浅薄的。

强调对于动物福利的重视，不是说我们就再也不能利用动物了，而是应该怎样人道地、合理地利用动物。在利用动物的过程中，要尽可能地给这些为人类做出贡献和牺牲的动物以人道的关怀。比如说，在饲养时给予它们比较舒适的生活环境，运输过程中保证运输车辆的清洁并避免动物遭受惊吓或伤害，在宰杀时尽量减轻它们的恐惧和痛苦，在做实验时避免它们无谓的牺牲。尊重生命，善待动物，不虐待动物，这是贯穿各国动物福利法的主要内容，也是各国动物福利法奉行的基本理念。尊重生命是善待动物的思想基础，善待动物是尊重生命的基本要求和基本方式，不虐待动物是尊重生命的起码要求。英国农业动物福利协会（FAWC）曾提出动物应享有五大自由（享有不受饥渴的自由，享有生活舒适的自由，享有不受痛苦伤害和疾病的自由，享有生活无恐惧和悲伤感的自由，享有表达天性的自由），就是主张让动物在康乐的状态下生存和生活，即使是走向死亡也要让它们死得从容。四川绵阳某食品厂屠宰场曾经试图推广的人道屠宰就充分体现了一种对动物的人道关怀：所有待宰的生猪在温度适中的环境中静养 12 小时，再经过 20 分钟的淋浴和按摩，期间还会喝上淡盐水，然后，这些身心都得到放松的生猪自觉地走上流水线进入低压电击区，不知不觉间，几乎没有什么不适的感觉，它们便进入"梦乡"。虽然这些动物最终仍然免不了成为人类的果腹之物，但它们在生前却确实享受到了它们应得到的福利待遇。

重视动物福利，我们还需要明确这样一个概念，那就是"动物福利"并不等于"动物权利"。很多人反对动物福利，其实是因为他们简单地将动物福利与动物权利等同而造成难以认同动物福利。国际爱护动物基金会（IFAW）中国执行代表张立曾经说过："我们主张的是动物福利，而不是动物权利。这是一个关键性的立场问题。动物权利主义者认为动物与人类是平等的，动物也有自己的权利，因此人不能利用、奴役和食用动物。但动物福利主义的立场要妥协得多。我们承认现实，认可人是可以利用动物的，但在此基础之上，我们希望它们在有生之年能过得好一点。"[1] 主张"动物权利论"者一般认为动物跟人类一样，具有内在的价值，具有不可侵犯的权利，动物和人享有同等的权利，动物不应该仅仅被当作人类的财产或为人类效力的工具，而应该被当作人同等看待。绝大多数动物权利论者奉行素食主义，拒绝食用、使用动物产品和动物制品。这种"动物权利论"跟主张善待动物、反对虐待和残害动物但并不反对利用动物的"动物福利论"相比，显然要偏激得多，从现实操作性上来说，也很难得到大多数人的认同。

当然，"动物福利"与"动物权利"也并非完全没有瓜葛，而是两个

---

[1]　张田勤 . 动物福利事关人类福祉：媒体吁请善待动物 [N]. 中国妇女报 ,2004-2-15.

联系非常密切的概念。言说动物的权利，需要以"以人为本"为前提。农场动物没有绝对拒绝被宰杀的权利，实验动物也没有完全拒绝献身于实验的权利，但是，如果是在适度的范围内要求的权利，那就不仅允许而且完全应该作为动物福利受到重视和保护。比如说，农场动物成长过程中享有相对舒适的环境，在被宰杀前不被虐待，这就是它们最基本、最起码的权利，同时也是它们的福利。大致可以这样认为，动物福利，是在"以人为本"前提下赋予动物有限的权利。考虑动物的权利，需要"以人为本"，强调动物的福利，同样不能忽视"以人为本"。"以人为本"就是以人为主体，以人为前提，以人为动力，以人为目的。承认"以人为本"，并不意味着对动物福利就必然构成障碍，相反，只有承认"以人为本"，才能把动物福利真正纳入人的视野。事实上，动物福利并不是一味强调给动物以福利待遇，同时也明确提出要借此提高人类的福利待遇。只有这样，才能真正唤起广大公众的动物福利意识，争取他们的积极参与和支持。任何政策的落实都必须与公众的切身利益挂起钩来才能得到公众的认可和支持，动物保护和动物福利的落实更需要人们发自内心的拥护，如此才能从少部分精英们的高谈阔论转化为大众积极参与的行动。

动物、植物、人类以及其他的非生物共同构成了自然界，并保持着生态链的平衡。保证动物福利，给予动物人道的关怀是人类社会发展进步的表现。对动物福利的重视，既是我们构建和谐社会的题中应有之义，也与国际社会倡导的自然、环境与人类社会协调发展的目标相一致。印度圣雄甘地曾说过：一个民族的伟大之处和她的道德进步可以用他们如何对待动物来衡量。因此可以说，一个国家的国民对待动物的态度如何，在某种程度上是衡量这个社会文明程度高低的一个非常重要的标志。早在春秋战国时期，我国古人就有了保护动物的意识。《礼记·月令》篇中有"牺牲毋用牝，……毋覆巢，毋杀孩虫、胎夭飞鸟，毋麛毋卵……"[①]的记载；《荀子·王制》规定："鼋鼍鱼鳖鳅鳝孕别之时，罔罟毒药不入泽，不夭其生，不绝其长也。"[②] 这些做法在一定程度上保障了动物最基本的生存权利，使它们免遭任意杀戮，可以看成是我国动物福利立法的雏形。古人尚且懂得动物福利的重要性，何况经历了几千年文明陶冶的今人乎！

生态文学中所表现出来的和谐诗意在很多情况下也来自作品本身的诗意表达。作者往往用饱蘸感情的笔触，用高度艺术化的语言对眼前的景致进行艺术化的点染，从而使得所述之人、所叙之事、所绘之景极富视觉冲击力和感染力。阅读梭罗著名的生态作品《瓦尔登湖》，我们仿佛置身于瓦尔登湖畔，为那美妙的湖光山色所陶醉。瓦尔登湖的梭鱼"并不绿得像松树，也不灰得像石块，更不是蓝得像天空；然而，我觉得它们更有稀世的色彩，像花，像宝石，像珠子，是瓦尔登湖水中的动物化了的核或晶体"。此类形象描绘在《瓦尔登湖》中比比皆是。徐迟在《瓦尔登湖》译序中高度赞美了这些形象的描绘："优美细致，像湖水的纯洁透明，像山林的茂密翠绿。"[③] 瓦尔登湖的四季风景、黎明傍晚、阳光雨丝、花草树木、飞禽走兽、游船鱼虾，还有那个特立独行、离群索居的年轻人的身影，以及他那恬静的生活、宁静的心境、智慧的思想，都深深地感染着读者。在我国，如此诗意的表达在曾经是诗人的生态作家徐刚的生态文学作品中表现得特别突出。徐刚的作品既闪现着诗人敏锐的直觉，奔涌着诗人鲜明的爱憎，更辐射出诗人细腻的观察、精微的描摹。他常常用诗的语言来描绘大自然，

---

① ［元］陈澔注.礼记·月令[M].上海：上海古籍出版社,1987:84-85.

② ［清］王先谦.荀子集解·王制[A].诸子集成（二）[C].北京：中华书局,1954:105.

③ 亨利·戴维·梭罗.瓦尔登湖[M].徐迟译.上海：上海译文出版社,1993:序.

写山川湖泊，写海浪鸣沙，写树木花草，写欢快的鸟儿，写浅吟低唱的昆虫；也用诗的语言来思索人与自然的关系，思索人类的生存危机。他的生态作品的语言因此而有了无限的激情和张力，他的这些充满事例和数字的文章读起来也就更令人心驰神往，"就像是倾听他重新诉说一部人与自然历史的哀婉诗篇"①。另外，沙青笔下明净清丽的密云水库，麦天枢笔下生机勃勃的昔日汾河，江浩笔下不乏情趣和温馨的野生动物生活，陈桂棣笔下的云龙湖风光，等等，这些可亲、可爱、纯真、富有人情味的自然美景，在生态环境被严重破坏的今天，自然能勾起人们无限的遐想和向往，陶冶人的情操，净化人的心灵，使人不忍心去污染它、破坏它。

的确，美的事物可以感染人、陶冶人、同化人，发现美、挖掘美、展示美、弘扬美，为和谐社会，为人类命运共同体营造良好的生态氛围应该继续成为生态文学的追求。

---

① 鲁枢元. 生态文艺学 [M]. 西安：陕西人民教育出版社,2000:306.

第四章　生态文学的叙事策略

作为一种特殊的文学样式，生态文学一方面要鲜明地传达生态意识，另一方面又必须保持文学的品格。生态文学应该是建立在灵活的叙事策略以及独到的审美情趣基础上的文学话语，这也正是其强大艺术感染力的鲜活源泉。生态文学的叙事和审美既要遵循一般的文学性原则，同时又要创新自己的表达方式。生态文学不单以丰富而有特色的内容吸引读者，更要通过艺术化的表现技巧深深地感染读者，让生态理念深入人心，让绿色生活成为我们的习惯。

"'生态焦虑'作为当代世界性的文学母题，它背后深度关切的是文明的盛衰。"① 生态文学把关怀"生态"作为自己的神圣使命，它以生态系统的整体利益为最高价值，通过考察和表现自然与人的关系来映现人与社会、人与人、人与自我等关系，表现人类所面临的自然生态危机及其背后所蕴含的深层的精神生态危机，探寻生态危机的社会根源，对整个生态系统中处于存在困境的生命和非生命进行审美观照和道德关怀，呼吁人类与自然万物的和谐。从一定意义上来说，生态文学是一种"感染艺术"，并不是随意拼凑几件反映生态污染、生态危机的事实就可以奏效的。优秀的生态文学往往特别讲究通过艺术化的"叙事"方式来传达题材信息，以便更加充

---

① 吴景明.新世纪社会转型与底层写作、生态文学的兴起[J].当代文坛,2015(1).

分地凸显其生态主题和增强作品的艺术感染力。

第一节　建构生态意象　寄寓生态理想

　　"意象"一词，很早就出现在我国古代典籍中。刘勰《文心雕龙·神思》篇中就有"窥意象而运斤"一语。意象，是文学形象的一种重要类型，它是主观情理和客观形象的融合，是意和象的融合。简单地说，意象就是寓"意"之"象"，是用来寄托主观情思的客观物象。在这样一个个客观的物象形态中，往往包含着隐喻、象征等深层的意蕴，读者通过细心的发掘，可以在一种潜移默化中受到更为深刻的启发乃至心灵的震撼。生态话语大多具有比较强烈的政治性和社会色彩，为了避免过于直白的政治说教所带来的"副作用"，高明的生态文学作家在对人与自然关系的艺术探寻中，常常会将深邃的生态哲思、优雅的诗性气质和强烈的忧患意识熔铸成为一个个别具洞天的意象世界，引领读者在诗化的境界中陶冶性灵，强化生态意识，探寻诗意生存的理想之途。

　　沈从文一生亲近自然、痴迷自然，自然在他心中是伟大而神圣的。"作为 20 世纪中国文学中有影响的作家，沈从文生活在现代工业社会开始的阵痛期，面对物欲横流的现代社会，内心涌动着一股回归自然的意念。"[1] 在沈从文大量的作品中，《边城》（北岳文艺出版社，2002 年）称得上是一部特别能代表其独特创作风格的作品，也是一部最能体现沈从文追求人性自然美的田园诗式的作品。沈从文信奉"神即自然"，泛神论思想的形成进一

---

① 　吴长青，周琛. 生态视野下《边城》"水意象"的乡土情结 [J]. 名作欣赏 ,2016(9).

步浓厚了他崇拜自然的感情。在沈从文的笔下，大自然是那么的秀美和纯净，而且人与自然是那么和谐地相约山水间。"站在门边望天，天上是淡紫与深黄相间。放眼又望各处，各处村庄的稻草堆，在薄暮的斜阳中镀了金色。各个人家炊烟升起以后又降落，拖成一片白幕到坡边。远处割过禾的空田坪，禾的根株作白色，如用一张纸画上无数点儿。一切景象全仿佛是诗，说不出的和谐，说不尽的美。"①大自然中的一切显得是那么美丽、安详、和谐而又充满生机与活力。此类对自然的深情描绘在沈从文的湘西系列作品中可以说比比皆是，人与自然融洽、相依相生的和谐胜境和美妙意象常常在沈从文的笔端自由流淌。《边城》的生态意象既是独特的也是丰富的，其中，"水意象"最能让人感受到亲切和自然。沈从文从小就成长在清丽迷人的湘西，一直到成年后才离开养育了他20年的那山那水。这期间，沈从文与湘西灵山秀水的大自然建立了无比深厚的情谊。他曾说："水和我的生命不可分，教育不可分，作品的倾向不可分。""30年来水永远是我的良师，是我的净友，给我用笔以各种不同的启发。"②有研究者认为，《边城》中的水意象被赋予了三层含义："首先，水代表着秀美的自然风景。在《边城》中，各种与水相关的景物都是沈从文描写的对象，例如溪水、河水和大量雨水的描述等，勾勒出一幅自然清丽的图景。其次，水的纯净映射出人的淳朴，例如小说中的主人公翠翠，这个小女孩就是沈从文笔下自然人的代表，他所欣赏的就是这种纯粹而又柔美的人性。最后，《边城》这一整部小说描绘的都是水边的故事，水边孕育的人、情、事体现了这个'世外桃源'的自然的生活方式和文化。"③水是《边城》着力渲染的意象，在沈

---

① 沈从文. 阿黑小史 [M]. 长沙：岳麓书社,1992:83.

② 沈从文. 凤凰集·一个传奇的本事 [M]. 长沙：岳麓书社,1992:216-217.

③ 吴长青，周琛. 生态视野下《边城》"水意象"的乡土情结 [J]. 名作欣赏,2016(9).

从文看来，水是自然宁静而又灵动的象征，大篇幅水意象的描摹与叙写，正是作者深深依恋大自然的情怀体现，是作者对纯净而和谐的自然生活的赞美和向往。

山西作家李晋瑞的《原地》（长江文艺出版社，2006 年），被誉为"中国第一部真正意义上的长篇生态小说"，作者以其睿智的思维和强烈的社会责任感，对社会发展与生态和谐之间存在的矛盾进行了认真反思。作品一方面巧妙地把埃塔的原始"走婚"与现代人的"文明"婚姻置于同一个平面，互相观照，用本真的眼光和真切的感受，从灵魂深处对人性进行了拷问；另一方面真实地描绘了现代文明侵入原始部族之地埃塔之后，强行嫁接"文明"，从而使当地人的心灵开始异化并最终导致埃塔的生态（既包括自然生态也包括人文生态）陷入灾难的过程。作品精心选择和建构了"埃塔""白狐""牦牛哈达""狼群""羊脂玉""雪山""圣湖"等一系列丰富而独到的生态意象，为《原地》强烈而深刻的生态主题的展示提供了阔大的空间。"埃塔"，就是用尘埃堆砌起来随时有可能倒塌的塔，是一种经不起冲击的乌托邦式的美好存在，它注定会是一支挽歌。"白狐"跪拜太阳意象的反复出现，体现了人类历史上一种原始的自然崇拜，尕瓦木措对白狐的猎杀，即是对自然的不敬，是对天人合一格局的破坏，受到报应也就在情理之中。"羊脂玉"，是欲望的象征，正是有了对羊脂玉的向往，富商夏太平才会派人到埃塔进行所谓的文明扶贫。作为吉祥、和谐、平安象征的"牦牛"哈达，降生于"文明扶贫"人士陆天羽、陆天翼初到埃塔之时，这正寓意着埃塔人对外来文明改变埃塔命运的希冀，最后，哈达的意外丧生，也就寓意着希望、和谐的破灭以及爱的消亡。"雪山"和"圣湖"，作为埃塔人的精神家园，给予埃塔人阳光、生命及生命幸福繁衍所需的一切，对埃塔人来说是神圣不可侵犯的。尕瓦木措因为背叛了雪山圣湖而受到了应有惩罚，夏太平炸开雪山掠夺羊脂玉的奢望也化为泡影……小说正是在这些意象的统摄与引领下，对人与人、人与自然的关系以及人性的转变等进行了全方位的展示，对健康生态的保有发出了强有力的呼吁。

确实，生态意象的建构，为生态内蕴的艺术表达营造了更为理想的空间，有利于提升作品在读者心目中的"生态分量"，产生更加强烈的震撼力。在中国生态作家的笔下，生态意象已经蔚为大观。"狼"意象（如《怀念狼》《狼图腾》《大漠狼孩》《沙狼》《野狼出没的山谷》《七岔犄角的公鹿》《狼王梦》《狼行成双》）、"沙漠"意象（如《狼祸》《大漠狼孩》）、"水"意象（如《水妈妈的神话》《该死的鲸鱼》）、"森林"意象（如《豹子最后的舞蹈》）、"天火"意象（如《空山》）等经常出现，已经成为生态文学的一道风景。从某种意义上来说，生态意象，是生态文学的灵魂，是生态文学叙事的重心所在。

第二节　创新叙述视角　激发共鸣效应

叙述视角是指叙述者或人物与叙事文学中的事件相对应的位置或状态，或者说，是指叙述者或人物从什么角度观察故事。在叙事性文学中，一个好的视角的选取，对于以最佳效果传达作者的写作意图来说，具有非常重要的意义。视角在叙述中具有非常重要的地位，英国小说理论家卢伯克指出："小说技巧中整个错综复杂的方法问题，我认为都要受角度问题——叙述者所站位置对故事的关系问题——调节。"①同样的主题，同样的题材，如果采用不同的叙述视角来进行叙述，其表现效果可能会迥然不同。梭罗的《瓦尔登湖》成为最为动人的生态美文之一，一个很重要的原因就在于，梭罗并不是以旁观者的姿态出现，而是用第一人称完全将自己与瓦尔登湖合二为一，将《瓦尔登湖》中的自然美透过"我"的感官、情感加以尽情展示。当梭罗面对自然时，他发挥的是所有五官的作用，教人们以五官去体验自然，用心去寻求一种与自然的最纯朴、最直接的联系。

生态文学特别注重感染力，这也就要求生态文学家在视角的选择方面要花费更多的心思。精心选择适宜的叙述视角，最充分地酝酿作品的感染力，激发读者强烈的共鸣效应，已成为很多生态文学家的执着追求。哲夫的生态小说《极乐》（海天出版社，1995年），从"未来"的角度，对处于"现在时"的人类做了一种特别审视，将人类的所有欲望和行为，包括金钱欲、权力欲和性行为等，都放在"环保"这一个显微镜下进行透视。从国与国之间的攻城略地到人与人之间的钩心斗角，从对土地的占有到对一个女人的占有，写到人类战争对人性和自然的残害和污染，写到地球的毁灭、宇宙城的毁灭……借用这一独特的视角，作品给我们提出了严正的警告：如果我们继续对自然为所欲为，那这毁灭性的"未来"将不再遥远！正是采用这样一种独到的叙述视角，作品更有效地拉近了读者与作者的心理距离，让读者产生一种强烈的认同感。

站在人类的立场，以人类的视角来言说，有时难免不受"人类中心"思想的左右，而陈应松《豹子最后的舞蹈》（春风文艺出版社，2004年）

---

① ［英］珀西·卢伯克. 小说美学经典三种·小说技巧［M］. 方土人等译. 上海：上海译文出版社,1990:180.

则另辟蹊径地从一只豹子的角度来进行故事的讲述，深刻地揭示出人类中心主义的荒谬，揭示出在这种思想指导下人类残酷无情、全然不顾生态伦理的暴行。作品以这只被年轻姑娘徒手打死的神农架最后的豹子"斧头"的亡灵的口吻，叙述"斧头"生命的最后几年在神农架的山山岭岭中"讨生活"时的所见、所历、所忆、所闻、所思。通过豹子的自叙，作品痛心地给我们展示神农架地区的生态窘境：滥砍滥伐和盲目围垦严重地破坏了林区的生态，猎人们无休无止的猎杀更是让众多物类的艰难生存雪上加霜，甚至于最终走向种群的灭绝；不仅如此，人类自身也因此而陷入了更加严重的生存困境。显然，这种"自然物事"视角的选取，赋予了动物与人类同样的生命、情感与思想，产生更加强烈的阅读冲击力，促使我们反思自己在自然万物中的位置，打消虚妄的高傲，站在"自然"的角度设身处地地思考人类如何学会与自然和谐相处的问题。

一些生态儿童文学采用"孩童"的视角，用孩童天真无邪的眼光来看待身边的一切，也可以产生独特的艺术效果。"新世纪生态小说在建构人类与自然的共存历史时倾向于以儿童视角表达人类与自然的亲疏关联，体现出作家对自然母亲天然亲近、依恋的纯真情感。"[①]在人的一生中，与大自然最为相似和亲近的阶段应该就是儿童时代。"他们的思维像一张相互交织密不可分的网，对外在物理世界的把握与原始人一样处于模糊的混沌状态，分不清物理世界与心理世界，分不清思维的主体和思维的对象，所以也分不清现实的东西和想象的东西。"[②]面对纷繁复杂的大自然，儿童就像是一个原始社会的初民，对神奇的大自然充满着好奇感，更充满着敬畏

---

① 张贺楠.儿童视角与新世纪生态小说的时间叙事 [J].当代作家评论,2015(3).

② 王全根.儿童文学的审美指令 [M].武汉：湖北少年儿童出版社,1989:8.

感。乌热尔图的生态小说《一个猎人的恳求》《七岔犄角的公鹿》《琥珀色的篝火》，张学东的《跪乳时期的羊》，迟子建的《雾月牛栏》《额尔古纳河右岸》，等等，都成功地采用了儿童视角来表达人类和自然休戚与共的天然关系。"实际上，很少有成年人能够真正看到自然，多数人不会仔细地观察太阳。至多他们只是一掠而过。太阳只会照亮成年人的眼睛，但却会通过眼睛照进孩子的心灵。一个真正热爱自然的人，是那种内外感觉都协调一致的人，是那种直至成年依然童心未泯的人。他与天地的交流变成了他每日食粮的一部分。面对自然，他胸中便会涌起一股狂喜，尽管他有自己的悲哀。"① 视角虽然是儿童的，但生态内蕴却往往会大大地超乎儿童的理解，萌真的儿童甚至会成为成年人与大自然之间一座沟通的桥梁，这就是生态文学儿童视角的魔力。

诚如以上所述，除了采用"第一人称"这种主观叙事视角以便增强作品的真实感、亲切感之外，"未来"的视角、"自然物事"的视角都可以有效地增强作品的感染力。在《猴子村长》（《北京文学》，2003 年第 5 期）中，侯自成与奉山老汉追击一母二幼 3 只猴子的过程中，母猴被逼入绝境，猎人找到了绝佳角度和时机，举起了枪开始瞄准，这时作者叶广芩非常动情地叙写了令人肃然起敬的一幕："母猴突然做了一个手势，两人一愣，分散了注意力，就在这犹疑间，只见母猴将背上和怀里的小崽儿一同搂在胸前，喂它们吃奶。两个小东西大概是不饿，吃了几口便不吃了。这时，母猴将它们搁在更高的树杈上，自己上上下下摘了很多树叶子，将奶水一滴滴挤在叶子上，搁在小猴能够够到的地方。做完了这些事，母猴缓缓转过

---

① Miller James E.Jr.ed. *Heritage of American Literature: Beginnings to the Civil War Vol* [M]. SanDiego: Harcourt Brace Jovanovich,Inc,1991.p.875.

身，面对着猎人，用前爪捂住了眼睛。"①不仅仅是多愁善感的读者会被这样的镜头感动得"梨花带雨"，我相信任何一个心狠的猎人面对如此伟岸的母爱也不可能无动于衷。生态文学正是凭借着这样一些多样化的视角对生态题材进行艺术化处理，以期最大限度地传达作家们的生态观念。

著名儿童文学作家董宏猷的《鬼娃子》（二十一世纪出版社，2018年），以"人与自然"为主题，在现实与梦幻的交织变化中，通过原始林区一个小镇上12岁男孩彭春儿的境遇和行动，将大山深处的人们那种渴望走出大山、活出自我的梦想与迫切尽情地表现了出来，表达了人类对生态危机的忧虑以及发展中国家现代化进程中的难以避免的矛盾与阵痛。董宏猷认为，当下的儿童文学过多地迷恋纠缠在校园里的杯水风波和搞笑，这不利于孩子们的成长，一个儿童文学作家应该始终保持对现实与历史的疼痛感，要善于将那些不得不说的故事和疼痛告诉孩子们。"让他们关注地球上植物与动物的命运，关注生命赖以生存的地球的命运，是我们这一代儿童文学作家的历史责任。"《鬼娃子》多次入选《中华读书报》"2018年最不可错过的15种少儿好书"以及中国出版协会少年儿童读物工作委员会"2018桂冠童书"等众多年度好书榜单。作者调动全生态的视角，落笔于超现实之梦，对于潜藏于自然的众多谜团进行多方审视，架起"超验"的交互通道。"以多线并行的叙事线索展现了善恶共存的现实世界。在小说中，人类视角与多物种的生态视角交互并存，现实主义、浪漫主义、魔幻现实主义、超验主义等多种理念交叉渗透。"②作者为什么采用这样的叙事方式呢？这是因为，作品的内在意蕴，主要是建基于对人与自然生态关系的多重反思，

---

① 叶广芩.山鬼木客[M].北京：北京十月文艺出版社,2015:266.

② 崔昕平.拂拭心灵之窗，重谙敬畏与尊重——评董宏猷生态文学力作《鬼娃子》[J].出版广角,2018(22).

而为了更好地厘清这样的反思，需要一个相对冷静的审度空间，需要在一定程度上拉开现实的、即视的、功利的距离，从一个更高的、抽离的、超越的视野来进行反观。

生态文学家哲夫饱受赞誉的长篇生态小说《天猎》（中国文联出版公司，1994年），在叙事视角的选择和运用方面同样堪称经典。"作家用黄土地上的黑色浪漫，都市生活中的变形人生，勾勒出当代中国人生百态的画面。主人公乔鹰在海滩上等候一个声音性感的女人，但却被一个女人用蜜色的胸脯捂死。乔的幽灵化作多种形体在活人的世界游荡。他要寻找杀害他的那个神秘女人，他回忆过去，预言将来，引出许多有趣而又令男女们深思的故事……"① 小说从一个幽灵的独特角度，纵情地审视人类的生存处境，完成对人类社会善意的黑色批判。主人公乔由生而死，重叠着现实与幻觉，从现在到过去，作品的叙述视点在多个时空中自由地进行切换，颇具挥洒自如的畅意之感。特别值得一提的是，小说在乡村与城市，人与自然对立的背景上展开叙事，有效地创造某种立体的效果。小说一开篇，主人公就死于非命，这样的新奇安排对于很多作家来说也许就意味着"山穷水尽"，但哲夫却显示出了驾轻就熟的功夫，故事情节依靠回忆、插叙和幻觉等被铺陈和舒展得淋漓尽致。"这部小说糅合了侦破小说和魔幻现实主义的艺术手法，使得它既有引人入胜的情节，又不失某种怪诞之气，那种抒情性的描写，穿梭于各个欲望化的片断之间，它们具有煽情的功能，却也有一些感人至深的韵味。"②

---

① 编者按. 畅销新书——《天猎》[J]. 新闻出版交流,1995(1).

② 陈晓明. 人欲与环境——评哲夫的《天猎》[J]. 新闻出版交流,1995(1).

第三节　借重背景材料　升华生态主题

所谓背景材料，是指与所叙述事件相关的历史和环境材料。文学中的背景材料往往是作品精心安排的用于揭示或升华主题的有机成分，可以起到画龙点睛的作用。生态文学，常常需要反映生态环境的变迁，反映生态环境的过去、现在和未来，在一种比对中更好地彰显作品的生态主题，因而，背景材料对于生态文学来说有时是具有独到而重要的价值的。在生态文学创作中，恰如其分的背景材料的设置，可以让作品更加充满活力。

贾平凹的《怀念狼》一开篇就给我们提供了一组虚虚实实的背景材料：因为气候的原因，商州南部曾是野狼最为肆虐的地区，曾经因狼灾而毁灭过古时三县合一的老县城。"我"先以为这肯定是一种讹传，因为在世纪初，中国发生了一次著名的匪乱，匪首名为白朗，横扫了半个国土，老县城是不是就是毁于那次匪乱，而民间误将"白朗"念作了"白狼"？但九户山民异口同声地说，是狼患，不是人患。狼患在前，人患在后。"也就是在狼灾后的第五年，开始了白朗匪乱，是秋天里，匪徒进了城，杀死了剩下的少半人，烧毁了三条街的房子……老县城彻底被毁了，行政区域也一分为三……"在作者描写的带点夸张性质的人狼攻防战中，"成千上万只狼围住了城池，嗥叫之声如山洪暴发，以致于四座城门关了，又在城墙上点燃着一堆又一堆篝火"。而黑压压的狼群竟"开始了叠罗汉往城墙上爬……狼死了一层又扑上来一层……"深谙人类习性的狼竟然还能运用"兵法"，一支红毛狼"敢死队""从南门口的下水道钻进了城，咬死了数百名妇女儿童，而同时钻进了一批狼的同盟军"，^①一时城池陷落……

从叙事结构来说，这是一个饱含寓意的背景故事，老县城的毁灭，究竟是狼灾还是人祸？作品中的人狼之战尽管被描述得惊心动魄，但毕竟只是一种传说，而人祸则是既定的史实，匪乱才从根本上毁灭了老县城。"从上个世纪一直到本世纪初的三四十年，商州大的匪乱不下几十次，而每一次匪乱中狼却起着极大的祸害，那些旧的匪首魔头随着新的匪首魔头的兴起而渐渐被人遗忘，但狼的野蛮、凶残，对血肉的追逐却不断地像钉子一样在人们的意识里一寸一寸往深处钻。它们的恶名就这样昭著着。"^②小说以此为故事背景是颇具深意的，它不仅在于由此引出地理、人物，更重要的是对人与狼关系的揭示。当最后那只老狼死于傅山和村人之手后，商州的野狼终于绝迹了。人的对手灭绝了，那么，人从此便可以高枕无忧了？然而，事实并非如此。当人失去了狼这个对手时，则或瘫痪，或四肢变细变软，或萎靡不振；而当狼彻底绝迹后，人则有了狼的习性和特征，变成了"人狼"。所有这一切象征性的描述，其实都在揭示一个道理：人与狼既相克又相生，人是不能没有狼这个对手的，少了这个对手，人的生机与活力就要大打折扣。

显而易见，作品开篇以"狼灾"与"人祸"的并置性叙事策略构建的生态警示性背景材料，实际上已经为小说的生态主题成功地埋下了伏笔：生态环境的极度恶化与其说是天灾（狼灾）不如说是人祸！人类的生态困境往往都是由人类自己造成的。背景材料的设置，也使得小说的虚写与实写得到了更加密切的结合，使得这样一个看似真实的打狼和护狼的故事表

---

① 贾平凹. 怀念狼 [M]. 北京：作家出版社,2000:4.

② 贾平凹. 怀念狼 [M]. 北京：作家出版社,2000:7-8.

现着形而上的哲学思考。在这样一部作者认为"必须是我要写的一部书"①中，我们可以领悟到对人类生存的哲学思考——人究竟该怎样生存，人该如何面对自然。小说的背景材料与小说中发散的环境伦理意识和人与自然和谐共存的生态理想，以及对人类中心主义的批判，赋予了小说非同一般的思想价值，有效地升华了小说的主题。

历史性背景材料，对于映衬或反思小说主题具有重要的意义，而环境性背景材料对于小说主题的烘托或铺陈常常也很有帮助。迟子建在《候鸟的勇敢》（《收获》，2018 年第 2 期）中，为了更加完整地呈现自己意欲揭露的自然世界和现实社会问题，对于作品的叙事策略、结构安排以及精神意蕴的熔铸等方面都进行了周密谋划。小说是以候鸟迁徙作为主题诠释的背景，讲述东北地区一座小城的浮尘烟云，社会痼疾、体制迷思、浮沉变幻在这里交相融会。凛冽的寒冬刚过，南下的候鸟就开始成群结队地往北飞回家了。也不知从什么时候起，瓦城里的人也像候鸟一样爱上了迁徙：冬天到南方避寒，夏天回瓦城消暑。对于"候鸟人"来说，他们的世界总是与春天相伴。能走的和不能走的,已然在瓦城人心中扯开了一道口子……《候鸟的勇敢》一开篇便"先声夺人"叙述道："早来的春风最想征服的，不是北方大地还未绿的树，而是冰河。那一条条被冰雪封了一冬的河流的嘴，是它最想亲吻的。但要让它们吐出爱的心语，谈何容易。然而春风是勇敢的、专情的，它用温热的唇，深情而热烈地吻下去，就这样一天两天，三天四天，心无旁骛，昼夜不息。七八天后，极北的金瓮河，终于被这烈焰红唇点燃，孤傲的冰美人脱下冰雪的衣冠，敞开心扉，接纳了这久违的

———————
① 贾平凹 . 怀念狼 [M]. 北京 : 作家出版社 ,2000:272.

吻。"① 候鸟和候鸟人，就在这仿佛不经意的背景叙述中建立起了紧密或不紧密的联系，他们是相似的，但他们也是不相似的。相似的是他们都有着大致相同的"动物性"习性，面临着大致相同的自然生态环境，不相似的是鸟类社会与人类社会的"社会生态"差异悬殊。"确立了'北国'这一文学地理的叙事境域后，作为迟子建惯常叙事载体的大地、山河、森林、原野等自然景观递次呈现，一道东北原野景色磊落而出，牵系出东北地区一座边疆小城的自然风貌、人情世故、精神图像。在叙事结构安排上，文本设置三层空间结构相互黏着、制约、牵引，以'纽结'为浑圆完整的叙事整体。"② 应该说，别开生面的开篇叙写，为《候鸟的勇敢》所要揭示和展现的智思、哲思与情思奠定了很好的叙事基础，也掘开了良好的叙事通道，从而在酝酿和营造作品的艺术感染力方面发挥着自己别样的优势。

第四节　巧置多元对话　倾听自然声音

后现代主义崇尚多元和谐，反对现代主义所崇尚的"逻各斯中心主义"（logocentrisme），强调世界的多元性和多义性，强调视角的多面性、意义的多重性和解释的多元性等。后现代解释学主张"理解总是一种对话"，这既包括现在与过去的对话，也包括解释者与文本的对话，还包括解释者与解释者的对话，等等。在强调"对话性"这一点上，后现代主义和生态批评是一致的。

---

① 迟子建. 候鸟的勇敢 [M]. 北京：人民文学出版社,2018:1.

② 喻超. 自然伤怀与现实省思——评迟子建《候鸟的勇敢》[J]. 文艺评论,2019(6).

生态批评以生态伦理学为重要的理论基础和批评依据，而生态伦理学关于"对话"性强调与后现代主义有着高度的一致性。生态伦理学本身就具有多种派别，而不同派别不同的言论本身就体现了一种强烈的"对话"性，大地伦理学、动物解放／权利论、生物中心主义、生态中心主义等各个派别在尊重环境、关爱自然的主题下进行自由言说，主张众多主体间的交流对话，既有各自个性的张扬，同时又有很多一致性的"共识"，它们都为生态伦理学提供了各具特色的道德依据。否定绝对的话语霸权，崇尚平等的自由商谈，主张文化、理论和视角的多元性，正是生态伦理学与后现代主义的共同旨趣。生态批评反对"话语的独断中心论"，强调多角度、多主体"众声喧哗"，倡导以"自然"为核心之维的多声部交响，从一定意义上来说，也正是生态伦理学与后现代主义共同作用的结果。

"在生态批评的话语场域中，自然中的各种生命作为不仅仅是文学表现的对象，而且是文学最原始的创造者。没有众多生命主体的互生和共生，文学就不可能诞生。生态世界是无数生命主体的家，这些生命主体以自己的方式说话，各种各样的'方言'汇合成的世界语言是文学的源泉。"[①] 生态批评学家迈克尔·麦克道尔（Michael J. Mcdowell）主张将巴赫金的对话理论应用到文学批评中，以对话模式取代现代文学中流行的独白模式。巴赫金在论述陀思妥耶夫斯基的创作问题时说："一切莫不都归结于对话，归结于对话式的对立，这是一切的中心。一切都是手段，对话才是目的。单一的声音，什么也结束不了，什么也解决不了。两个声音才是生命的最低条件，生存的最低条件。"[②] 作品中代表不同"声音"的"对话"的设置，

---

① 王晓华. 后现代主义话语谱系中的生态批评 [J]. 文艺理论研究 , 2007(1).

② ［俄］巴赫金. 巴赫金全集 (第五卷)·陀思妥耶夫斯基诗学问题 [M]. 白春仁 , 顾亚铃译 . 石家庄 : 河北教育出版社 ,1998:340.

可以为作品特定主题的展示创造更为充分的空间和更为便利的条件。作为文本构成元素的对话，可以是作品中代表不同意识主体的人物之间的对话，可以是人物与事物之间的对话，还可以是事物与事物之间的对话。这种对话，可以是言语意义上的对话，也可以是意识（人物或事物通过自己的言行代表的某种意识）意义上的对话。通过对话，多种声音或不同的观点可以相互碰撞、相互作用，从而一步一步向作者的创作意图贴近，最后完成对主题的升华。"对话"理论运用于生态文学、艺术的创作，对于探索人与自然之间的关系有其独到的用处，人与自然的冲突、人对自然的依存、不同人物不同的自然观念等都可以在这种"对话"中得到尽情展示。"对话首先有助于强调对立的声音，而非以叙述者的权威性独白为中心。我们从此可以倾听风景中被边缘化的角色和元素。我们的注意力被导向在风景中联合着的各种角色和元素的语言差异。"①

"对话"进入生态文学文本，由于文本中多种多样的声音交织在一起，从而可以有效地突出作品所指内涵的差异性。"对话"关注的往往是各种具体人物或自然因素相关的语言之间的差异性，通过分析这些不同"语言"之间的互动，可以理解与不同人物或不同因素相关的不同价值观。姜戎的生态小说《狼图腾》铸就"差异性"的"对话"运用是非常成功的。以毕利格老人为代表的草原人能够正确地认识和遵循自然规律，他们基本上都能够坦然地面对草原上应该发生的一切。出于对生命的敬畏与悲悯，他们对任何为生存而抗争的生命都充满了敬意，从来都不滥用所谓"人类的权力"。他们习惯于将年复一年与狼群进行着的斗争视为草原的日常生活，

---

① Cheryll Glotfelty & Harold Fromm. *The Ecocriticism Reader: Landmarks in Literary Ecology* [M]. Carrollton: The University of Georgia Press, 1996.p.384.

他们习惯于把马驹每年 70% 的损失视为狼给马群施行的"计划生育",他们习惯于将频繁的大规模远程搬迁视为草原人的生活必然……而以包顺贵为首的"打狼"派,则是额仑草原生命力最终的葬送者。如果说徐参谋盲目地干预草原的生态平衡还是他的善意——改变游牧方式、挽救牧民于生存困窘所致,那么包顺贵肆无忌惮的"打狼"行为则纯粹是他自私与贪婪的本性在作祟。"打狼"其实只是他的借口,吃狼肉、卖狼皮以满足其无穷无尽的贪欲才是真正的驱动力,狼也仅仅只是他猎取的目标之一,野兔、獭子、猎狗、沙狐、天鹅、野鸭等草原生命都无一幸免成为其猎枪下的牺牲品,最终造就了草原生命的毁灭性灾难。正是这由"对话"而构成的"复调",深刻地揭示出了当前人类不但面临着自然生态的困境,而且更为可怕的是,精神危机已成为毁灭人类最为恐怖的杀手!

　　同时,在另外一个层级上,"人"与"狼"又分别代表着两种完全不同的声音,这两个声音的"交往"则在又一高度揭示了更为深刻的内涵:人与狼既是相克又是相依的,狼的末日或许也就是人的末日。《狼图腾》中,狼更多是被看成与自然和谐相处的"精灵"。在草原人看来,腾格里是父,草原是母,狼是腾格里派下来保护草原的,草原狼对于腾格里草原的生态,对于蒙古游牧民族的成长,乃至对于中华文明的演进都起到了非常积极的作用。然而,人对草原狼不可理喻的虐杀,最终导致狼的急剧减少甚至灭绝,不但使草原生态遭受了极其严重的毁损,而且,随之而来的人的精神生态也在日益退化,这无疑是最为不幸的悲剧。在这一潜在的"对话"中,"狼"(大略可视为"自然"的代言人)的声音得以彰显,人与自然的和谐共处、人性与狼性的互补、狼道与天道的融合等关于天、人关系的思考也得以彰显。显然,运用"对话"理论建构对话性文本,我们听到的已不

仅仅只是一种声音，也不仅仅只是人类的声音，还有自然的声音，有更多
"他者"的声音，而这也许正是生态文学和生态批评所追求的本真之音。

女性与自然有着天然的联系，人们都习惯于把大地比作母亲，将女性
与大自然的融合象征生机与活力。"生态女性批评关注一切受压迫、受控制
的群体，它的视点是多元，但始终有两个焦点，那就是'女性'与'自然'。
在很多传统文化中，女性与自然被视为两个相依相生的'孪生姐妹'。"①一
般认为，女性在关怀、同情、非暴力等性别基质方面，也比男性具有更多
的亲近自然的优势，这对缓解人与自然的矛盾、解决环境生态问题均具有
特殊的认识价值。因此，从生态女性主义批评的意义上来说，与"女性"
对话也就是与"自然"对话。迟子建《候鸟的勇敢》，以其惯用的纯净唯美
的笔触，直面现实世界的罅隙和日常的生活波澜，精心书写着精神迷途之
人的爱与悲痛、欲望与沉溺、思索和选择。虽然迟子建曾明确表示不希望
自己的作品被贴上"女性文学"的标签，但作为女性作家的她，其作品中
从来就不缺女性情怀。在《候鸟的勇敢》这部作品中，"作者似乎已经不
再满足于对女性经验的简单描绘，而是通过种种叙事策略对女性的解放和
成长道路进行了更为自觉的探索。在这种探索背后，隐含的正是作者独特
的女性主义立场"②。在作者的笔下，迟子建赋予了女性非常高的社会地位。
除了松雪庵的尼姑们之外，其他生活在瓦城的女性基本上都可以与男性平
起平坐。跟男性一样，女性也可以拥有自己的事业，可以依靠自己的能力
去争取更多的发言权和社会资源，甚至在政治舞台上也同样可以与男性平
分秋色。那么，男性也就不再可以采用双重标准来对待自己和女性，否则

---

① 刘文良."双重视角"与生态女性批评的独特魅力 [J]. 北方论丛,2009(2).

② 罗佳.以"平等"为最终诉求——论《候鸟的勇敢》中的女性主义立场 [J]. 安康学院
学报，2020(1).

女性可能会"反抗"甚至"反制"的。小说中，张阔的丈夫因为挣了钱而经常去洗头房和捏脚屋泡妞。面对丈夫这种频繁的出轨行径，张阔"出人意料之外又在于情理之中"地选择以其人之道还治其人之身，对丈夫进行了"精准"报复："她想你忙活别的女人，让我闲着，我得多给你戴几顶绿帽子，才算对得起自己。她也找男人，不过不固定。今天是修汽车的，明天是开茶馆的，后天又可能是个在她家居住的候鸟人。在她想来，不固定的关系是玩，固定的关系往往要互负责任，闹不好就是你死我活，她可不想在婚姻上伤筋动骨，还想和她男人过，毕竟他们有共同的孩子。"[①] 当然，这种做法显然有悖于伦理道德，也绝不会是迟子建所提倡的，但她就是要通过这一近乎极端的方式，肯定女性获得自己的话语权哪怕是身体的话语权。以双重标准来要求男性和女性，单向规定女性行为等做法的男权社会已经过时，面对人类的屠戮，自然在反抗，面对男权的"拳头"，女性更应该挺起胸膛。

生态批评强调对话以"自然"为核心之维，好的文学"不但要叙述自然而且要提及——至少要暗示——自然的抵抗"，展示自然如何"抵抗、质疑、逃避我们试图强加给它的意义"。[②] 显然，"这种对话模式在文学层面实现了后现代主义对差异、多样性、去中心的强调，演绎了生态批评建构后现代主义文艺观的可能路径。对话作为语言层面的交流是不同生命主体的交往形式之一，它牵引出不同生命主体更深层的互动关系"。[③]

---

① 迟子建.候鸟的勇敢[M].北京：人民文学出版社,2018:43.

② Karla Armbrusteran Kathleen R. Wallace, *Beyond Nature Writing: Expanding the Boundaries of Ecocriticism* [M]. Blacksbarg: University Press of Virginia,2001.p.252.

③ 王晓华.后现代主义话语谱系中的生态批评[J].文艺理论研究,2007(1).

第五章 内外兼修：走出生态文学创作的迷途

经过近三十年的发展，中国生态文学的发展取得了较大的成就。体裁不断拓展，数量不断攀升，确实展示了生态文学越来越劲健的生命力。然而，细细考察生态文学的生存状况，特别是作为一个"文学"新品种的发展现状，我们可以毫不隐讳地说，中国生态文学还面临着诸多困惑亟待我们去超越。这一方面表现为生态文学内涵建设的高度不够，比如生态题材视野不够开阔，重复现象比较突出；情节缺乏创新，模式化现象严重；主题表达比较情绪化、理想化，偏离实际的宣扬而难获读者认同；"生态"教谕过于显露而"文学"意味相对淡化，生态思想因为得不到艺术化的渲染而空洞失效。另一方面则表现为生态文学的创作环境不够和谐，比如缺乏有针对性的生态批评，科学的理论指导比较缺位；有效的激励机制尚不健全，生态文学的创作氛围值得忧虑；出版和宣传渠道不够通畅，构建生态文学的立体化传播网络势在必行。

第一节 尊重文学规律 加强内涵建设

生态文学，简而言之，就是事关生态的文学。生态，是一个自然科学的概念，文学，是一个人文科学的概念，两者的融合预示着生态文学必定不同于一般的纯文学创作。然而，不管其如何融合，它终究是一种"文学"类型，应该尊重文学创作的基本规律。题材新颖，主题深刻，情节独特，形象丰满，情感真挚，审美性突出，等等，都应该是生态文学所需要具备的基质。只有尊重文学规律，加强内涵建设，生态文学才能以其独特的艺术魅力更好地为生态服务。

一、拓展生态视野，走出创作雷同化误区

文学创作最忌雷同。题材雷同，主题雷同，情节雷同，表现方式雷同，等等，雷同现象不但会损害文学本身的价值，也会导致文学丧失公信力，从而淡出读者的兴趣视野。世纪之交，生态文学的崛起，给日趋萎靡的文坛注入了清新的活力。然而，人们很快又不无遗憾地发现，这种清新感并没有持续多长时间，越来越多"貌似"或"酷似"彼此的生态文学作品相继出现，使得众读者刚刚燃起的兴趣火苗又渐渐消失。"一些作家重视'生态学'的思想启蒙，聚焦生态危机真相并寻求解决办法，却忽略对生态观念的艺术转化力，表现出同质化、模式化、概念化的艺术瑕疵。"①

真实的才是最好的，真实的才是最具震撼力的。也许正是在这样一种创作理论的指导下，很多生态文学执着于对生态事实进行逼真摹写，热衷于以写实的模式贯穿全文，"将作品展示事实的'真实'，在一定程度上当成了警示读者的生态案例"②。可能因为各地污染的现状大同小异，污染肆虐的原因大同小异，污染所造成的严重后果大同小异，于是乎，蜂拥而起的写实题材、情节也大同小异。比如，专门揭示长江生态问题的报告文学

① 王光东，丁琪. 新世纪以来中国生态小说的价值 [J]. 中国社会科学,2020(1).
② 雷鸣. 中国生态文学的生态 [N]. 中国教育报,2010-8-29.

作品就有岳非丘的《只有一条长江》、哲夫的《叩问长江》、郭同旭的《长江悲鸣曲》等，这些作品之间的相似度比较高；张抗抗《沙暴》、汪泉《沙尘暴中深呼吸》、唐达天《沙尘暴》等关涉沙尘暴的作品也可见不同程度的雷同。不仅仅是纪实类作品雷同的成分多，即使是一些生态小说也落入了雷同的窠臼，特别是一些描写鹿、狐、狼等生态"热门动物"的作品问题更多。同为郭雪波的作品，《沙狐》《银狐》《沙葬》都多次对人、狐相依为命的情景进行描写，相似的人物、差不多的情节在不同作品中重复现身。而《狼孩》《银狐》《狼与狐》等作品中也反复出现科尔沁草原在过度的农垦开发中荒漠化的历史，狼与狐等野生动物与人类身份互换的传奇情节，以及原始萨满教的自然崇拜等不断重复的内容。朗确《最后的鹿园》、乌热尔图《老人和鹿》、京夫《鹿鸣》等"鹿志"小说在人物关系、故事情节、结构安排上也都有许多相似之处。"这样密集趋同的主题和构思方式，折射出作家对素材调动的不足和艺术创新的欠缺，而趋同的哀伤基调、明确的伦理诉求以及毫无悬念的情节设计也容易使读者产生审美疲劳。"①

雷鸣在《中国教育报》撰文《中国生态文学的生态》，指出中国生态小说大多是在三种范式内游移：一是"最后一个"的哀挽式，比如陈应松的《豹子最后的舞蹈》、李传锋的《最后一只白虎》、张长的《最后一根菩提》、叶楠的《最后一名猎手和最后一头公熊》等；二是"狼狐翻身"式，比如姜戎的《狼图腾》、贾平凹的《怀念狼》、郭雪波的《狐啸》《沙狐》《银狐》等；三是"守护生态的含魅老者"式，比如亦秋《涨潮时分》中的退休老革命、关仁山《苦雪》中的老扁、叶广芩《猴子村长》中的村长父亲、姜戎《狼图腾》中的毕利格老人、雪漠《狼祸》中的孟八爷、叶楠《最后一

---

① 王光东，丁琪．新世纪以来中国生态小说的价值 [J]．中国社会科学，2020(1)．

名猎手和最后的一头公熊》中的老库尔、夏季风《该死的鲸鱼》中的陆老头。① 这三种模式的概括实际上就已经从一个侧面传达出了生态文学创作视野相对狭窄的信息。

在生态文学成长的道路上，从整体上来说，欧美生态文学比中国生态文学成熟得要早一些，自然也就成为中国生态文学界学习的榜样。也正是在这样一种学习的过程中，一些中国作家没能控制好学习的"度"，被欧美作家"同化"的现象比较严重。比如说，俄罗斯作家艾特玛托夫在其《断头台》中细致地描述了狼和羚羊被人追赶而混成一堆一起逃命，这一情节也经常被中国的"动物小说"所借用。"只要写到狼，几乎相同的情节就会一再出现，有的不过是把羚羊换成野马等其他动物而已。"② 学习欧美生态文学的优长被简单地演变成为模仿题材和情节，这也正是中国生态文学"长不大"的重要原因之一。

雷同化，已然成为影响中国生态文学良性发展的绊脚石。中国生态文学，唯有立足本土文化，开拓题材视野，创新表达技法，摆脱"拾人牙慧"的尴尬之境，方能迎来健康发展的良机。中国文学，向来就是"体裁大国"，散文、诗歌、小说、童话、戏剧、报告文学等，都拥有广泛的读者群。虽然，生态文学已经渗透到每一种体裁领域，但是还十分有限。眼下中国生态文学主要还是一些纪实性的报告文学，生态小说、散文也占有一定的比例，而其他文体类型的生态文学尚不多见。只有让生态文学在每一种文学体裁的领域都占有一席之地，其读者群才可能最大化，影响力也才能最大化。"就生态文学创作的文本表现而言，生态文学是包罗万象的，人类投于

① 雷鸣.中国生态文学的生态[N].中国教育报,2010-8-29.
② 刘晓飞.作家·生态·文学——新世纪生态文学创作中的三个问题[J].文艺争鸣,2010(23).

生态环境的精神和心态也是十分复杂的。这种复杂多变、难以捕捉的特性，使得它极具魅力。这样一个泛化的开放性体系，决定了生态文学必然是内涵丰富的跨文体写作，能够接受各种各样的文学作者，可以写成散文、小说、诗歌、童话、戏剧文学、影视文学、歌曲歌词等多种文学样式。"①

题材是文学影响力的本源。无论是正面题材抑或是反面题材，只要适当，只要驾驭得好，都可能产生强烈的震撼力。中国的生态文学不宜过多地将题材局限于生态危机，局限于可能令人压抑的警钟长鸣，而应该从反复"曝光"反面题材的局限中走出来，多从生活中去发现美、赞颂美、弘扬美，发挥美的感染作用，让读者多感受阳光继而对未来充满希望，也让更多的生态环保者感受到自己的价值，走出"一个人在战斗"的孤独感。另外，动物形象也是当前生态文学涉足比较多的题材，只不过作家笔下的动物形象也比较单一，除了狼、狐、豹、虎就是虎、豹、狐、狼，其他的动物形象则是凤毛麟角，而对于渺小动物比如昆虫的关注则更是近乎为零。生态是全方位的，生态文学的触角也应该体现全方位，不起眼的动植物形象同样应该是生态文学给予更多关注的对象。在这方面，苇岸《大地上的事情》（中国对外翻译出版公司,1995年）可以给我们一些启示。作品写麻雀觅食，写蚂蚁营巢，写熊蜂死亡，写鹞子盘旋……一切都是和谐生态的一部分。作品中，麦子被看作是土地上最优美、最典雅、最令人动情的庄稼；麻雀是鸟类中淳朴的"平民"，"麻雀蹲在枝上啼鸣，如孩子骑在父亲的肩上高声喊叫，这声音蕴含着依赖、信任、幸福和安全感"；筑巢的蚂蚁"像北方人的举止，随便、粗略、不拘细节"；熊蜂"从不集群活动，它们个个都是英雄，单枪匹马到处闯荡"……一切都是如此的洗练和简约，

① 温阜敏,饶坚.中国生态文学之现状、问题与思考[J].韶关学院学报,2006(10).

却又饱含着作者对大自然的无比深情。

生态，本身就是一个宽广无垠的巨型系统，在所有文学类型中，生态文学的题材无疑是最为广泛的，人类的，非人类的；有生命的，无生命的；动物的，植物的；有机的，无机的；太空的，地球的；城市的，乡村的；等等，都可以也应该成为生态文学的题材库。生态，本身也是一个充满个性、变幻无穷的差异化系统，每一个个性化的细节都可能演绎一个经典的故事，生态文学要善于识别个性，把握差异，走出题材、主题、情节等雷同化的误区。

二、深化文化批判，提升读者的认同效应

生态文学，旨在通过对生态事实的描述，对生态形象的刻画，对生态理想的表达，潜移默化地实现读者对作品生态思想的认同。然而，这种认同是有其特定的条件的，那就是在读者看来，这样的生态思想是合情合理的。具体到不同国家不同民族，因国情、民情以及民风民俗的不同，人们对于生态保护的认可度也存在着一定的差异。经济发达、生态文明程度比较高的国家，一般来说，其国民的"生态素质"比较高，其生态理想也相对比较高，而对于那些经济欠发达甚至还在贫困线上挣扎的国家而言，高度的生态文明就犹如一种虚幻的乌托邦。如果不加对象区分地向他们灌输生态思想，极有可能导致一些人的反感甚至哂笑。

目前，中国的某些生态文学受到诟病，其中一个原因就是很多中国读者觉得过于理想化甚至是天真化，与现实相去甚远。在接受西方生态文明话语影响的同时，中国生态文学也开始了对读者生态智慧开启的历程。然而，在这种"开启"过程中，对人与自然关系的反思与批判却有意无意地

出现了"矫枉过正"的现象，很多时候走入了简单化、情绪化甚至偏执化的误区。

一是复魅思想过盛。生态问题来源于人们对于自然随心所欲的掠取，而这种随心所欲则根源于近代以来人们渐渐褪却的对于自然的敬畏之心。现代性的"祛魅"，不仅是祛走了人们的愚昧，也祛走了人们对于自然的慈爱。在这样一种背景下，生态文学担当起了拯救生态的"复魅"任务，通过大量植入自然神话、宗教传统、奇风异俗等带有"灵异"性质的内容，宣扬万物有灵的思想观念，意欲借以重新唤起人们对自然神性的尊崇。倡导人们敬畏自然以达到爱护环境、保护生态的目的，这本是件意义非同小可的明智之举，只不过，"一些生态文学作品却对神性缺乏必要的哲理思辨能力和艺术化解力，表现出对神秘文化无选择的认同，把一切具有神性色彩的文化包括民间最粗鄙的形态、最匪夷所思的形式，统统视为传统文化中的生态智慧的瑰宝，津津有味地、夸大其词地加以文学描写，对神性文化缺乏必要的提炼和叙事的节制，由此导致一些生态文学作品堕入了玄虚不可知论的深渊，有装神弄鬼之嫌，走向了神性的极端，这样一来，情节的怪异、人物形象的似神似妖便成了它们共同的诟病"。[①] 比如说，郭雪波在《银狐》（漓江出版社，2006年）中关于银狐对人精心看护的渲染，贾平凹在《怀念狼》中关于狼变人、人变狼的描写，迟子建在《额尔古纳河右岸》（北京十月文艺出版社，2005年）中关于狐狸幻化成人为人送葬的叙述，等等，都让我们感觉到太过灵异，反而一定程度上削弱了感染力。同时，还有研究者提出了"气象赋魅"过度的概念，比如说"用原始迷信

---

① 雷鸣，李晓彩.中国生态文学亟须走出价值观的混沌[N].河北日报，2010-3-12.

观念解释自然气象，赋予事物神秘乃至令人生畏的形象色彩"①。叶广芩的《山鬼木客》，在描述天花山"保留着原始生态面貌"的一些自然现象时就有意识地将其神秘化。比如说对于山间夜间的"磷火"现象，本来已经完全可以用科学来解释，但小说却用"莫名其妙的火光""奇奇怪怪的荒唐"来描述，并认为"山里的事都不能用正常逻辑来解释"②。生态文学进行复魅或赋魅，有时候确实能够激发起读者对于大自然的敬畏，但显然也不能要求人们重新回到原初的蒙昧状态，完全无视现代科学的合理解释。"生态小说不应无视现代科学技术的功用，而需有现代化的生态观念，客观肯定科技对生态和谐与社会文明的贡献。"③

二是过度诠释自然伦理。一些生态文学认为自然界的每个物种都拥有其"内在的价值"，进而强烈地呼吁自然与人类的绝对平等。作品中对狼狐之类的"厚道"大加赞赏，对人类的举动却能贬则贬，极力颂扬动物与人等量齐观的道德主体位置。或许，这样的自然万物平等观，在工业文明已经高度发达的国家和地区比较容易获得认同，因为已经充分享受了工业文明物质成就的人们更容易产生一种对于非人类伦理关怀的渴求心理。然而，这样一种源于西方后现代话语谱系中的"自然伦理"观念，因为在一定程度上来说忽视了人最基本的生存需要，不见得都符合中国的国情、民情，也不见得能够得到广大中国人的认可。

诚然，复魅也好，承认自然伦理也好，对触动人们的生态神经均有一定的积极作用，但是，这种积极作用是以"适度"表现作为其前提条件的。在我们将神性叙事作为唤起读者对自然敬畏之心的艺术手段的同时，还需

---

① 邵薇，袁丹. 试论中国生态小说中的赋魅失当问题 [J]. 鄱阳湖学刊,2018(5).

② 叶广芩. 黑鱼千岁 [M]. 北京：中国广播电视出版社,2005:79.

③ 邵薇，袁丹. 试论中国生态小说中的赋魅失当问题 [J]. 鄱阳湖学刊,2018(5).

要顺应科学理性的精神。不是号召人们战战兢兢地膜拜自然，而是要引导人们在遵从科学理性精神的基础上去尊重自然、善待自然、呵护自然，在享受科学理性所带给我们福祉的同时，承担科学而理性的生态伦理责任。简单地匍匐于大自然的脚下，舍弃人类一切的欲望，任凭自然施舍和打发，这绝非解决生态问题的有效办法。在将人类看作大地的子民而不是万物的主人的前提下，探索如何在自然规律许可的范围内，正确发挥人的主观能动性，合理利用自然、保护自然，与自然和谐相处，为人类及其他物种的生存与发展提供更好的生态环境，这才是生态文学真正应该指向的维度。唯有如此，才能让读者从生态"乌托邦"的迷雾和困惑中走出来，自觉地接受文学中生态伦理道德的熏陶并产生共鸣，否则极有可能让读者感觉作品的"说教"意味过于离谱而产生抵触情绪。

这就要求生态文学在宣扬生态伦理时不能过于理想化、情绪化，作品中所体现的文化批判不能将"人"置之度外，毕竟，不能离开人而空谈生态保护，人类暂时还不可能高尚到宁可成批饿死也不多侵犯自然一根汗毛的地步。要求人类完全放弃自己来自生态的利益，又要求人类无条件承担保护生态的责任，这显然很难说服人们特别是那些还在为解决基本温饱问题而"惨淡经营"的人们。从中国现今的国情来说，虽然全面建成小康社会的目标已经达成，但中国尚缺乏高度现代文明的物质基础和社会基础，中国生态文学尚不具备无选择移植建立于西方高度发达的后现代文化基础上的生态理想的条件，在关注自然伦理的同时不能放弃最基本的人文关怀。"只有深刻领会人与自然、人与人、人与自我相互关系在中国的社会基础和历史复杂性，才有可能在生态文本中提出有现实效用的生态价值观，从而使生态文学能够负责任地面向未来。"[1]

当然，提升读者的认同效应，并非无原则地一味顺应读者的接受心理。中国读者的阅读心理有个特点，就是期待"大团圆"，最后圆满了，读者也就满足了。但是，生态文学却不能经常如此，"有情人终成眷属"的模式最终可能会损害生态悲剧的震撼效应。中国人比较相信正义必将战胜邪恶的道理，以为只有让大家看到曙光在前才能奋起。而实际上，惊天泣鬼的惨烈剧情，彻彻底底的大悲大痛，所赋予我们的震撼力和感奋力往往可能是更加巨大的。该喜不悲，该悲不喜，才是真正符合生活规律和艺术创作规律的。对于生态文学来说，打破结局"大团圆"的结构程式，通过更加自然和真实的方式再现难以逆转的生态与人类悲剧，也许更能造就撼人心魄的冲击力，从而更容易达到生态教益的良好效果。

三、突出审美意识，强化作品的文学意味

不可否认，生态文学的生态冲击力很多是通过生态危机的纪实表达以及生态思想的传播发挥出来的，但是，同样的生态思想采用不同的表达形式进行传达，其效果又可能大不一样。如果生态文学仅仅只是信息材料和历史事件的记录，过分强调用事实说话，而不通过艺术化的形式来统摄和点化这些海量的信息，是难以有效地实现其教化功能的。俗话说，"心急吃不了热豆腐"，对于文学创作来说，尤其如此。同样的思想，可以在闲谈中表达，在讲话稿中表达，在论说文中表达，也可以通过文学的形式表达。生态意识，闲聊中可以说得很随便，讲话稿中可以表达得很激昂，论说文中可以阐述得很严肃，文学中则应该尽量含蓄表达。然而，面对当前生态

---

[1] 雷鸣,李晓彩.中国生态文学亟须走出价值观的混沌 [N].河北日报,2010-3-12.

环境急剧恶化、生态危机频频发生的现状，很多生态文学家忧心忡忡、心急如焚，恨不能让全地球人一夜之间都成为"生态人"。于是，作家们纷纷通过他们的作品振臂高呼：保护生态，人人有责！在这些生态作家的心目中，含蓄的文学似乎已经难以让生态意识的抒发立竿见影。正是这种急于求成的心态，一定程度上导致了作品中生态意识表达的直白化。作品流于表层化的写实，必然会缺失审美的感染力。生态文学"不是口号和标签，也不仅仅是以一些重大的触目惊心的生态事件为原型的宏大叙事，也不能依靠想象、玄思与夸张来贮装理念，刺激阅读"①。

当前的生态文学，为了充分突出其"生态诲谕"的作用，在生态思想的表现上，较多地存在着概念化和模式化倾向。往往只注重对生态环境受破坏和污染的揭露，作品中的人物形象很多都被脸谱化，缺乏灵魂的深度刻画，缺乏饱满生动的生态人格。一些作品甚至于不惜以牺牲人物和情节的合理性为代价去图解某些生态观念，从而导致生态文学的艺术表现力大打折扣，生态思想的渲染也因为过于牵强附会反而导致效果大大降低。比如，为了突出工业化和城市建设对生态环境的破坏，在一些生态文学作家的笔下，城市犹如破坏生态和谐的人间地狱，"城市人和农村人形成了紧张的冲突与对立的态势，与农村人的淳朴、真实相比，城市人几乎都是奸诈、残忍、丧失人性，对自然环境和自然生命麻木不仁的人类样本，这种对立甚至体现在城市狗和乡野狗的对立上"②。显然，这种带有夸张意味的描写未必能激起人们的生态共鸣。吴秀明在分析生态文学的非文学化倾向后指出，生态观念渗透到文学领域中，大大地拓展了文学创作的题材范围，

---

① 胡军等. 生态文学首先应是审美的 [N]. 文艺报 ,2007-8-25.

② 隋丽 . 中国生态文学的症候式分析 [J]. 沈阳师范大学学报 (社会科学版),2009(2).

"完全契合价值和审美多样化的时代要求，但由于生态观念本质上是伦理学的观念，它具有生态学固有的强烈的现实忧患、参与和警示意识，这就很容易导致只关注生态危机的事实揭露和生态价值理念的传达，而放松了作为文学作品的审美价值以及作家在叙述生态时所显现出来的艺术转换能力"①。

生态文学，毕竟是一种文学。与一般的生态说教不同，生态文学要依靠其独特的文学审美性实现其对读者潜移默化的生态意识熏陶效用。生态文学尽管要重点体现强烈的危机感和问题意识，但也不能因此而在急切的"呐喊"声中丢失了作为"文学"的本性，仍然要追求有意味的文学之美。缺失了文学性，不是说不能宣传生态思想，而是因其审美性的打折会削弱生态思想对读者心灵的穿透力。虽然强烈的生态观念、深刻的生态思想是生态文学震撼读者的根本，但是作为一种文学样式，生态文学同样需要遵循文学创作的一般规律，以表现技法创新、叙事手段巧妙为主要体现的文学性、艺术性同样是生态文学之所以成为文学的依凭。文学作品的社会作用，往往是靠艺术形象的审美魅力而得以实现的。说到底，生态文学是用审美的方式与生态进行交流和"对话"。生态文学不同于一般的环境污染报告，它的主要价值并不在于写了多少生态情况，而在于怎样艺术化地叙说生态，怎样通过一定的审美中介——文学形象将生态话语转换成为审美话语。《狼图腾》引发了全民关注生态环境问题以及反思中原文化的热潮，但就单纯的文学阅读来说，人们会发现它是一部有意义却不一定有意思的小说。因为文本所提出的生态环境的恶化、中原文化的弱点确实有值得人

---

① 吴秀明, 陈力君. 论生态文学视野中的狼文化现象 [J]. 中山大学学报 (社会科学版), 2008(1).

们反思之处，但是作为一部小说来说，文中充斥着大量的道德诲谕和理论说教，非但不能给读者带来阅读愉悦和审美快感，反而成为读者获得文学审美的屏障。"① 董雪关于《狼图腾》缺失的反思正可谓一针见血。

审美性，是生态文学的必有之义。《沙乡年鉴》《瓦尔登湖》《我们的国家公园》等生态文学作品之所以经过时代的反复洗练仍旧熠熠生辉，就在于它不是一般的生态说教，而是以突出的审美性而让其生态内涵历久弥新。当然，作为一种"生态"文学，其审美性又应该具备它独特的内涵。"生态审美反映了主体内在与外在自然的和谐统一性。生态审美意识不仅是对自身生命价值的体认，也不只是对外在自然美的发现，而是生命的共感与欢歌。在这里，审美不是主体情感的外化或投射，而是审美主体的心灵与审美对象生命价值的融合。它超越了审美主体对自身生命的关爱，也超越了役使自然而为我所用的价值取向的狭隘，从而使审美主体将自身生命与对象的生命世界和谐交融。"② 生态审美，与一般的审美相比也有其特殊之处，它"是作家接近并融入自然后并与其进行精神交流的审美，是超越了功利和现实的审美，体现了一种心灵的自在状态"③。只有经过创作者深邃的生态意识及科学的审美思维的艺术孵化，客观的"自然美"才可能转化为"生态美"并进而上升到"艺术美"。生态材料被文学家消化吸收后转化为文学素材后，文学家再用文学的方式加以点染，生态感染力很可能就油然而生。

---

① 董雪 . 关于生态文学的思考——由《困豹》说开去 [J]. 中国石油大学学报 (社会科学版),2009(1).

② 徐恒醇 . 生态美学 [M]. 西安 : 陕西人民教育出版社 ,2000:9.

③ 刘晓飞 . 作家·生态·文学——新世纪生态文学创作中的三个问题 [J]. 文艺争鸣 ,2010(23).

"优秀的生态小说既要通过生态文学传达新的生态文明思想要义，唤起人们保护地球的使命感和责任感，同时也要凸显自身的文体属性和审美特质，不能把生态文学简化为生态学。"① 审美，是生态"问题"转化为生态"文学"的孵化器，在对大自然取得广泛而深入认知的基础上，生态文学要取得突破，绝不能仅仅停留在"问题"文学的层面，拘泥于对自然的实录或对环境问题的批判，而应该积极上升到审美的层面，将生态思想和价值理念与人物、情节以及故事氛围有机地结合起来，以艺术化的方式构筑诗意的栖居之所。

第二节 注重外部引导 优化创作环境

内因是根本，外因是条件。生态文学的良性发展，需要文学家自身的精雕细琢，同时也离不开良好外部环境的营造。良好的创作氛围，有利于激发文学家更加强烈的社会责任感、更加鲜明的物事是非感、更加高尚的文学尊严感。虽然，表面看来当前的生态文学呈现出一派繁荣景象，但是，这种繁荣表象的背后却让我们隐隐感觉到生态文学创作环境的脆弱。注重外部引导，优化生态文学的创作环境，是当前及今后生态文学生存与发展必须重视的问题。

一、重视生态批评，加强理论指导

文学批评，是文学创作的推进器和校正尺。科学的批评，可以引导文

---

① 王光东，丁琪. 新世纪以来中国生态小说的价值 [J]. 中国社会科学 ,2020(1).

学创作从混沌走向有序，从幼稚走向成熟。对于这样一个文学"新生儿"来说，生态文学尤其需要文学批评来引导它走出第一步直至走好每一步。然而，面对这样一个新生事物，文学批评似乎有点手足无措，随生态文学而出现的生态批评尚没有发出有力的声音就受到诸多质疑。主要原因在于，跟传统文学相比，生态文学比较"另类"，用传统的文学批评的标准和方法来评价生态文学，常常让人感觉"捉襟见肘"。"由于生态文学与传统文学在文学传统、文本意义、审美体验、叙事技巧等方面都存在着差异，文学批评界对生态文学创作尚缺乏具体的研究方法和对话语境，因此造成了文艺理论与生态文学创作之间的错位和脱节。"① 生态文学是在生态环境急剧恶化、人类生存危机日益严峻的现实语境中应运而生的，眼下的生态文学更强调承载生态思想，激发生态意识，对审美性和艺术性有所忽视，而传统的文学批评毕竟更多的是指向文学作品的艺术性，面对新兴的生态文学，一时还拿不准科学的研究方法。而且，传统的文学理论界与批评界更多的是关注文学现象中事关"人"的东西，而"自然"，长期以来差不多都是在文学的边缘地带徘徊。生态文学的发展需要急切地呼唤新的批评理论和批评方法。

生态文学崛起之后，随之也诞生了生态批评。但是，新生的生态批评还不足以游刃有余地承担起生态文学批评的重任。当前的生态批评主要还是一种哲学理论、文化理论的探讨，而对于具体的生态文学作品的批评，还没有把握科学有效的批评方法，大多还只是局限于对描写自然的文学作品进行生态思想分析，或者是强行从一些非生态文学作品中"提炼"生态因子。同时，相对于积淀深厚的传统文学批评来说，生态批评尚处于被边

---

① 曹志娟.文学批评界为何冷落生态文学创作 [N].中国绿色时报,2008-4-11.

缘化的尴尬境地，没有能够得到主流批评界充分的认同和肯定。一些人甚至认为，当前的生态批评只不过是提供了一种新的批评视角，能不能够独立行使文学批评的职能还值得怀疑。基于当前生态批评的边缘化境遇以及生态批评本身的局限性，加强生态批评的理论建设与批评实践已经迫在眉睫。2011 年，中国首个生态文学艺术家协会——黑龙江省生态文学艺术家协会成立，对于推动生态文学的发展起到了良好的带动和示范作用。为了给予生态文学以长效的理论指导，吸引更多的文艺理论家和文艺批评家关注和关心生态文学，可以借鉴黑龙江的做法，由相关部门或组织发起并成立类似于生态文学创作与理论研究会之类的协会或者学会。借助这样的平台，经常性地开展研讨活动，为生态文学的生存把脉，探索其发展方向，营造浓郁的生态文学氛围。

一方面，要理顺面对不同的生态文学文本时生态批评的职能侧重。按理来说，生态文学体裁形式和题材范围都相当广泛，面对纷繁复杂、各具形态的生态文学，生态批评的角度和方法自然应该各有侧重。比如说，面对以"自然环境"为显在主题的文本，生态批评要考虑如何运用地理学、地质学、气象学、动物学、植物学等多学科知识，解读人与不同地貌、季节、气候、物种的互动关系；考虑如何运用浪漫主义和现实主义等理论分析作家的自然体验及虚构与写实结合的表现形式；考虑如何运用心理学和伦理学等理论分析自然文学写作者的创作心理。面对"非显在环境主题"尤其是城市生活主题的文本，生态批评要考虑如何揭示人为的环境污染和人类身心疾病之间的关系；考虑如何探究文本中蕴含的灾难意识、隐喻意识和启示意识；考虑如何探究人类在城市这个"非传统栖居地"进行重新学习和"重新栖居"的生存艺术；等等。

另一方面，要通过文学创作与文学批评的互动，及时总结生态预警报告、生态散文、生态小说、生态诗歌、生态戏剧等各类生态文学创作的成功与失败、经验与教训，并将其上升到理论的高度，为当前及今后生态文学的创作提供理论指导和经验帮助。生态批评应以主动的姿态切入生态文学阵营中来，以相关理论为指导，坚持以文本为依据，科学评价其是非功过，既不溢美，也不隐恶，既不"棒杀"，也不"捧杀"。生态文学批评，在进行实事求是的批评、指出作品存在问题的同时，更要注重提出建设性的意见和建议。通过文学家、读者、批评家的良性互动，营造一种尊重生态文学、引导生态文学、培育生态文学的良好环境。

二、完善激励机制，扶持生态创作

良好的生态文学创作环境，应该拥有浓郁的"合力"氛围：相关领导重视生态文学，相关部门推动生态文学，大批作者移情生态文学，广大读者欢谈生态文学，相关学者探究生态文学……然而，从现实情况来看，当前的生态文学创作氛围还值得忧虑：作者不多，读者不多，研究者不多，重视生态文学的部门和领导也不多。究其原因，一方面可能与前面所讨论的题材、审美性等存在缺憾有关，另一方面则可能与生态文学关注利益的特殊性有关。生态文学不是不关注人类的现实处境，但它可能更倾向于关注人类发展的长远利益，而这种长远利益，往往又是不能立竿见影的，于是，那些带有急功近利倾向的团体或个人就难以对生态文学报以欣赏的眼光。"社会各方面给作家的支持是远远不够的。作家的采访经费都比较困难，绝大多数都是自费采访。又因为生态文学很多内容是揭露性的，一些被采访单位和人员都不欢迎，更遑论赞助出资。"[①]生态文学要走出创作低迷的窘局，关键之一就是建立健全长效的激励机制，积极扶持生态文学创作，让生态文学创作者感觉到自己的价值得到了社会的认可，从而进一步增强社会责任感，增进写作的信心，保持旺盛的创作激情。

一是设立生态文学基金。尽管那些高尚的文学活动经常意欲与"铜臭"划清界限，但必要的资金保障还是不可缺少的，生态文学尤其如此。生态文学，相对来说，可能是一个特殊性更多的文学品类，它常常离不开生态作家充分的"田野调查"。无论是了解环境污染的现状，还是估摸野生动物的数量，抑或是了解广大民众的环保心态，都必须以调研为基础，最终达到以数据取胜、以事实服人的效果。而这种田野调查的顺利实施必须以经费为保障，一些生态文学家苦于经费不足而不得不放弃一些本该进行的调查工作，直接影响了生态文学的创作。生态文学的运行是一项极具价值的生态公益工程，需要有更多的有志之士共同扶持。为了激励这一能够为"两型社会"、和谐社会建设做出特别贡献的文学形式更好地生存与发展，政府、民间团体乃至个人都可以采用适当的方式给予其特殊的优待和照顾，其中尝试设立生态文学基金就是一项重要的公益举措。政府可以采取各种政策，呼吁经济界、企业界的有识之士，积极参与生态文学基金的建立。通过这一常设性基金，对生态文学的创作和批评活动进行资助，可以让更多致力于为生态文学繁荣付出辛劳的作家、理论家实现他们的理想，共同推动生态文学的稳健发展。

二是升级生态文学奖项。文学评奖是对作家作品的一次检阅，做好评奖工作，可以有效激励那些对文学心存敬意的作家潜心写作，同时，开展

---

① 温卓敏，饶坚．中国生态文学之现状、问题与思考 [J]．韶关学院学报，2006(10)．

评奖活动，也是发现文学新人的一个途径。因此，建立科学合理的评奖机制，也是激励生态文学不断检验自身、走向繁荣的重要举措。文化部门、文联、作协以及大型文学期刊社，可以定期或不定期地举办较高层次的以生态文学为重头戏的评奖活动，以体现"权威部门"对生态文学的重视。现今中国高层次的文学奖项还是有不少，单就中国作协设立的奖项来说，就有鲁迅文学奖、茅盾文学奖、全国少数民族文学创作"骏马奖"、全国优秀儿童文学奖等。其中"鲁迅文学奖"授奖的范围是中篇小说、短篇小说、报告文学、诗歌、散文杂文、文学理论评论、文学翻译；全国少数民族文学创作"骏马奖"设有长篇小说奖、中短篇小说奖、诗歌奖、散文奖、报告文学奖、翻译奖。这些奖项设置都可以考虑向生态文学进行一定的倾斜，在已有类别中加大生态文学作品的获奖比例。基于生态文学的特殊性，还可以在"鲁迅文学奖"、全国少数民族文学创作"骏马奖"等奖项设置中单列"生态文学奖"。中国作家协会还设有"全国优秀报告文学奖""全国优秀中篇小说奖""全国优秀短篇小说奖"等单项文学奖并定期评奖，在此基础上，也可以考虑专设"中国作家协会优秀生态文学奖"。另外，中国作协的"冯牧文学奖"设有"青年批评家奖""文学新人奖"等奖项，在扶持文学新人的过程中，是否也可以适当考虑生态文学的特殊性！当然，这样一些传统奖项设定的变更可能需要一个比较复杂的程序，但我们完全可以朝这个方向努力。除了这些"专业"奖项之外，还可以由非专业机构通过设置"民间"奖项的方式来弥补"官方奖项"的不足，比如说由环保机构联合实力企业设置诸如"××××杯"环保文学奖之类的奖项。当然，设奖的根本并不在乎数量多，而在于精，在于能够让"生态文学"以一定的形式在奖项设置中得到突出，从而引起全社会更大的关注和重视，激励文学创作者创作出更多的优秀生态文学作品。

三、强化出版平台，拓展宣传渠道

生态文学的繁荣，最终还是要落实到出版平台上。出版平台，是生态文学存在与宣传的重要载体，没有合适的出版平台，再怎么谈论生态文学都是空话，毕竟，口耳相传早已不是文学的最佳传播方式。因此，优化生态文学出版平台也是为生态文学营造良好创作环境的重要一环。

一是文学出版部门需要树立生态眼光。近年来，随着市场化的纵深推进，出版社和文学期刊都在千方百计地追求"畅销"效应，而在很多出版家和期刊人的眼中，虽然有《狼图腾》《怀念狼》创下销售"奇迹"的记录，但总体来说，生态文学暂时也许还难以与"畅销"挂起钩来。目前，出版生态文学的重磅出版社只有长江文艺出版社（影响很大的生态报告文学《世纪之痒——中国生态报告》，生态小说《狼图腾》《怀念狼》《原地》等均由其推出）等极少数的几家。而在文学期刊方面，生态文学发表的阵地也难言乐观，中国环境文化促进会主办的《绿叶》是宣传"生态"的专业刊物，虽也发表生态文学，但毕竟还不是专门的生态文学刊物，而很多知名文学类期刊对生态文学也不是很欢迎。为了改变这一尴尬现状，出版界应该留给生态文学更多的空间。出版社应该将生态文学书稿纳入自己的兴趣范围，多承担生态文学的出版任务；文学期刊可以常设生态文学栏目，并将其做大做细做活，可以采用适当的优惠政策比如说高稿酬鼓励生态文学投稿，引导知名作家、文学新人更多地涉足生态文学领域。

二是利用网络优势，优化互动平台。网络是一个巨大的展示平台，当然也是生态文学的重要阵地。在纸质期刊版面有限的情况下，在读者越来越远离"纸张"的形势下，在"全民网民化"越来越成为现实的背景下，生态文学只有充分利用网络这一平台来展示自己的成果，才可以在浩如烟海的文学阵营中抢占自己的有利位置。随着 5G 技术的商用和快速发展，利用网络，为生态文学配发图片甚至配发视频来增强形象性、生动性和感染性都将不再是奢望，网络传播，可以为生态文学建立起独特的优势。运用网络技术，可以实现文字符号图像化效果，使"生态"信息传达更直观、更形象；可以实现文字与音乐的结合，塑造似幻似真的情境和氛围，让读者体验身临其境的"生态"感觉；可以实现文学与动态影像的结合，将静态的、平面的生态文学带入一个动态的、三维的立体表现空间，大大增加生态文学的感染力。建好"生态"主题网站，办好生态文学专栏，简化和优化网站的交互平台，让更多的生态文学能够及时获得发表的机会，让作者、读者、批评者更加及时和顺畅地开展交流，这些都有利于营造良好的生态文学氛围。

三是"催化"生态文学，拓展宣传渠道。文学的优势还在于，它能够突破"一个人战斗"的局限性，可以将自己的一部分能量暂时性地输送给他人，通过他人的"催化"再成倍地释放出来。常见的方式就是作为"底本"，改编成电影、舞蹈、戏剧等艺术形式，多向度地发挥其宣传功能和感染效用。生态文学也不例外，它完全可以寻求相关艺术的合作，最大限度地发掘和释放自己潜在的能量。这种模式在当前的生态电影拍摄中已经有非常成功的先例，比如，美国生态电影《完美风暴》就是改编自当时连续100 个星期荣居《纽约时报》畅销书排行榜的萨巴斯汀·乔恩格（Sebastian Junger）同名纪实小说 Perfect Storm，《撒哈拉奇兵》改编自美国畅销小说作家克莱夫·卡斯勒（Clive Cussler）的同名小说 Sahara，我国生态电影

《天狗》改编自张平的小说《凶犯》……文学的消费渠道由书店到影院，消费者由文学爱好者到普通百姓，生态文学的思想能量不断扩充和释放，影响范围和影响力也不断刷新，而回过头来又能激励文学家创作出更多的好作品。"21 世纪是信息传播的全媒体时代。全媒体的信息传播，实现对受众最为迅捷的全方位的，最具吸附力的传播效果。"①随着 5G 技术的发展，发展全媒体技术、实现全媒体传播已经成为当前媒体融合发展的头等大事。2019 年 1 月 25 日，习近平主持中央政治局集体学习时提出，"全媒体不断发展，出现了全程媒体、全息媒体、全员媒体、全效媒体，信息无处不在、无所不及、无人不用，导致舆论生态、媒体格局、传播方式发生深刻变化，新闻舆论工作面临新的挑战。我们要因势而谋、应势而动、顺势而为，加快推动媒体融合发展"。②应该充分利用"全媒体"的优势，进一步加大宣传的力度，及时跟进和宣传生态文学界的活动及成果，对于生态文学协会成立、生态文学研讨会召开、生态文学作品出版、生态文学作品、作家获奖等动态进行及时报道，从而形成一个生态文学立体传播的网络。

"21 世纪中国乃至整个人类最大的问题不是经济问题、政治问题和文化的问题，而是生态问题。"③生态问题的解决（或许只能是缓解）是一个异常宏伟的工程，有赖于政治、经济、文化等方面全方位的行动和配合。在这样一个超级的生态工程中，生态文学担负着唱响生态赞歌、净化思想观念的"治本"之责。生态文学在我国成长的时间并不长，却也初显崛起之势，不过，表面繁荣的背后我们看到的是更多的问题，是对于这一新的文学类型能否可持续发展的担忧。如前所述，当前生态文学的发展存在很多

---

① 丁晓原. 论"全媒体"时代的中国报告文学转型 [J]. 文学评论 ,2020(1).

② 推动媒体融合向纵深发展 巩固全党全国人民共同思想基础 [N]. 人民日报 ,2019-1-26.

③ 钱志富. 用生态文学的写作唤起人们的生态意识 [N]. 文艺报 , 2008-3-8.

问题，题材视野偏狭的问题，情节设计模式化的问题，文化批判简单化的问题，文学意味淡化的问题，生态批评失位的问题，激励机制缺失的问题，出版平台边缘化的问题，等等，都制约着生态文学的发展。"内因"的困惑，"外因"的忽视，都预示着生态文学对于生态文明建设的"担当"任重而道远。未来的生态文学，尚需认清自己面临的严峻形势，反思自己的不足，明确自己努力的方向。生态文学创作家、理论家、批评家需要通力协作，打造一个充满激情与创造，倡导争鸣与合作，讲究"和而不同"的真正富有生机与活力的生态文学阵营，携手政府和百姓，共同书写好生态文学这一人类与自然和谐相处的伟大诗篇。

下篇：生态文学批评之声

第六章　后现代语境下的生态批评

　　曾几何时，在工具目的理性的导向下，德性传统失落、生态失衡、生存危机等"现代性危机"愈演愈烈。人们越来越意识到，质疑启蒙运动以来占统治地位的价值体系和思维模式，超越现代工业文明的文化价值观念和思维方式，确立人与自然和谐统一的新文化价值观和世界观已经成为必然。"后现代世界观"的形成以及"后现代主义"（postmodernism）思想和理论的奠基，正是这种"必然"的结果。1934年，西班牙诗人弗德里柯·德·奥尼斯（Federico De Onis）在他选编的《西班牙暨美洲诗选》一书中第一次采用了"后现代主义"这个词。到20世纪60—80年代，"后现代主义"已经发展为盛行于西方世界的一种泛文化思潮，也为随之而兴起的生态批评提供了理论生长的土壤。

　　一般认为，生态批评是以生态伦理学为主要的批评依据和理论基础。彼得·辛格（Peter Singer）的"动物解放论"、汤姆·黎根（Tom Regan）的"动物权利论"、保尔·泰勒（P. Taylor）的"生物中心主义"、奥尔多·利奥波德（Aldo Leopold）的"大地伦理学"、霍尔姆斯·罗尔斯顿（Holmes Rolston）的"生态中心主义"、阿兰·奈斯（Arne Naess）的"深生态学"等是当代生态伦理学代表性的理论。这些生态伦理观，尽管它们具体的理论表述不尽相同，但其基本的理论主张如摆脱现代性困境，提倡宽容与和平，反对价值独断论，倡导交流与对话，反对将人与自然划分为中心和边缘，倡导人与自然互换位置等方面都有着惊人的一致性，都继承和发扬了海德格尔反思人类主体性、关注人类生存的精神实质，体现了鲜明的后现代主义思维特征。

后现代主义理论一般有两个不同的向度，即"解构性"和"建构性"。解构性的后现代主义旨在消解一切"二元对立"，充满着强烈的反权威、反传统的解构与批判精神，它强调颠覆和摧毁，反对理性，反对以人为中心，反对终极和绝对，主张潜意识或无意识，主张返璞归真，主张无规则和无模式。建构性向度的后现代主义则突出表现为某种积极的、肯定的、建设性的特性，它更多地关注人与自然的关系，认为人与自然、他人、社会的关系是内在的、本质的，是一个和谐的有机整体。"解构性"和"建设性"的后现代主义虽然有不同的侧重，但在人与自然关系的正确"处理"上，却有着异曲同工之妙。解构性的后现代主义因其消解一切形式的二元对立而为人与自然由对立走向和解提供了有力的思想武器，而建设性后现代主义则以其有机整体观直接为人与自然的有机和谐统一推波助澜。

从某种意义上说，生态批评与后现代主义在很多方面都具有本质上的一致性，无论是从生态批评的理论主张还是从生态批评的批评实践来考察，都可以发现其与后现代主义丝丝缕缕的联系。"生态批评归根结底是作为后现代主义话语谱系的构成生长起来的。它以后现代主义话语谱系的基本理念解构现代性中的人类主体特权（人类中心主义），为生态主义的文学批评奠基。"①

---

① 王晓华.后现代主义话语谱系中的生态批评 [J].文艺理论研究，2007(1).

第一节 反主体："去中心"化与"再中心"化的悖论式平衡

主体，是现代性的一个标志和象征。肯定人的主体意识和能动作用，强调人类主体的价值、尊严和中心地位，是现代性所崇奉的"人道主义"的要义。人道主义认为，人是宇宙的主宰，是治理万物、控制万物和决定万物的主人。在现代主义看来，主体是支配世界的中心，也是意义的根源，这也就为现代性肆无忌惮地统治和掠夺自然的欲望提供了意识形态上的理由。而在后现代主义看来，全球化问题的凸现正是现代主体力量狂飙的直接后果，对于"主体"的过分推崇，正是一系列人类生存困境产生的重要根源，并最终导致人类走向自毁的不归路。"反主体"（counter subjectivity），也即批判和消解主体，是后现代主义的一个基本主张，同时也是后现代主义的显著特性。

反主体，最直接的表现则是"去中心"化。关于宇宙的"中心"，自古至今曾历经多次"定位"。远古时代，人们尊崇神秘的大自然，认为自然是宇宙的中心；中世纪，人们开始尊崇上帝，认为上帝是主宰宇宙一切的中心；而到了现代社会，人们则转而把作为主体的人看作是万事万物的中心。自从人类被自己确立为"中心"甚至"霸主"的位置之后，自然（整个世界）也就在这种现代性的不断膨胀的征服欲中被作为主体的人类主宰得支离破碎、体无完肤，生态危机频频发生，人类自己也开始陷入前所未有的生存困境。频仍的生态危机和严重的生存困境，迫使人们转变现代性关于"中心"的观念。后现代主义认为，消解主体、"去中心"是超越现代性的关键。"消灭主体同时就是消灭了与它相联系的所有现代观念。"① "现代主体自动地需要一个客体。这样消除了主体,也就终止了任何关于世界之为主体和客体的划分。它破除了主—客二分法,摧毁了一方胜过另一方的权威地位,中断了同主体范畴相联系的独断权力关系,并由此消除了其隐藏的层系(等级系统)。"② 在后现代主义文化思潮中,"主体之死"是其基本观念之一。米歇尔·福柯(Michel Foucault)的"人死了"、雅克·德里达(Jacques Derrida)的"人的终结"、弗雷德里克·詹姆逊(Fredric Jameson)的"主体之死"、弗莱德 .R. 多迈尔(Dallmayr Fred R.)的"主体性的黄昏",等等,都是对当今人类面临的严重的生存困境的揭示与担忧,更是对自以为是的主体性的讽刺和讨伐。

后现代主义"去中心化"的消解主体观,在对待人与自然的关系上直接表现为反对和否认人对自然的支配、掠夺和征服关系。自从文艺复兴运动以来,人类主体特权的重要体现就是对自然的掠夺和征服,因此,对人类主体特权的否定在逻辑上也就主要指向对自然权利的恢复。在后现代主义的视野之中,人不再是自然的征服者,而是自然的看护者。在人与自然关系的问题上,后现代主义这一具有里程碑意义的主张对生态批评具有极其重要的启示意义。生存困境的凸显以及觉醒者们生态危机和生存危机感的与日俱增,是生态批评诞生的直接现实根源,而后现代主义思潮的兴起,则是生态批评诞生的重要理论泉源。后现代主义倡导的"去中心化"的理论主张,为生态批评提供了重要的参照系。

---

① [美] 波林·罗斯诺 . 后现代主义与社会科学 [M]. 张国清译 . 上海:上海译文出版社 ,1998:68.

② [美] 波林·罗斯诺 . 后现代主义与社会科学 [M]. 张国清译 . 上海:上海译文出版社 ,1998:71.

1978 年，威廉·鲁克特（William Rueckert）在其《文学与生态学：生态批评的实验》的论文中首度使用"生态批评"这一术语时，提出生态批评是"将生态学以及和生态学有关的概念运用到文学研究中去"①。但是，如果生态批评仅仅只是将生态学和生态学概念应用到文学研究中，似乎并不能完全解决"人类中心主义"所带来的严重性问题。狭隘自闭的"绝对人类中心主义"②内蕴于现代性之中，以重新建构人与自然和谐关系为己任的生态批评，只有通过对现代性进行彻底的解构，才能真正让狭隘人类中心主义退出危害自然同时也危害人类自身的"舞台"。由此，生态批评希望从后现代主义中找寻攻击利器和汲取批评能量。生态批评奠基于"完整的后现代主义式的对人类主体特权的剥夺"③，这正是生态批评意欲与后现代主义"联诀"的宣言。

生态批评诞生的现实环境是不断升级的生态危机与生存危机，而生态危机形成的根源则是"绝对人类中心主义"（或曰"人类沙文主义"）。生态危机实质上是人与自然关系恶化及其价值意义失衡的一种表现，对人与自然关系认识的失误以及由此导致人们错误对待自然的问题，是生态危机的真正根源。在处理人与自然的关系中，也正是这种狭隘的人类中心主义，让人类为自己的狂妄付出了惨重的代价。于是，终于觉醒过来的人们开始质疑和反对"人类中心"，转而提出了"生物中心""地球中心""生态中心"之类的命题。法国人道主义者阿尔贝特·史怀泽 1923 年在《敬畏生命》

---

① William Rueckert, Literature and Ecology: An Experiment in Ecocriticism [J]. *Iowa Review* 9.1(Winter 1978).pp.71-86.

② "人类中心主义"并非一无是处，真正导致严重生态危机的是狭隘人类中心主义（绝对人类中心主义、人类沙文主义），相对人类中心主义的存在有其合理性和必要性。

③ Richard Kerridge & Neil Sammells. *Writing the Environment: Ecocriticism and Literature* [M]. London and NewYork: Zed Books Ltd,1995.p.28.

中最先提出了"生物中心"（biocentrism）论的观点，1986 年保尔·泰勒的《尊重大自然》在最具哲学深度的层面上对生物中心论进行了捍卫。泰勒认为，一种行为是否正确，一种品质在道德上是否良善，将取决于它们是否体现了尊重大自然这一终极性的道德态度。以奥尔多·利奥波德的"大地伦理学"为代表的"生态中心论"则强调用整体性和运动、联系的观点看问题，主张人类应放弃一切干涉生态系统的技术、社会体制和价值观念，与其他生物、非生物互不干涉、平等相处。虽然，这种相对激进的"生态中心主义"，无论是在理论上还是在现实中都还存在着一定的困境，但是，不可否认的是，从"以人类为中心"到"以地球（生态）为中心"，人们的生态意识显然已经提升到了一个新的层次。这种"人类中心"的消解以及"自然"的重新"回归"，也正是生态批评的魅力和活力之所在。

当然，我们也应该看到，生态批评在反"人类中心"的过程中实际上又面临着新的"主体性危机"。在消解了"人类中心主义"之后，生态批评又试图将"生物中心主义""生态中心主义"等新的中心论作为自己的理论基石，这样也就有可能形成新的"中心"话语霸权。这种消解一种"中心"论转而又陷入另一种新的"中心"论，也正说明了生态批评正面临着反中心、反主体不可能彻底的尴尬。生态批评的"反主体"，只能是在一种"去中心化"与"再中心化"的悖论中寻求平衡。多米尼克·海德（Dominic Head）在其《生态批评与小说》一文中，在肯定生态批评的"后现代主义属性"的同时指出了其悖论性品格：它去中心，但在给非人类的他者以"声音"时，仍然将一种计划置于自然之上。① "这的确说出了生态批评的

---

① Laurence Coupe. *The Green Studies Reader: From Romanticism to Ecocriticism* [M]. London and New York: Routledge, 2000. p.235.

两难境地：直接以自然的名义说话和替自然说话，都可能意味着将人类计划（立场）置于其上的话语霸权。"①如此一来，这种悖论就有可能演变为某种内在的逻辑问题。为了尽可能避免逻辑病症的产生，生态批评又力图从后现代主义的多元化立场中寻求支撑点。"在去中心化活动中，生态批评不断扩展主体理念适用的场域，在将有生命个体理解为主体之后又尝试着恢复灵性主体（animistic subject）概念，承认万事万物都是中心和目的，以便最终消解生命（生态）中心主义。"②通过强调生态多样性来防止绝对中心观念的复辟，这也就为生态批评避免重新陷入"中心主义"泥淖而创造了条件。

其实，后现代主义消解主体，主要还在于意欲破除"主、客二分"的观念。在德里达看来，形而上学都是在二元对立的基础上建立起来的，如言语与文字、本质与现象、主体与客体等，而其中的第一项总是被认为优于第二项。德里达主张对这种形而上学进行消解，也就是要试图解除任何"中心"对"非中心"的地位和作用。后现代主义"反主体"，它所反的是"现代主体"，而并非笼统地反对一切主体，也不是为了彻底摧毁现代主体，更不是要摧毁活生生的人，后现代主义只是反对那种理念的或绝对的理性主体（概念主体）。作为现代主义核心的"现代主体"，他是启蒙理性的产物，是一种理性主体，也是一个概念主体，是"大写的人"（普遍的人类）、"抽象的人"。尼采（Friedrich Wilhelm Nietzsche）的"上帝死了"和福柯的"人死了"，他们所说的"上帝"和"人"，都不是实指作为血肉之躯的具体的人，而是指近代以来形成的作为主体的人的观念。后现代主义反对

---

① 王晓华.后现代主义话语谱系中的生态批评 [J].文艺理论研究,2007(1).
② 王晓华.后现代主义话语谱系中的生态批评 [J].文艺理论研究,2007(1).

现代主体并不是目的，而是反对和超越现代性、反对主客二分的一种策略。相应地，生态批评反主体、去中心，也并不是要绝对地否定人的地位和作用，而是希望能够最大限度地限制人的欲念和人对待自然的非理智举动。

第二节　颠覆性：颠覆和消解现代理性"神话"和权力话语

自文艺复兴和启蒙运动以来，以理性为根本原则的现代性成为西方社会发展的主旋律，理性原则渗透到了西方社会的政治、经济、文化等各个领域。马克斯·韦伯（Max Weber）指言"世界解除祛魅的理性化的过程"，"集权化、官僚化、科学、国家主义、西方化、科技、工业化、都市化、机械化、物质主义"①，等等，正是"理性化"的种种表现。在强调理性、高扬主体精神的现代化运动中，人类的理性之光逐渐揭开了大自然神秘的面纱。在工具目的理性主义的精神导向之下，人类把神秘莫测、奥妙无穷的大自然，化约为可以用数学计算、可以被技术操纵、可以用劳动征服的物质对象，仅仅用短短几百年的时间就创造了远远高于过去数千年以来所创造的生产力。理性，确实在物质领域给社会带来了巨大的进步，物质的充裕、生活的便捷使人们一度享受到了前所未有的舒适和幸福。然而，这种舒适和幸福并没能在人们的期待中长久地持续，理性最终戏剧性地走向了它的对立面，主体性日益膨胀，人类失去了精神家园，从而导致了战争、核冲突、生态危机这样一些危害甚至毁灭人类的恶果。正如阿拉斯代尔·麦金太尔（Alasdair MacIntyre）所指出的：自从启蒙运动以来的现代性过

---

① ［美］艾凯.世界范围内的反现代化思潮[M].贵阳：贵州人民出版社,1991:209,212.

程其实是人类历史上德性传统失落"道德无序"的"黑暗时期"①。利奥塔（Jean Francois Lyotard）在对西方发达的工业社会中的知识状况进行认真考察后，指出：这个世界病了，症状多种多样，但普遍的症状是，科学、知识的功能发生了不利于人文精神或曰"精神文明"的功能性变化。"工具理性"左右着社会生活的各个领域，科技文明造成了非人化境遇。"现代民族国家的产生，肆意掠夺式的工业革命的出现，以及全球范围内的现代战争带来的恐怖，都是造成'现代状态'的重要原因。我们失去了在一个完整的世界中所有的那种安全感和在宇宙中的自我方位感。""现在，我们已经失去了不受核灾难威胁的未来，并且正在失去生物圈的生态支持系统。由于对现代合理性的执迷不悟，我们正在做着将导致人类自我毁灭的非常荒谬的蠢事。"②

后现代主义解构理性的现代"神话"，它反对绝对性的霸权和虚妄主义。它试图告诫我们，没有什么东西可以为人类幸福和社会的健康发展提供绝对的保证。在对待以工业化为主体的现代化态度上，后现代主义积极批判和超越现代工业文明的种种弊端及其负面效应。后现代主义认为，要重建人与自然之间的和谐关系，就必须拒斥现代性，打破理性的现代"神话"。大卫·格里芬（David Griffin）、理查德·罗蒂（Riehard Rorty）等都指出，我们必须抛弃现代性，否则，我们及地球上的大多数生命都将难以逃脱毁灭的命运。因为是现代性导致了意义的丧失，而意义是价值的基础。大卫·伯姆（David Bohm）指出："这种意义的丧失是一个十分严重的问题，因为意义在此指的是价值的基础。没有了这个基础，还有什么能够鼓舞人

---

① ［美］麦金太尔.德性之后[M].龚群等译.北京：中国社会科学出版社,1995:5.

② ［美］大卫·格里芬.后现代精神[M].王成兵译.北京：中央编译出版社,1998:52.

们向着具有更高价值的共同目标而共同奋斗？只停留在解决科学和技术难题的层次上，或即便把它们推向一个新的领域，都是一个肤浅和狭隘的目标，很难真正吸引住大多数人。它不能释放出人类最高和最广泛的创造能量，而没有这种能量的释放，人类就陷入渺小和昙花一现的境地。从短时期看，它导致了不利于生产力发展的毫无意义的活动，从长远看，它正把人类推向自我毁灭的边缘。"①

如何颠覆现代性神话和权力话语？人们开始求助于生态学。生态学家保罗·席尔思（Paul Sears）说："生态学是一门颠覆性的科学。"它将要"颠覆"的是 300 年来人类征服自然、统治自然的价值观、世界观。同时，"颠覆"也意味着一种知识体系和文明范式的转换与重建，即人类社会从工业文明时代向生态文明时代的过渡。现代生态学将世界看成是"人—社会—自然"的复合生态系统，由此形成了一种生态世界观。生态世界观是一种不同于传统世界观的新的哲学世界观，实现了从近现代机械论哲学向现当代生态哲学的转变。机械论哲学是传统工业社会无限制增长观的世界观基础，它助长了极端人类中心主义、自然征服主义、经济增长主义、霸权主义、享乐主义等工业文明时代错误的思想文化观念的诞生和蔓延，从而不可避免地带来了资源锐减、生态破坏、霸权威胁、贫富悬殊等全球性问题。而生态哲学则主张世界是有机整体的，人与自然是内在统一的，主张运用系统综合的思维方式，倡导多元对话的价值观念，倡导均衡协调的实践理念。在生态世界观的指导下，社会发展将不再是矛盾重重、危机重重的，而是可持续的，是充满和谐与诗意的。

---

① ［美］大卫·格里芬. 后现代科学——科学魅力的再现 [M]. 马季方译. 北京：中央编译出版社,2004:82.

正是生态学和生态学思维，提供了一种全新的认识世界和思考问题的方法，从而使生态学成为"颠覆性科学"。1969 年，保罗·谢帕德（Paul Shepard）和丹尼尔·麦金利（Daniel Mckinley）出版了一本书名为《颠覆性的科学》（*The Subversive Science*）的著名论文集，认为"生态学涉及人类的最终极的义务"，最先将"生态学"与"人类道德"联系起来，提出了生态伦理学问题。接着，学者们主张将科学精神与人文精神相结合，认为科学同样需要人文关怀，必须用人文精神制约科学技术的力量及其应用，从而把生态学与政治、经济、文化等一系列科学联系起来，诞生了生态哲学、生态社会学、生态政治学、生态文化学、生态经济学、生态批评、生态文艺学、生态美学，等等。

在颠覆理性的现代"神话"这一根本性问题上，生态批评与后现代主义同样体现出了高度的一致性。生态批评家威廉·鲁克特主要将颠覆的动作指向"所有新兴的工业国家和大多数发达国家的持续增长经济"①。这"所有新兴的工业国家和大多数发达国家的持续增长经济"，正是理性的现代神话，是人类主体特权意识所酿就的现代人"自主全能的神话"。正是出于解构现代性的需要，生态批评家们开始重视后现代主义。生态批评家克力斯多夫·梅内斯在《自然与沉默》中对现代人"自主全能的神话"深表痛惜，认为在人类的淫威下，自然已从"万物有灵论"的在场转换到象征性的符号在场，从"会说话的主体"转变成"沉默的客体"。而生态文学、艺术和生态批评的重要使命之一，就是唤醒我们周围那些被严重异化的"沉默的客体"，恢复其在场性主体身份。

---

① Cheryll Glotfelty & Harold Fromm. *The Ecocriticism Reader: Landmarks in Literary Ecology* [M]. Carrollton: The University of Georgia Press,1996.p.107.

要从根本上整治生态环境，构建和谐社会，坚持"可持续发展"是必由之路。这是生态文学、艺术和生态批评反复探寻和积极倡导的核心理念，也是生态批评颠覆现代理性神话最为有力的主张。可持续发展观的核心和本质是在提倡经济增长的同时，强调人类必须确保自身的发展与自然和谐、共生和共荣。"可持续发展"作为一种发展理念，也早已渗融于很多生态文艺家的心灵之中，他们深感片面发展经济、忽略环境保护的严重危害性，往往通过生动地展现这一矛盾的尖锐性向人们揭示走可持续发展道路的必要性和重要性，以忧患的、浓情的笔触，为"可持续发展"深入人心、融入政策而呐喊。朗确的《最后的鹿园》和亦秋的《涨潮时分》等，都是这样的优秀之作。《最后的鹿园》有力地鞭笞了狭隘的人类中心主义和经济主义价值观，批判了哈尼族地区以传统经济伦理为依托的经济发展模式，用形象生动的故事和让人"不堪回首"的结局警示我们：只有用可持续发展价值观指导经济建设，才是人类社会持续发展的最行之有效的方式。毫无疑问，生态文学和生态批评对于批判和反思过去的发展思路，对于颠覆现代理性神话和权力话语，对于可持续的经济、社会发展的政策的制定、修正和实施的确有很大的启示和借鉴意义。

第三节　重建性：重新确立后现代性的"有机主义"

生态批评最根本性的主张就是强调人与自然的和谐。自从人类将自然从"好友"名单中"拉黑"之后，生态环境便一步步走向危机甚至崩溃的边缘。生态批评的诞生直接地便是以拯救和维护生态（以自然生态为主，兼及精神生态和社会生态）为目的。崇尚有机主义（organism），推崇人与自然的和谐，这既是后现代主义的显著特征，也是生态批评的一贯追求。

后现代崇尚"有机主义"。这种观点认为：人与自然是一个有机的整体。自然界中的每一事物，每一个体都是主体，都是一个有机体。人及人类社会作为自然系统中的子系统是与其他子系统有着密切联系的，人不可能割断这种联系，更不能以一种立法者的身份站在自然系统之外。"事实上，可以说，世界若不包于我们之中，我们便不完整；同样，我们若不包含于世界，世界也是不完整的。"与此同时，后现代主义对人类自以为是、高高在上、过于看重自己的价值的观念给予了毫不留情的批判和否定。大卫·格里芬指出，"事实上，人种不过是众多物种之一种，既不比别的更好，也不比别的更坏。它在整个生态系中有自己的位置，只有当它有助于这个生态系时，才会有自己的价值。但人类并没有什么特殊的价值，人类自命不凡地认为自己有特殊价值已导致了人类利益和所有物种利益赖以生存的生态秩序的大规模破坏"。[①] 后现代所崇尚的"有机主义""破除了主客二分法，摧毁了一方胜过另一方的权威地位，中断了与主体范畴相联系的独断权力关系，并由此消除了其隐藏的层系（等级系统）"。[②] 在对人与自然的关系上，后现代主义强调人与自然的关系不应该是控制与被控制的关系，人类没有任何理由和权力凌驾于自然之上并随心所欲地改造和征服自然。后现代人摒弃现代人的统治欲和占有欲，把对人的福祉的特别关注与对生态的考虑融为一体，认为自己只有栖身于自然之中与自然融为一体，感受同大自然

---

① ［美］大卫·格里芬. 后现代科学——科学魅力的再现 [M]. 马季方译. 北京：中央编译出版社, 2004:148.

② ［美］波林·罗斯诺. 后现代主义与社会科学 [M]. 张国清译. 上海：上海译文出版社, 1998:71.

物种之间的亲情关系，才能真正拥有一种在家园的感觉，而这种家园感和亲情感，正是后现代人对"有机主义"的向往和期盼。海德格尔认为人对待自然的态度应该是：人不应该是自然的主人或主宰者，而仅仅只是自然的"托管人""守护者"。美国后现代主义学者弗雷德里克·费雷认为，"世界的形象既不是一个有待挖掘的资源库，也不是一个避之不及的荒原，而是一个有待照料、关心、收获和爱护的大花园"①。

有机整体观是生态后现代主义的一个基本主张，它认为万事万物是联结在一起的有机整体，它们相互联系、相互依存，人在自然之中，人的生存和处境与其他物种的生存状况紧密关联。后现代性的有机主义反对现代主义以"个人主义"为中心的观念，强调内在关系的实在性，强调有机创造性。它力图克服现代性的机械观和二元论方法，主张内在关系不仅是生命体的基本特征，而且是最基本的物理单位的基本特征。后现代主义用生态学和量子物理学反复地证明，我们完全是由内在关系构成的社会存在物。值得特别肯定的是，"有机整体观承认物种的独特性和价值，但没有将价值总体化和绝对化，与绝对生物中心主义不同的是，它承认人的特殊性并对之有适度的凸显"②。在这种世界观看来，"人类的经验也向这个星球注入了许多据我们所知其他物种所不能有的经验。人际关系和人类的创造力所特有的享乐的特性具有独一无二的内在价值。我们是自然不可分割的一部分，这一点丝毫不有损于我们已实现的价值的独到之处"③。可见，有机整体观

---

① ［美］大卫·格里芬. 后现代科学——科学魅力的再现 [M]. 马季方译. 北京：中央编译出版社,2004:133.

② 于文秀. 生态文明时代的文化精神 [N]. 光明日报.2006-11-27.

③ ［美］大卫·格里芬. 后现代科学——科学魅力的再现 [M]. 马季方译. 北京：中央编译出版社,2004:153.

是一种饱含辩证思维的关于人与自然关系的概括，一方面，它有效地避免了以往机械论和二元论的偏颇，另一方面，它也没有像"生态中心主义"那样彻底走向反人类中心主义的迷途。

后现代性强调有机主义和内在联系，这对于我们重新认识人与自然的关系以及改变人类对自然的观念和态度提供了重要的理论支持，它也为生态批评的诞生和发展提供了思想基础。生态批评坚持生态系统整体观，认为人与自然万物的相互作用是有机和谐的关系，而不是纯粹机械式的关系。作为自然生态系统有机组成部分的人类，必须遵循生态系统的整体规律，重新建构人与自然相互依存、和谐统一的关系。用坚持人与自然和谐统一的生态批评理论指导社会实践，对于坚持"以人为本，树立全面、协调、可持续的发展观，促进经济社会和人的全面发展"的科学发展观具有极其重要的意义。生态批评认为，"以人为本"，并不是"一切都为了人"，缺失对自然的敬畏和尊重、不顾及自然与生态承载力的"以人为本"，其本质还是狭隘的人类中心主义。自然为人而存在，人更应该为自然而存在。坚持后现代主义的有机主义，生态批评警示我们，坚持"以人为本"，不能把人类生活的富裕、繁荣建立在对大自然的破坏和掠夺上，也不能把少数人的高水准生活建立在掠夺多数人所合理拥有的自然资源上。在资源匮乏和生态环境恶化的事实面前，人们更应该保持清醒的头脑，绝不能为一己私利，为眼前之利而置生态平衡和保护于不顾，而应该使经济的发展与人口、资源、环境相协调，既要注重经济效益，更需注重生态效益，坚持经济效益、生态效益和社会效益的有机统一和协调发展，真正实现可持续发展。

我们讨论和看待后现代主义，不仅要看到它的摧毁、解构和否定性向度，也要重视其积极的、肯定的、建设性的内涵。只有将后现代性的建设性向度和破坏性向度全面把握，才能合理地、正确地理解后现代性，才能以其正确地指导我们的生活实践。在生态批评的视野中，人类是整个生态系统中不可缺少的一个部分，同时又只是生态系统中的一个部分，人与人以外的生命和非生命物质共同构成了生态系统。蕾切尔·卡逊在《寂静的春天》中尖锐地指出：我们总是狂妄地大谈特谈征服自然，我们还没有成熟到懂得我们只是巨大的宇宙中的一个小小的部分；人类已经具备了毁灭地球的能力，具备无限能力的人类，如果继续不负责任、没有理性地征服自然，带给地球和他自己的只能是彻底的毁灭。确实，如果我们一意孤行地企图征服自然，那最终付出的代价将是彻底地埋葬自己。因此，呼吁和帮助人类重新认识自己在生态系统中的位置，遏制甚至彻底放弃狭隘人类中心主义特别是人类沙文主义思想的蔓延已成为当务之急。只有正确地认识到自己的生态序位，在自己的生态序位上行使自己的权利与义务，"人"才有资格成为真正的人。

人类应该将自己当成生态系统的一员，普通的一员，同时又是对维护生态系统负有重要责任的一员。要从根本上缓解生态危机，人类必须进行深刻反思，重新认识"我是谁"的问题，重新确定人与自然的关系，重新确立人在自然界的地位及其权利和义务。苏联作家阿斯塔菲耶夫的《鱼王》以惊心动魄的笔调通过鱼王对偷猎者疯狂的报复告诫人类：人与自然万物"是系在同一根死亡的缆绳上的"。人类如果继续这样永无休止地征服下去，结局只有一个，那就是与万物同归于尽！阿斯塔菲耶夫强调，对待自然，人类决不能只索取而不付出。"到何年何月我们才会学会不仅仅向大自然索取——索取千百万吨、千百万立方米和千百万千瓦的资源，同时也学会给予大自然些什么呢？到何年何月我们才会像操持有方的当家人那样，管好自己的家业呢?"①确实，如果人类只会向自然索取，而不行使保护和回馈自然的责任和义务，人类最终将会失去自己的存在。重新确立后现代的"有机主义"，生态批评为人与自然的和谐寻觅到了相当有力的理论依据。

---

① ［苏］维·阿斯塔菲耶夫．鱼王 [M].夏仲翼、张介眉等译．上海：上海译文出版社 ,1982:381.

第七章 问题意识：生态文学批评的话语之本

问题意识，是创新发展的内在驱动力。美国哲学家杜威在其著作《我们如何思维》中强调，任何富有创新意义的思索总是发端于思索者的怀疑精神和问题意识。没有问题意识，就不会有创新思维，没有问题意识，就永远只会重复现成的东西。曾几何时，中国文论被批评患上了"失语症"，如果这"失语证"确实存在的话，那我想主要就是因为我们在一定程度上缺失了"问题意识"。因为缺失了问题意识，我们已经习惯于重复别人的话语，因为缺失了问题意识，中国文艺学研究的学术生长点也就难以被激活。问题意识，既是生态文学创作的动力之源，也是生态文学批评的话语之本。

第一节 强化"现实"精神 突出关怀意识

问题是内因，需求是动力。现实的问题，现实的需求，是新的学术生长点最好的催化剂。关注现实，关怀现实，从一定意义上来说，是任何一门艺术、任何一个学科存在和发展的根基。文学艺术、文艺学学科自然也不例外，只有以"现实"为本，以"关怀"为径，方能永葆青春活力。强化"现实"精神，突出关怀意识，这既是文学艺术不可回避的严肃话题，同时也是文艺理论界永恒关注的严肃命题。在文学、艺术的审美主题和对象发生巨大变化之时，特别是在当前社会处于重大转型、人类面临生存抉择的关键时期，文艺批评更应承担起义不容辞的现实"关怀"的责任。作为文艺批评，其"现实"的关怀精神主要体现在两个方面，一是对文学艺术的现实关注，二是对社会生活的现实关注。

文学艺术是文艺学最直接的研究对象，现实发展中的文学艺术是文艺学研究最鲜活的资源。社会生活日新月异，以社会生活为源泉的文学艺术也不断推陈出新，网络文学、短信文学、摄影文学、影视文化等众多文学之花竞相绽放。面对这些新的文学现象，传统的文艺批评和文艺理论顿觉心有余而力不足，难以实现很到位的"关怀"。正当文艺学界对此感觉颇为棘手的时候，恰逢西方的"文化研究"开始传入中国学术界，以其跨学科的包容性和开放性占有了对这些文学和文化现象的话语权。在文化研究的视域中，文学艺术和文艺学的边界均得到了拓展。面对这一能比较有效地解答文学艺术现实问题的新路径，中国学者在迅速消化的同时也在不断探索其与中国文艺现实融合与互动的最大可能性和最佳契合点。实践也证明，在解读这些新的文艺现象时，文化研究确实体现出了突出的生命力，这自然与它密切关注文艺的现实发展和需求不无关系。

的确，文艺实践是与社会现实密切相连的精神创造活动，文艺创作，必须关注现实，发现现实问题并在其力所能及的范围内以其独特的掌握世界的方式应对和解决现实问题。文学艺术，应该通过对读者精神的慰藉、品格的提升和人生的引领，实现其积极干预社会、建构人生的使命。文学艺术的健康发展离不开文艺理论和文艺批评的积极引领和推动，文艺理论工作者和文艺理论与批评也只有密切关注现实，具备直面现实问题的勇气和探索现实问题的耐心，对现实进行深切关怀和体认，才能以其敏感的问题意识和敏锐的思维能力为文学艺术的发展创造条件。近年来崛起于西方继而在中国产生很大影响的生态批评，正是文艺理论工作者强烈的社会责任感和突出的现实关怀精神催生出的文艺学研究崭新的学术生长点。

随着科学技术和工业文明的飞速发展，人类文明在取得巨大进步的同时也陷入了重重困境，与人类生存息息相关的自然生态、社会生态和精神生态正面临着极其严峻的挑战。当下，经济增长、人口增加与能源、土地等资源严重不足的矛盾日益尖锐，人类正以前所未有的速度和规模破坏着生态圈的动态平衡，全球性的生态危机越来越严重。在精神和文化领域，一些人的价值观扭曲、错位，拜金主义、享乐主义、极端个人主义思想蔓延，暴力、凶杀、色情等反动、堕落、腐朽的思想抬头。日益恶化的生态环境使得人类的生存问题变得空前严重起来，人们的生态意识也得到了前所未有的提高。思考人在宇宙中的角色定位的问题，关注人与自然的关系问题，保护生态环境，践行科学发展观，走可持续发展道路，切实推动人类生态文明的进程已成为全球共同关注的话题。生态批评，正是在全球性日益恶化的生态环境和日益深化的生态危机的"语境"中，在风起云涌的"绿色运动"的感召下，在文艺批评领域掀起的一股"绿色"批评浪潮。生态批评，正以其鲜明的问题意识，以其独特的批评视角对人类生存前景进行着终极关怀。

共同的生态问题让东西方在社会发展和文化建设上都有了更多的共识，以生态（包括自然生态、社会生态、精神生态）问题为内核的生态批评的建构也为中国文论和西方文论的对接创造了条件，中国学者正凭借自己的生态话语平等地参与全球对话。生态批评的出现和生态文艺学的建构不但催生了中国文艺学新的学术生长点，也成为中国文论迈出国门的一个良好契机，为我们的文论在全球化语境下赢得先机创造了一定的条件。

第二节　强化"怀疑"精神　突出创新意识

问题意识最显在的表征就是怀疑精神。问题意识，"就是人对自己周围的各种现象，尤其是在自己研究的领域里，不采取轻信的态度，而总是自觉地抱着一种怀疑的、思索的、弄清楚问题的积极态度"[①]。当我们面对西方舶来的种种时髦的概念、时髦的理论时，如果我们不加选择不加分析地照单全收，然后又鹦鹉学舌式地在我们的文艺学界推行，这样我们恐怕永远也不可能形成真正的创新。接受新观念，借鉴新方法，以拓展我们的学术视野，丰富我们的学术路径，这种初衷本身并没有错，只是，如果这时髦的观念、时髦的理论本身就具有不合理的因素，那我们的"照单全收"并推而广之自然就很有问题了。

中国的生态批评原本带有一定的"舶来品"性质，在其建构之初就面临着对其源流的"认同"问题。西方生态批评一般来说是建立在生态伦理、生态哲学研究的基础之上的，信奉深层生态学，倡导生态中心主义往往是西方生态批评的关键性主张。受西方的影响，一些中国学者在探讨生态批评时，也热衷于以"生态中心主义"作为其理论立足点，认为只有承认"生态中心主义"，才可能重建人与自然的"和谐"。他们无限制地夸大了生态批评承载的生态责任，仿佛进行生态批评的目标就是要构建一个人类

[①]　俞吾金.问题意识：创新的内在动力[N].浙江日报,2007-6-18.

与其他生物、生物与非生物、人类与非生物之间毫无主次上下之分的"大一统"世界。如果我们在进行生态批评理论研究与生态批评实践时，完全将西方的这些主张奉为金科玉律，恐怕会带来诸多的问题——既有理论阐释的困境，更有批评实践的尴尬。对于西方生态批评所热捧的"生态中心主义"和"生态为本"等激进的理论主张，我们应该辩证地进行分析。"生态中心主义"其实是一个似是而非、存在着诸多理论困境的命题。生态中心主义一味强调我们要"不惜一切代价"地保护生态环境，维护生态平衡。表面看来，这似乎是解决生态危机最根本最有效的伦理准则，然而这一看似深刻的生态伦理却是一个走向极端的理想化的非真实命题。在现实语境中，它的可操作性更是让人生疑。"从实践上来说，这种过分强调与人的利益和需要无甚关联的自然价值论对我们解决现实的生态问题并无多大益处，甚至还可能产生负面作用。"① 而实际上，备受抨击的"人类中心主义"却有着其存在的合理性和必要性，温和、理智的"相对人类中心主义"（与"绝对人类中心主义"相对）强调人的利益与生态整体利益的有机统一，是实现可持续发展、构建和谐社会、建设生态文明的观念立足点，将其确立为生态批评的理论立足点才有更大的可信度和可操作性。

同样，在生态批评的理论与实践中，很多人都强调要"以生态为本"而反对"以人为本"。其实，"以人为本"与"生态为本"并不是一对不可调和的矛盾，承认"以人为本"并不意味着对生态环境保护就必然构成障碍。事实上，环境保护不应只关注野生环境、濒危物种等，也应关注保护人们的生活环境。只有这样，才能真正唤起广大公众的生态环保意识。任何政策的落实都必须与公众的切身利益挂起钩来才能得到公众的认可和支

---

① 刘文良.范畴与方法：生态批评论[M].北京：人民出版社,2009:17.

持，生态环境保护的政策更需要人们发自内心的拥护，才能从少部分精英们的高谈阔论转化为大众积极参与的行动。如果生态保护只是一味强调如何恢复生态平衡，如何保护濒危动物，而对人类的现实利益讳莫如深，恐怕这样的生态保护永远都只能是挂在嘴边、写在纸上。只有真正让"生态保护以人为本"的观念深入人心，人们才会在自身生存和发展的同时更加密切地关注自己赖以生存和发展的生态环境。"以人为本"为旨归，"生态为本"为内核，实现"以人为本"与"生态为本"的悖论式平衡，是探讨和解决生态问题的重要原则，也是生态批评"和谐"范畴的现实表征。 生态批评并不是一两句煽情的口号，生态批评担负的任务不仅仅是对生态文艺作品起"释义"的作用，它最终要担负起以理论指导实践的任务，要积极参与建构社会、建构人生的进程，推动人、社会、自然三者的和谐发展，实现人类文化发展模式的良性化，最终实现真正的"以人为本"。生态批评效能的发挥，必须以其可信性和可操作性为前提，否则，再响亮的口号也毫无益处。

　　显然，在文艺理论和文艺批评的建构与实践中，如果我们没有自己的思考，或者有自己的思考却不敢公开质疑，只是人云亦云地贩卖漂洋过海而来的一些说法，必然不能实现创新的目标，文艺学研究的生长点也就无从谈起。相反，如果我们敢于怀疑，对一些不符合事理逻辑和现实要求的学术"定见"进行挑战，我们就有可能实现真正的创新，为寻觅新的学术研究生长点创造条件。

第三节 强化"本土"精神 突出自主意识

问题意识，也不仅仅是一种现实关怀意识，一种怀疑意识，在中西文论的交流沟通中，本土精神和自主意识亦是问题意识的一种可贵彰显。前些年，中国文论因为在较大程度上缺失了一种"本土精神"而屡屡被人讥讽"失语"。反思过去，前瞻将来，中国文论若想雄立于"全球性"这样一个学术平台，关键是要打好"本土"牌，构建自己的文论话语。

共同的生态问题让东西方在社会发展和文化建设上都有了更多的共识，以生态问题为内核的生态批评的诞生和建构也为中国文论和西方文论的对接创造了机遇。然而，中国的生态批评要顺利实现与西方生态批评的对接，不是靠移植西方的生态批评话语简单地求同，而是要凭借中国"本土"丰厚的生态智慧资源及其转化而成的特色型生态话语。

一个民族，必须保有她自己的文化传统身份，展示她自身特有的智慧，才能真正"屹立于世界民族之林"。中国的生态批评必须主打自己的文化品牌，才可能真正享有自己的话语权并切实推进生态批评的全球化。"全球性地思考，地方性地行动。"[①]这样一个生态运动口号应该成为我们生态批评理论建构和批评实践所奉行的箴言。在全球化的语境中，中国文论如何才能在西方各种强势话语的冲击下站稳脚跟呢？全盘照搬或是盲目拒绝西方文论的引进和加盟，当然都是下下之策，正确的做法应该是大胆引进、小心消化。中国有中国的国情，中国文艺应该是有中国特色的文艺，即使是在全球化的语境中，也只能说国与国之间，地区与地区之间差异在慢慢地

---

① 乐黛云.跨文化对话（第2期）[M].上海：上海文化出版社,1999:53.

缩小，不同国度不同地区各自的文艺特色是始终存在的。如果说在全球化语境中就已经无所谓特色了，那是典型的自欺欺人。"越是民族的就越是世界的"，全球化，并不是要同化全球，而恰恰是要向全球充分展示各自民族的特色。恩贝托·埃科（Umberto Eco）指出："人们发现的差别越多，能够承认和尊重的差别越多，就能生活得更好，就能更好地相聚在一种相互理解的氛围之中。"① 中国的文论必须是有中国特色的文论，才可能在全球化的语境中争得自己的一席之地并享有自己的话语权。

生态批评，这样一个舶自西方又扎根于中国学界的文艺学命题，只有强化其"本土"精神，突出其自主意识，方能保有其生命活力，也才能更加充分地发挥自己的批评效能。西方的自然文本是生态批评的主要对象，西方的动物解放/权利论、大地伦理学、生态伦理学、深层生态学等是生态批评重要的理论基础和批评依据。然而，中国同样有着自己丰富的生态批评资源。在中国传统文化中，"天人合一"的观念源远流长，无论是儒家还是道家，在本体论或本根论的层次上都承认"天人合一"。既有诸如"天人合一""返璞归真""齐物同乐""生物位育"等丰富的生态哲学理念，又有诸如"和谐圆融""师法自然""生命感怀"等灵动的生态创造情怀，还有对诸如"暴殄天物""竭泽而渔""网罟人间"等反生态现象的反思与批判。这些生态哲思、美学智慧，共同凝结为底蕴深厚的"天人合一"文化传统。儒家突出强调人与自然之间的亲善和谐。在儒家学者看来，人是自然演化的产物，同时又是自然的一部分，人应该与自然和谐相处，而不是与自然对立。儒家在认识当时的社会历史条件和所面临的问题的基础上，提出了一些"生态"保护的措施，形成了颇具特色的自然保护理论，像

---

① 　乐黛云 . 跨文化对话（第 4 期）[M]. 上海：上海文化出版社 ,2000:2.

"草木零落，再入山林"的保护山林资源的思想，"钓而不纲，弋不射宿"的保护动物资源的思想，"往来井井，涣其群吉"的保护水资源的思想，"得地则生，失地则死"的保护土地资源的思想，等等。① 道家向往回归自然。老子提出了"人法地，地法天，天法道，道法自然"② 的观点，从宇宙万物诞育生存总根源上揭示人与自然普遍共生的规律。庄子主张人与物为一，通过遵循自然规律的方法以求得精神的自由。"人与天，一也。""有人，天也；有天，亦天也。"③ "道法自然"的宇宙万物运行规律理论，"道为天下母"的宇宙万物诞育根源理论，"万物齐一"的人与自然万物平等关系理论，"不形相禅始卒若环"的"天倪"论生物环链思想，"至德之世"所包含的"同与禽兽居，族与万物并"之古典生态社会理想，等等，都包含着丰富的生态智慧思想。另外，宋代张载"民胞物与"的观点，周敦颐"圣人与天地合其德"的命题，陆九渊"宇宙便是吾心，吾心即是宇宙"的思想，明代王守仁"明明德者，立其天地万物一体之体也"的观念，等等，都体现出中国哲学"天人合一"的思想。

作为中国传统文化精髓的"天人合一"思想与现代西方生态伦理思想在很多方面都是"不谋而合"的。经过数千年的发展和洗练，"天人合一"思想愈来愈显示出巨大的生态伦理价值。从中国本土的"天人合一"思想中吸取生态智慧，可以大大丰富生态批评的内涵。这些生态文化思想的发掘，如果能被西方生态批评学界广泛了解和接受，必定能对突破生态批评学界目前实际存在的"西方强势"之局限起到重要的作用，无疑也会增加中国生态文艺批评在参与全球对话时的分量。

---

① 张云飞.天人合一：儒学与生态环境 [M].成都：四川人民出版社,1995:71-89.

② [晋] 王弼.诸子集成（三）·老子注·道德经上 [M].北京：中华书局,1954.

③ [清] 王先谦.诸子集成（三）·庄子集解·山木 [M].北京：中华书局,1954.

加强中西生态批评的交流是重要的，重视对西方生态批评研究成果的译介是必须的，然而，要真正构建中国的生态批评理论大厦，加强本土创新则是最根本的。我们在介绍、引进西方生态批评理论的同时，要更加注重从中国的生态文化土壤中，从当今中国的生态现实和人们的生态意识、言行中，提炼出自己的生态批评话语，把握本民族的生态危机现实和生态文化发展实际，认真思考如何让中国文化传统中丰富的生态智慧实现现代性的转换。在生态批评的本土"发掘式"研究方面，我国文艺学界已经取得了一些成绩。江汉大学曾推出了一套"文艺生态探索丛书"（《中国文艺生态思想研究》《老庄生态智慧与诗艺》《20世纪中国文学生态意识透视》《小说因素与文艺生态》），王先需在《文学评论》发表了《中国古代文学中的绿色观念》的长篇论文，姚文放在《当代性与文学传统的重建》中也曾设专章探讨"文学传统与生态意识"。另外，汤一介的《儒家思想与生态问题》、钱中文的《文学与乡愁——谈文学与人的精神生态》、童庆炳的《〈文心雕龙〉"阴阳惨舒"说与中国"绿色"文论的起点》、蒙培元的《从孔子思想看中国的生态文化》、曾繁仁的生态美学系列研究等也都是具有鲜明的中国特色的。笔者的拙著《范畴与方法：生态批评论》在探讨生态批评的范畴与方法时，也始终注重对中国本土生态智慧资源的发掘和利用。当然，还有大量以中国本土的生态文学、生态艺术文本为研究对象的生态文艺批评研究成果，以及从生态批评的角度对一些"反生态"文学进行批判的研究成果，这些注重本土意识的研究都为中国生态批评的创新与发展创造了条件。

在当前国内的生态批评理论建设和生态文艺批评实践中，如果只注重大量引用西方哲学、美学、文化学中关于生态的理论话语，希望借助于这些现成的理论资料,力图快速搭建起这门学科的理论体系,那它恐怕永远只能是一种美好的愿望而已。如果过分依赖于西方,而将中国本土的生态诗学思想仅仅作为这一理想的理论体系"大厦"中的若干佐证或点缀,那这座外观漂亮的"大厦"也必将因为根基不牢而最终坍塌。

当然,不但是在消化西方舶来的学术命题时,我们需要以本土的意识化而用之,而且,一些基本理论问题的提出也有其基于本土现实的要求。我们在追踪、移植和引进西方世界理论潮流的同时,更应该学会如何向自己提问,向自己的现实提问。基于本土的现实提出带有鲜明本土特色的问题,是实现中国文艺学研究新的生长点诞生的根本。

无论是理论大厦的建构,还是批评实践的操作,生态批评都离不开生态文本的解读与支撑。西方生态批评的基础文本主要是一些既注重对自然知识的科学表达,又兼有大量作者内心自省的"自然写作"或环境文学作品。中国生态批评的基础文本除了当代典型意义的生态文学和一些包含"生态基因"的文学作品外,也包括古代大量的山水田园诗歌、散文等。中西两类基础文本虽然有着些许共同之处,但因其积淀着不同的民族经验、反映着不同的社会文化心理而差异明显。中国生态批评要拓展批评的空间,形成自己的特色话语,自然离不开本土文学的解读与阐释。

20 世纪末以来,中国的生态文学发展迅速,生态报告文学、生态小说、散文、诗歌都日益呈现繁盛的趋势。哲夫的"江河生态报告"系列、徐刚的"守望家园"系列等报告文学,哲夫的《黑雪》《毒吻》《天猎》《地猎》《极乐》,姜戎的《狼图腾》,贾平凹的《怀念狼》,李晋瑞的《原地》等生态小说,都产生了很大的影响。其中《狼图腾》已被译成日语、德语、法语、意大利语、朝鲜语、越南语、俄语、希腊语、塞尔维亚语、荷兰语、瑞典语、葡萄牙语、西班牙语、蒙古语等近 30 种语言在海外出版。另外，《老虎大福》《狗熊淑娟》《熊猫碎货》《豹子的最后舞蹈》《松鸦为什么鸣叫》《红树林生在这里》《最后的野象谷》《绿色天书》《鲸殇》《大河遗梦》《斧子斩断流水》《风景》《小鸟走得轻》《钓鱼郎的悲剧》《如果把这些粉尘》《另一只白天鹅》《夜晚的梨花》《水的手语》《草地》《春天是明亮的》《虫声》《潭岭雪飘》等生态文学作品，为中国生态批评研究提供了丰富的文本资源，为生态批评"本土话语"的构建提供了坚实的文本依据。

仔细考察中国古代的诗文，同样可以发现其中很多确实蕴含着较为丰富的生态意识。王维"人鸟不相乱，见兽皆相亲"（《戏赠张五弟諲》），在情深意切之中直接表达了万类平等的思想；黄庭坚"此心吾与鸥鹭盟"（《登快阁》）、陆游"得意鸥波外，忘归雁浦边"（《杂兴》）、余靖"鱼戏应同乐，鸥闲亦自来"（《留题澄虚亭》）等展示了人与其他生物之间的和谐之境；另外，像李白的"春草如有情，山中尚含绿"（《金门答苏秀才》）、白居易的"风吹新绿草芽坼，雨洒轻黄柳条湿"（《长安早春旅怀》）、辛弃疾的"泥融无块水初浑，雨细有痕秧正绿"（《岳池农家》）等，不但充溢着绿色所逗引起的怡然陶然的恬美情绪，而且，"其中深含着尊重生命、尊重自然的而非人为扭曲的生命形态、尊重人与其他生命体的和谐关系的思想"。[①]忧国忧民的诗人杜甫，在其一千四百多首诗中，就有千余首写到各种各样的植物和动物，充分展现了他独特的生态情趣和生态情怀。"迟日江山丽，春风花草香。泥融飞燕子，沙暖睡鸳鸯"正是以简明生动的语言活画出了一幅自然生态图，描绘了自然界的和谐之胜境。

---

① 王先霈. 中国古代文学中的"绿色"观念 [J]. 文学评论,1996(6).

"阐释功能是文学批评的基本功能。"[①]生态批评同样可以充分发挥其阐释功能，重新分析和评价古往今来描绘、反映大自然之美以及人与自然关系的经典文学作品。虽然很多蕴含着生态意识的古代文学经典作品并非现代意义上的"生态文学"，虽然这些诗文作家当时也许并没有自觉的生态意识，他们这种对人与自然的思考更多的是建立在文人的主观情感或对宇宙奥妙的探索上，但是，他们的作品里面蕴含的生态意识却是客观存在的。运用阐释学，将其中的"生态因子"阐释出来，对于激发人们的生态意识、提升生态文学创作水平，对于拓展生态批评的空间、丰富生态批评的资源、创新生态批评话语等都具有重要的意义。

中国本土的生态智慧资源是非常丰富的，在借鉴西方生态批评研究成果的同时，重视本土发掘，注重传统文化生态智慧的现代性转换，中国的生态批评必将大有作为。正如生态批评学者张晧所言："中国文化的生态情怀，中国文艺的生态特色，中国诗学的生态倾向，的确使我们足以从生态批评的切入点同国际接轨参与跨文化对话，为建设人类生态文明，为寻找自然与人文互动的和弦作出自己的贡献。"[②]

---

① 胡亚敏 . 论当今文学批评的功能 [J]. 社会科学辑刊 ,2005(6).
② 张晧 . 生态批评的时代责任与话语资源 [J]. 三峡大学学报 (人文社会科学版),2004(4).

第八章　双重救赎：生态小说中的"狼文化"

在后现代和生态话语渐趋流行之际，狼，这种千百年来被人们唾骂的动物也逐渐以崭新的形象呈现在我们面前，颠覆着传统文化关于狼的认识和描述。在一些生态文学、艺术中，狼甚至有成为自然"代言人"的趋势。"狼文化"也渐渐成为人类文化的一种新元素。

在中华民族五千年的历史长河中，狼主要扮演的是反面角色，贪婪、狡诈、残暴、忘恩负义的狼几乎就是"恐怖"的化身。在我们的传统观念中，狼几乎一直就没有过好声誉。当然，西方的狼似乎也好不到哪里去，伊索寓言中《牧童与狼》、安徒生童话故事中《小红帽》的狼即是贪婪、邪恶的代名词。在中国，虽然在汉民族早期，狼也曾经作为正面形象出现，如"大人之兵，如狼如虎，如雨如风，如雷如电，天下尽惊，然后乃成"（《太公六韬》），但是，其糟糕的声名却远远超出其美誉度，野蛮凶残即是狼的象征。"所守或匪亲，化为狼与豺"（李白《蜀道难》）、"豺狼塞路人断绝，烽火照夜尸纵横"（杜甫《释闷》）等对狼的描写都是如此。"狼外婆""中山狼传""狼来了"等妇孺皆知的启蒙故事，都不约而同地告诉我们一个道理甚至哲理：狼是防不胜防的恶魔，绝不要相信任何狼。狼狈为奸、狼狈不堪、引狼入室、狼子野心、声名狼藉、狼烟四起、鬼哭狼嚎、狼吞虎咽、豺狼成性、如狼似虎等包含"狼"字的成语也都无一例外地是以贬义示人。

　　然而，狼真的如此可恨如此可怕吗？如果没有了狼，或者狼经过自我改良变成了"羊狼"，是否就意味着天下太平（至少是羊的太平）了呢？恐怕不能这么简单地下结论。生态学的兴起，后现代主义的出现，生态批评的诞生，给狼的"命运"带来了转机。在文学艺术中，狼的"地位"也骤然上升。短短几年间，文坛刮起了阵阵"狼风"。王凤麟的《野狼出没的山谷》，沈石溪的《残狼灰满》，雪漠的《猎狼》，郭雪波的《大漠狼孩》《大漠魂》《沙狼》《狼的家族》《狼子本无野心》，刺血的《狼群》，贾平凹的《怀念狼》，姜戎的《狼图腾》，还有《狼王梦》《狼行成双》《狼祸》等一大批与狼相关的作品相继诞生，《狼》《狼的故事》《狼道》《狼魂》《哭狼》《像狼一样地思考》等述狼崇狼的出版物也不断涌现，对人们既定的价值观念产生了强烈冲击，狼形象开始积淀起愈来愈丰厚的文化意蕴。在后现代和生态视域中，狼是维护生态平衡不可缺少的物种，也是文明发展中人类不可缺少的对手。狼，甚至已经成了自然的代言人，成为人类表达生态环境忧思的典型。征服狼，就是征服自然，与狼共处，就是与自然共处。

　　狼成为自然的代言人，有其必然的因素。过去，即使狼为生态平衡，为文明发展做出了不可磨灭的贡献，但它始终是作为人类的对立面而生活在人们的心目中以及现实之中的（即使在视狼为图腾的民族，狼的声名也受到很多的限制）。这就正犹如自然的处境，人类依附于自然而生活，但人类又始终将自然作为自己的敌对者，不断制造着征服自然的"神话"。如今，当我们一次又一次地经历了与自然为敌的痛楚之后，开始对自然产生敬畏之心。关于狼，我们也开始重新认识，不再只是从生物学的角度认识其生理机制，而是从社会学、文化学、生态学、伦理学等角度认识其社会学意义、文化学意义、生态学意义、伦理学意义。关于狼传统的价值观念、善恶标准等经过重新思考必然焕发出新的魅力。在生态批评的视域中，狼，以及由人与狼的关系而衍生出的"狼文化"，是自然生态与精神生态的双重救赎。

第一节　草原自然生态的"晴雨表"

狼是什么？"狼，哺乳纲，犬科……栖息山地、平原和森林间。性凶暴。平时单独或雌雄同栖，冬季往往集合成群，袭击各种野生和家养的禽、畜，是畜牧业的主要害兽之一。有时也伤害人类。"[①] 长期以来，狼因为伤害其他动物，特别是伤害草原人赖以维持生计的牛羊，往往被看作是破坏草原生态的罪魁祸首。因而，防狼、猎狼就成为草原人一项重要的日常工作。然而，人们又渐渐发现，狼确是危害草原动物的害兽，但更是维护草原自然生态不可缺少的动物，是草原自然生态的"晴雨表"。在我国，从1949年到1978年，狼在害兽榜上一直占有一席之地。剿狼，也就成了一项颇为光荣的任务。在南方山区，灭狼运动所造成的生态危害并不是很严重，这些地方的生态系统比较复杂，狼被剿灭之后，它的生态功能往往由其他的食肉动物所代替，生态平衡还勉强可以维持。但是草原的灭狼运动对草原所造成的损害却完全可能是毁灭性的。新中国成立以后，特别是在"文化大革命"期间，政府鼓励剿狼，还经常评选"剿狼英雄"，那些反对斩尽杀绝，建议适当给狼留"活口"的有经验的老牧民被指责"思想顽固"。

---

① "狼"辞条. 辞海 [Z]. 上海：上海辞书出版社, 1980:1882-1883.

内蒙古草原的牧区政府、驻军更是利用他们的先进武器如汽车、步枪、冲锋枪帮助牧民剿灭狼群，狼急剧减少甚至几近灭绝，出现了百里无狼区，导致兔子、黄羊等草原"害兽"繁殖速度大大增加，再加上大规模的开荒垦殖，终致草原严重沙化。70 年代末特别是 80 年代以来，狼在维护草原生态平衡中的显著作用渐渐被人们承认和接受，但已经是千疮百孔的草原一时还难以恢复元气。90 年代末期，政府加大对草原生态保护资金的投入力度，境外的狼群也分批"迁入"，内蒙古草原才开始局部恢复生机。

　　狼的生存状况是草原生态状况的重要指标，这也成了很多生态文学着力于揭示和表现的生态规律。加拿大作家法利·莫厄特在其纪实小说《与狼共度》中以科学工作者的姿态向人们揭示了真正的狼性以及狼性之于草原生态的必要性。受加拿大政府委托，莫厄特冒着生命危险去北美荒原调查狼与驯鹿减少的关系，收集到了大量的最直接、最生动的第一手材料。《与狼共度》正是莫厄特与公狼乔治一家在草原地带共度一个夏天的记录。莫厄特调查发现，在狼的世界里几乎不可能出现资源匮乏，它们对资源的要求除了食物几乎再没有其他的。莫厄特还证实，其实，狼的征服欲、占有欲非常有限，它们对食物的消耗也仅以能维持生命为度，因此也就不至于造成物种的濒危和灭绝。另外，狼群还具有极强而神秘的内部调控能力，丰年多产多育，灾年少育甚至不育，这也就排除了因"狼口爆炸"而引发综合危机的可能。狼作为草原生态链的关键一环，其所起到的作用是其他生物无法取代的。"草原狼的存在是草原存在的生态指标，狼没了，草原也就没了魂。"在加拿大北部荒原这样一个特殊的生物群落区，多少世纪以来，自然生态之所以能够一直维持着动态平衡，狼在其中扮演的角色可谓功不可没。《与狼共度》引用莫厄特的调查结论表明：狼只吃掉鹿群中少量的老弱病残，这不但不会使鹿群急剧减少，反而在客观上促进了驯鹿种群的优化，使鹿群的生命力愈来愈强，而真正让驯鹿数量急剧减少的原因是人类的滥捕乱杀！这既是对狼进行"冤案平反"，更是对人类为满足自己不断膨胀的私欲而大肆破坏生态的野蛮行径的鞭挞。

姜戎的《狼图腾》同样对草原狼的草原"晴雨表"作用进行了充分肯定和称道。在作者的心目中，狼是具有双重身份的：一方面，狼是活生生的动物；另一方面，狼又是草原人的图腾。正是这样一种双重身份决定了狼和草原人之间特殊的关系：既互相敌对又相互依存。狼为了生存，要吃兔、吃羊、吃马，甚至还要吃人，狼对这些动物和人类构成了威胁，是不折不扣的"敌人"。但是，人又离不开狼，狼是草原鼠、野兔、旱獭和黄羊这"草原四害"的最大天敌。草原鼠和野兔的繁殖力非常惊人，一年中就可以下好几窝幼崽，多的一窝幼崽甚至可以达到十多只。而一窝老鼠或一窝兔子一年吃掉的草，比一只羊吃掉的还要多。而且，老鼠、野兔还有掏洞刨沙的习性，这也是毁坏草场的重要因素。草原上地广人稀，单纯靠人力是根本没有办法控制鼠患兔灾的，但是，只要有狼在，草原鼠和兔子就将得到有效控制，它们对于草原的危害也就可以得到有效控制。冬天，老鼠和旱獭封洞之后，野兔和黄羊就成为狼群过冬的主要粮食。如果没有狼的存在，草原也就避免不了"草原四害"的破坏，草原人也就会因此而失去生活的基地，这也就是草原人与草原狼相互依存的一面。《狼图腾》不断渲染狼在草原生态保护中的重要性："草原上毁草的野物太多了，最厉害的是老鼠、野兔和黄羊。这些野物是破坏草场的大祸害。没有狼，光老鼠和野兔几年工夫就能把草原翻个儿。可狼是治它们的天敌，有狼在它们就蹦不了天。草场保护好了，牧场抗灾的能力也就大了。"草原狼不仅能为人们除"四害",而且还是草原上的义务"清洁工","草原上出现几百年不遇的大白灾的时候,牲畜成片死亡,雪化以后草原上到处都是死畜,臭气熏天,如果死畜不及时埋掉,很可能暴发瘟疫。草原上出现了大瘟疫,半个旗的人畜都保不住命。可是如果狼群多,狼群就会很快把死畜处理干净,草原上狼多的地方就不会发生大瘟疫。"如果没有狼群,草原上的人和牲畜碰上大灾之后就极有可能毁于瘟疫。万物相生相克才是维护自然生态平衡的硬道理,显然,作者在《狼图腾》中灌注了更为深层的对天人关系的思考,在他眼中,草原上的狼和牧民是顺乎天理而生存的。

《狼图腾》对人与自然的和谐相处、人性与狼性的互补、狼道与天道的融合等给予了充分的肯定。蒙古人、狼、草原相互间的关系是那样的紧密,草原上还有"小命"与"大命"之间的微妙关系,"草原民族捍卫的是'大命'——草原和自然的命比人命更宝贵;而农耕民族捍卫的是'小命'——天下最宝贵的是人命和活命,可是'大命'没了'小命都没命'"。人们不禁要感叹造物者——腾格里的一切都被安排得如此巧妙,环环相扣,无论是丢失或毁坏了其中的任何一环,那这个生态圈也就难以为继了。

狼是自然界的代表性动物之一,上述作品着力于描写狼在维护生态平衡中的重要性,是草原生态的"晴雨表",从某种层面上来说,作品意欲告诉我们的是,每种生物乃至非生物在自然界中都有其不可或缺的存在地位以及存在价值,都应该获得应有的尊重。人和自然是相互依存、相互制约的,生态平衡是自然界最重要的生存法则,自然界中每一个物种都有各自的分工,履行着各自的职责,如果违背自然规律,将自己的意志强加于自然,从而导致生态失衡,大自然就将通过"惩罚"的方式,从而回到一个新的平衡。

第二节　人类精神生态的寄寓与依托

在后现代以及生态批评的视域中，狼不仅是草原生态的维护者，同时也是人类精神生态的寄寓与依托。人与自然，其实是一个矛盾统一体。人类只有与大自然相通、相融，平衡发展，才能更好地生存和发展。当然，人与自然的相通、相融，并不排斥对抗。大自然之中，充满了矛盾与对抗，人与自然之间也存在着矛盾和对抗，而且也离不开矛盾对抗。没有矛盾，就没有发展。对抗，有时实则是一种精神的寄寓与依托。没有对抗，人类就会于安逸中逐渐丧失生存与发展的活力。

贾平凹的《怀念狼》既是对"狼性"的新诠释，更是希图通过呼唤狼的精神，重振人的内在精神。狼，在这里，从某种意义上说，成了人类精神的依托。作品中，当狼肆虐的时候，人因为处于戒备状态始终保持着旺盛的斗志而生命勃发。而当狼被猎杀殆尽的时候，人并没有因为对手被消灭了而过上舒坦安逸的日子。相反，猎人们因为失去了作为猎人的意义而萎靡不振，神情恍惚，害上了令人恐怖的病症。随着狼的数目锐减，州行署颁布了关于保护野生动物、禁止捕杀狼的条例，让人没有想到的是，"那些曾经做过猎户的人家，竟慢慢传染起了一种病，病十分的怪异，先是精神萎靡，浑身乏力，视力减退，再就是脚脖子手脖子发麻，日渐枯瘦"，害软骨病的"浑身的骨节发软，四肢肌肉萎缩，但饭量却依然好，腰腹越来越粗圆，形状像个蜘蛛"。而这种身体的变异，其根源实则是人们精神的变异。小说借专员之口道出了一番哲理："狼是吃黄羊的，可是狼在吃黄羊的过程中黄羊在健壮地生存着。""老一辈的人在狼的恐惧中长大，如果没有了狼，人类就没有了恐惧吗，若以后的孩子对大人们说：'妈妈，我害怕'，大人们就会为孩子的害怕而更加害怕了。你去过油田吗，我可是在油田上干过五年，如果一个井队没有女同志，男人们就不修厕所，不修饰自己，慢慢连性的冲动都没有了，活得像是大熊猫。"的确，人与狼在相互威胁的时候各自保持着一种高度的戒备，相互制衡从而维持着生态以及心态的平衡。也正是这样，人才实现了自在的生存并保持着生命的活力。"狼无论是作为构成地球生态环境的自然实在物，还是作为人类文化生存环境中的象征物，它对人的生存包括人的体质的健康和心智的健全，都具有极其重要的意义：狼的存在不仅是人的能力和价值的确证，是自然（商州）生命的参照；同时，难以被人类驯化的狼，也是防止人生命力萎缩和人性委顿的可能力量。"①

《怀念狼》中，"'狼'以其生命力的顽强、硬度和坚韧令人惊叹。其不竭的能量、活跃的生命力、飞跳的身姿与当代人体质和思想双重的软化、缺钙形成鲜明的对比。从这个意义上说，呼唤狼性，怀念狼的回归，是对生命本质的内在要求的呼唤，是对人性根本底线的渴求。而这也是恐惧，对物种退化的恐惧，对生命活力弱化的惊悚。"② 因此，"怀念狼"其实就是对人类走出精神异化怪圈的呼唤。正如贾平凹所说："人是在与狼的斗争中成为人的，狼的消失使人陷入了惊恐、孤独、衰弱和卑鄙，乃至于死亡的境地。怀念狼是怀念勃发的生命，怀念英雄，怀念世界的平衡。"③

"如果说《怀念狼》是通过文明人与自然人相互参照的角度来考察狼文

① 吴秀明，陈力君.论生态文学视野中的狼文化现象[J].中山大学学报(社会科学版),2008(1).

② 杨慧，刘利.后现代语境下"狼"形象的文化解读[J].辽宁教育行政学院学报,2007(1).

③ 廖增湖.贾平凹访谈录——关于《怀念狼》[J].当代作家评论,2000(4).

化，那么姜戎的《狼图腾》则主要是通过游牧民族与农耕民族的对立来探讨狼文化。"①在内蒙古额仑草原，狼群在牧民们大规模的围猎过程中死伤惨重，但是，它们所表现出来的英勇无畏、"视死如归"的精神却不能不令牧民们感慨和敬佩。为了避免被人捕获，它们甚至毫不犹豫地摧毁洞穴埋葬自己！面对越野吉普车的疯狂追赶，它们直至累死也巍然不倒……在《狼图腾》描绘的狼的世界中，也存在着利益分配、生死原则、道德规范和情感关系。严密的组织纪律性和自我牺牲的精神，使它们在战斗中所向披靡。狼族内部各成员之间的深情和关爱同样让人怦然心动。作者竭力挖掘草原狼的竞争意识和积极进取的"狼性精神"，而这种"狼性精神"正是对中原农耕民族的保守观念和懦弱性格的批判，是现代人精神缺失的一剂良药。草原狼那种凶猛、顽强的生命本能以及勇敢、无畏的精神，正是我们人类进步所不可或缺的精神。正如作者所希冀的，要从游牧民族那里寻找和发掘防止中华民族退化的"救命性"的"输血"功能。"我认为，中国儒家正统思想和史家文化里有一个最可恶的东西，就是全盘抹杀游牧民族对中华民族和文明的救命性贡献……根据中国历史五千年发展的事实，中华文明之所以能够坚持到近代，是不能离开游牧民族长期不断输血的。"②

人类文明不断发展，然而，人的异化现象也与日俱增，人类渐渐地迷失了自己，唯利是图、尔虞我诈、亲情淡薄、邻里间老死不相往来等现象越来越普遍，精神生态危机严重威胁着人类自身的生存。而比较之下，凶残、狡诈的狼似乎比现今的人更富于"人"情味。在郭雪波的笔下，狼不但通人情，爱憎分明，而且晓事理，懂得知恩图报。母子情深、父子情深

①　吴秀明,陈力君.论生态文学视野中的狼文化现象[J].中山大学学报(社会科学版),2008(1).

②　姜戎.狼图腾[M].武汉:长江文艺出版社,2004:398.

在狼的世界里被表现得淋漓尽致，甚至比人类更加伟大。在《狼的家族·公狼》（收入《天出血》，百花洲文艺出版社，2002年）中，深怀舐犊之心的公狼明明知道人类设下了捕猎的陷阱，却依然铤而走险试图解救被抓获的狼崽，即使最后身陷重围，只能坐以待毙，却仍旧不忘"把狼儿拱拢在颌下"，舍身保护狼崽。《狼的家族·母狼》（收入《天出血》，百花洲文艺出版社，2002年）中母狼救子的故事更是催人泪下：痛失幼崽的母狼，哺儿的母性促使其改变了"最初的血性复仇本意"，竟然偷偷地"领养"了人类的孩子。在一个寒夜里，焦渴的孩子在河边喝水时不慎滑入了刺骨的冰窟窿，而母性大发的母狼毫不犹豫地纵身跳进冰河中救孩子，最终双双送命。如此执着而浓烈的父爱和母爱甚至都可以让人类因自愧不如而汗颜。在郭雪波的笔下，狼有时也会与人相互理解，甚至还相互帮助，建立起真挚、忠诚的感情。《狼子本无野心》（收入《天之魂》，百花洲文艺出版社，2002年）中，狼崽"黑子"被"我"像儿子一样抚养，与"我"建立了深厚的"友情"。黑子懂得人情，可以明辨是非。当疯狗撕咬百般疼爱它的奶奶的危急时刻，黑子挺身而出，救下了奶奶；而对于灭亲"仇人"山达赖村长，黑子却猛咬一口，以示报仇。《沙葬》（中国文联出版公司，1997年）中的白狼"白孩儿"同样机灵、懂事，与云灯喇嘛建立起了深情厚谊。当云灯喇嘛被囚禁时，"白孩儿"始终牵肠挂肚，为了寻找他而历尽艰辛；为了保护曾经施恩于它的人和牛，"白孩儿"甚至与伴侣反目成仇，展开昏天黑地的恶斗，并长期守护；在毁灭性的沙暴中，"白孩儿"为了完成云灯喇嘛最后的嘱托，坚韧不拔地一步一步向前挺进，那种忠贞不渝的精神足以撼人心魄。这种人狼之情，在一定程度上甚至超越了人类社会人与人之间的亲情或友情，可歌可泣。"人与兽在角色上发生剧变，愈发凸显现代人性的懦弱残忍、自私冷漠。似乎在告诉读者，冷漠的世界，动物比人更长情，人变成'狼'比吃人的狼更可怕。"①

　　当后现代和生态话语渐渐演化成为一种普遍化的社会思潮时，"狼"形象也频频出现于艺术形象的舞台上，成为文化市场上一道新的风景。作为新时期艺术形象的"狼"，不只是可感可触的动物形象，更是承载着深厚的文化意义的生态形象。从某种意义上来说，关注"狼"，就是在关注自然，关注生态，关注人类自己内在生命欲望的觉醒，就是在关注人类文明特别是生态文明前进的方向和步伐。

---

① 李群.论郭雪波的"沙漠小说"与民族生态文学的建构 [J].民族文学研究,2019(5).

第九章　状丑：生态文学独特的审美

美与丑，自古以来就是一对不辨自明的美学范畴。在文学艺术创作中，描写丑虽然受到更多的制约，但丑一直是不可或缺的文艺题材。雨果说过："古老庄严地散布在一切之上的普遍的美，不无单调之感，同样的印象老是重复，时间一久也会使人厌倦。崇高和崇高很难产生对照，于是人们就需要对一切休息一下，甚至对美也是如此。相反，滑稽丑怪是一段稍息的时间，一种比较的对象，一个出发点，从这里我们带着一种更新鲜、更敏锐的感觉朝着美上升。"① 艺术丑与艺术美一样，都符合人们的审美心理。艺术丑因其"反美"的特殊性而往往可以给人一种更为新颖强烈的刺激，从而再次激活人们本已疲惫的审美注意力。"同时，由丑所引起的厌恶、不快等感觉，在艺术形式的范式中得到宣泄和抒发。这种宣泄不但使情感在量上得到控制，而且在质上也发生了转换，即从厌恶感、不快感转换为快感、美感。"②

诗歌，是最富诗意的文学形式。诗歌喜好吟诵山水田园、风花雪月等自然美景，这一规律，古今中外概莫能外。作为生态诗歌来说，对美丽自然的歌赞是其理所当然的要义，但与此同时，当代生态诗歌也常常通过

---

① 伍鑫甫. 西方文论选（下卷）[M]. 上海：上海译文出版社,1979:185.

② 李浩. 论中国艺术史上的审丑意识 [J]. 人文杂志,1990(6).

"状丑"的方式来达到独特的审美效果。跟传统自然诗相比，当代生态诗歌"状丑"主要表现为两种方式：一是以批判的眼光审视"丑"，二是以赞美的眼光审视"丑"。前者主要是通过鞭笞人类的"生态丑行"而达到从反面褒扬"美"的功效，而这也是中国生态诗歌比较擅长的模式。后者主要是基于生态整体主义理念，认为即使是那些不能引起我们的美感甚至给我们厌恶感但又对于维系生态系统有重要价值的卑微事物，同样值得我们礼赞。此类"赞丑"生态诗在欧美较为常见，而我国的生态诗则鲜有涉足，这也一定程度上制约了我国生态诗歌的题材视野和主题深度。这里主要就这两类"丑"题材生态诗进行探讨，顺带探索当前中国生态诗所存在的缺失。

第一节 皮之不存毛将附焉：批判自掘坟墓的反生态丑行

对丑的批判和否定，一定意义上来说，也就是对美的肯定。生态诗歌，可以通过对美丽自然风光的描绘，通过对保护环境的行为的赞美，激发人们钟爱自然、呵护环境的意识。不过，在这样一个利欲心越来越严重，敬畏自然的意识越来越淡化，危机四伏的生态环境越来越危及人类生存的时代，大量的生态诗歌更愿意通过对"丑"的揭示和批判来警醒世人，让人们在一种恐惧和不安的氛围中自觉反思自己对生态的破坏行为。土地、臭氧、大气、水、海洋等生态基本元素被破坏，森林植被锐减，物种消失或濒临灭绝，矿产资源日益枯竭，战争引发灾难，工业污染对人体造成伤害，科学技术侵扰人的健康心态，物欲文化腐蚀人的正常情感，等等这些都是生态诗歌常见的题材。

一、对生态环境遭肆意毁损的强烈控诉

自然资源是人类赖以生存的物质基础，是人类建设美好家园的重要保障。然而，自以为聪明的人类却为了"加快文明进程"而对自然资源进行着肆意掠夺。殊不知，眼前蝇头小利的占有是以毁灭人类前程的终极利益为代价的。没有节制的滥砍滥伐、过度放牧、偷猎盗采、围湖造田、工厂排污、农田灭害等行为导致整个生态系统危机重重：土壤脆弱，江河脆弱，大气脆弱，生物链脆弱……地球早已不堪重负，而"苟延残喘"的人类却依然我行我素。所有这些，正是当今生态诗人所着力控诉的。

"风光秀丽，碧波万顷，风帆点点，湖光山色，令人陶醉。""周围有大小数十个山峰，山环水抱，天光云影，构成一幅美丽的天然画卷。"曾经，中学《地理》对滇池的这一番描述让我们每一个学生都神往不已。然而，曾经"香飘万里"的千年"湖泊之王"近年来却渐渐地开始"臭名远扬"了。"那蔚蓝色的翻滚着花朵的皮肤 / 那降生着元素的透明的胎盘 / 那万物的宫殿那神明的礼拜堂"，忽然间变得无影无踪。"冶炼厂的微风 把一群群水葫芦 / 吹到上帝的水坝 像是魔鬼们绿色的粪便 / 一片混杂着鱼腥味的闪光……镀铬的玻璃 / 圣湖 我的回忆中没有水产 只有腐烂的形容词。"（《哀滇池》）[1]。在诗人于坚看来,这是多么令人痛心疾首的蜕变。究竟是什么颠覆了滇池的清丽容颜和纯洁心脏？这分明是愚昧无知却自作聪明的人类的傲慢和贪欲所致。"我要用我的诗歌为你建立庙宇 / 我要在你的大庙中赎我的罪！"（《哀滇池》）[2]如果误入歧途的人们都愿意像诗人一样检讨自己的心灵，纠正自己的错误行为，也许，滇池还可以挽救。然而，在一些

---

[1] 于坚.于坚集（第2卷）·哀滇池 [M].昆明：云南人民出版社,2004.
[2] 于坚.于坚集（第2卷）·哀滇池 [M].昆明：云南人民出版社,2004.

人的心目中，这样的"如果"却是那么的遥远和苍白，而那些良知未泯的环保卫士经常感觉到的仍然是孤军奋战的无助和无奈。

正常的心肺功能，是一个健康生命须臾不可缺少的，有"地球之肺"美称的森林却随着人类"文明"的推进而不断遭受啃噬之灾，由于滥砍滥伐而导致地球"肺部空洞"的现象越来越严重。"我需要一根牙签/满城的商店都跑遍了/就是没有牙签/我需要制造牙签的木头/满山的旮旯都跑遍了/就是不见树木/我需要成长成树木的种子/满世界的人都让我打开了/到处都流淌着精子卵子液态的孩子/就是不见种子/就是没有种子/就是找不到种子"。(《一根牙签》)① 为什么就是找不到树木的种子？因为人们乐此不疲的只有精子、卵子相遇这样赤裸裸的欲望满足。诗人以夸张荒诞的手法谴责了人类肆意破坏森林植被的卑劣行径，辛辣地讽刺了愚昧无知的贪婪一族。其实，当我们为了寻找一根牙签而大伤脑筋的时候，也许，老态龙钟的人类已经用不着牙签了！

长期地掠夺自然，毁坏的不仅仅是我们赖以生存的自然生态环境，还有我们曾经纯朴的心灵。"听见电锯响儿子就会躲进我怀里/我说：别怕儿子，那只是声音/在别的地方锯着别的东西//但——毋庸置疑地要切开身体的声音中/我也突然停止生长/马蹄下一朵淡蓝的小花/因害怕而忘了躲闪//我真的想抱住更大的树啊——/它被锯倒，然后锯开/我真的想变小，小小的/藏进谁的怀里 我真的希望/有人……抽走……我的骨头/让它靠着荒野 慢慢恢复平静。"(《电锯逼近的声音》)② 在诗人的心目中，现实环境是如此的喧嚣与肮脏，可以劝导不谙世事的儿子不去理会这嘈杂而充满

① 轩辕轼柯. 一根牙签 [J]. 诗刊,2008(8).

② 于贵锋. 电锯逼近的声音 [J]. 诗刊,2005(10).

物欲的世界，诗人自己却无法回避这龌龊的现实，因为这是"毋庸置疑地要切开身体的声音"。诗人多么地希望能够逃到"荒野"的大自然中，获得片刻心灵的宁静。然而，这一切也许都是徒劳。

二、对非人类生命惨遭践踏的悲情呼告

无论人类怎样自诩自己的高贵，实际上，跟其他动物一样，人类也只不过是自然生态系统中的一环，并没有足够的理由将自己凌驾于万物之上。阿尔贝特·史怀泽"敬畏生命"的伦理学认为，一切生命都是神圣的，没有高低贵贱之分；只有保存和促进生命的最普遍的和绝对的合目的性，才是道德的，除此以外都是不道德的。当然，这一"生态伦理"并非没有现实困境——当人遭遇老虎时，是心甘情愿地成为老虎的晚餐还是端起手中的猎枪？中国的生态伦理学家雷毅对此提出了三条基本原则：一是"根本需要原则"，即人的生存需要高于生物的生存需要，生物的生存需要高于人的奢侈需要和非生存需要；二是"亲近原则"；三是"整体利益高于局部利益原则"。应该说，这"三原则"既考虑了非人类生命的存在价值，同时也尊重了人类的合理需求，无论是理论上还是现实中都是合乎情理的。

然而，拥有智慧大脑的人类并没有满足于"根本需要"，而是不断地追求着奢侈生活，依靠对动物生命的肆意践踏来满足自己温饱之外的"非生存需要"。这也成为很多生态诗人着力批判的人类"丑行"。"因为我们能直立行走／因为我们是生物链中的高一级／因为我们能在纸上发表宣言／所以，我们就能剥下／动物们的皮，并且穿在自己身上／／上帝的台灯灯罩／是不是人皮做的？"（《剥皮》）[1] 这就是赤裸裸的人类宣言，我们能将动物的皮

---

[1] 朱剑.陀螺·剥皮[M].香港：香港银河出版社,2011.

剥下就因为我们具备人类的大脑优势、工具优势、武器优势！而"上帝的台灯灯罩是不是人皮做的"这一巧妙的诘问，更将人类的弥天大谎和极端的自私行径展露无遗。

人类尽情享用着美味与美丽，享受着温情与友善，然而，这一切的维系都极有可能是建立在非人类生命的痛苦之上。动物，不仅有享有生命的权利，也有享受生命的权利，它们的痛苦，不只是无端地遭受杀戮。《春天，猫和主人》将笔触伸入动物的生理和内心世界，描写一只波斯猫在春天的悲苦和无奈。"许多次，它（憨态可掬地）/ 探出藏起锋锐的爪牙，试探性地 / 撩拨我的脚、腿和抚摸它的手 / 它忽然露出了敛藏的锐利 / 在这白色的夜 / 在我毫无准备的心上抓出一把血痕"。原本温驯可爱的小猫为何这般狠心地对待自己的主人？原来，是因为主人禁锢了它的情欲，从而也就剥夺了它的快乐与生育的权利。"春天。为了走不出的这幢高楼 / 我那只胆小的、纯白色的波斯猫 / 在平静的书房里上蹿下跳 / 制造着动乱"。(《春天，猫和主人》)① "生命诚可贵，爱情价更高。若为自由故，二者皆可抛。"看来，这样的"觉悟"并非人类才有，然而在人类的压制之下，动物只能以"起义"的方式来"维护"自己的正当权益。

狂妄自大的人类敬畏非人类生命的感情真正能够唤起吗？是不是真要等到世界末日才可以醒悟？马非《最后的晚餐》足以让我们警醒："最后的晚餐准备就绪 / 大家入座，就座者 / 老虎、羚羊、老鼠、猫 / 大象和带嘴的植物 / 今晚大家最关心吃什么 / 厨娘蝴蝶说：没什么可招待的 / 就吃我们没吃过的这个吧 / 猫发表意见：人肉刺多。"(《最后的晚餐》)② 如果人类不及

---

① 子川.春天，猫和主人 [A]. 中国作家协会《诗刊》选编.2004 中国年度最佳诗歌 [M].桂林：漓江出版社,2005.

② 马非.最后的晚餐 [A].伊沙.现代诗经 [M].桂林：漓江出版社,2004.

时醒悟并调整自己的步伐，那嫌弃"人肉刺多"的"猫见"可能就真要成为现实了。

第二节　我很丑但我很善良：礼赞卑陋事物的益生态价值

如前所述，对人类破坏生态环境的劣行进行辛辣批判，是当前生态诗歌"示丑"的重要方式，通过批判丑，可以让执迷不悟的人们清醒自掘坟墓式的所作所为。然而，这仅仅只是生态诗歌"示丑"的一种方式，而且这种方式在生态小说、生态报告文学中同样能运用自如。实际上，作为一种最善于诗化意象、营构意境的文学形式，诗歌在赋予"丑"象以"美"感时有其特别的转化魔力，而这也大大拓展了诗歌的题材空间和主题的深广度。正是基于这样的特殊原因，那些难以在一般文学中有所作为的正面"丑"形象在生态诗歌中却可以大展身手。"我很丑但我很善良"，形象丑，并不代表内涵丑。从生态的角度来说，一切事物皆有其存在的价值，那些在我们看来非常卑微的事物，都是生态系统的有机组成部分，它们的存在和参与正是生态系统之所以能够恒久的重要原因。而这也正是某些生态文学勇于礼赞卑陋事物的根基。

一、垃圾、暴力与死亡：含垢忍辱的生态之善

生态系统是一个极其复杂的系统，是在一定的空间和时间范围内，在各种生物之间以及生物群落与其无机环境之间，通过能量流动和物质循环而相互作用的一个统一整体。在这样一个巨型系统中，每一个生物甚至每

一种物质都是维系生态系统平衡和稳定的因素。从人类的眼光来看，有些事物可能不那么悦目甚至有些憎目，但它们的存在又是人类之所以能够长期存在的一个基础，这样的事物同样值得我们肯定甚至赞美。

且看美国著名生态诗人斯奈德（Gary Snyder）的《正好在路上》（*Right on the Trail*）表达自己一次偶然的机会看到一抔熊便时的反应："不知为何我想大叫／当有幸遇见／这一抔大便，／书中找不到／信中未提及。／然而对于男人和女人／对于所有的物种，／这闪光的信息／照亮了自然之神走过的印迹。"[①] 这里"闪光的信息"实际上是指耶稣诞生时天空中突然升起的一颗特别明亮的星星，诗人将肮脏的熊便比作"闪光的信息"，目的在于表明大家唯恐避之不及的熊便其实隐藏着某种"天机"：生命的存在必然会有营养的吸收和废物的排泄，而排泄物反过来又成为滋养大地的养料，再次进入生物链成为生命之物的营养来源。从这个意义上说，此类垃圾不仅没有"罪责"，而且还对于维护自然生态的正常运转和演化具有重要的贡献。由此可见，诗人以垃圾为题材，但并不是为了揭批垃圾对环境的危害，也不是用垃圾来喻指人、物、事之卑贱，而是意欲"从有益于生态自然的立场出发，来挖掘垃圾所蕴含的生态价值、美学价值和精神价值"。[②]

传统的自然诗，往往是以歌颂自然为其基本旨趣，不过，这里的自然往往被当作为人类服务的客体或者工具来看待，借此抒发的主要是人自身的生命体验。与此不同，当代生态诗则是将自然作为友爱人类的主体来对待，目的是为重建人与自然和谐相处的宇宙秩序鼓与呼。在生态诗人的心目中，自然界的事物都有其存在的价值，都以其自身独特的方式成为

---

① Gary Snyder. *No Nature: New and Selected Poems* [M]. New York: Pantheon Books, 1993. p.376.

② 闫建华. 当代美国生态诗歌的"审丑"转向 [J]. 当代外国文学,2009(3).

维系生态平衡的一个环节。鲜花、雨露、森林、河流、彩虹、黎明、日月、星辰等自然美景当之无愧地成为生态诗人赞颂的对象，而垃圾、细菌、害虫、苍蝇、虱子、排泄物甚至一些弱肉强食的暴力行为等我们传统观念中的"丑陋事物"也都在生态平衡的链条中做出自己的贡献，因而也都值得我们肯定其存在。在生态文明相对发达的美国，承认自然事物内在价值的现象较为普遍，他们摹写甚至赞美"丑之自然"的诗歌也比较广泛。典型的诗作有斯奈德的《白色书写》(White Writing)、耐莫罗夫(Howard Nemerov)的《城市垃圾堆》(The Town Dump)，维尔本(Richard Wilbur)的《废物》(Junk)，库明(Maxine Kumin)的《排泄物之诗》(The Excrement Poem)，邓肯(Robert Duncan)的《过去也不纯净》(Nor is the Past Pure)以及罗杰斯(Pattiann Rogers)的《地心》(Geocentric)，等等。言及"审丑"文学，我们很容易想到波德莱尔的《恶之花》，但生态诗歌跟波德莱尔的《恶之花》有着本质的区别。波德莱尔描写苍蝇、蛆虫、粪土、尸体等"丑象"，其主要目的是通过对这些"阴暗面"的描写以表现和揭示西方国家的精神病态以及社会病态，给人的感觉仍然主要是恶心。生态诗歌中的垃圾之物却是以"善"之本色激发人们的好感，比如说，耐莫罗夫把苍蝇的嗡嗡声比作念经祈福的声音，从而赋予长期以来被视为瘟疫一般可恶的苍蝇一种神圣的特质，颠覆了苍蝇在我们心目中的恶心形象。

暴力和死亡，很难在传统文学形式中成为正面形象，但生态诗歌却给予其应有的肯定。当然，这种暴力与死亡，是指生态法则中的自然暴力与死亡。生态诗人肯定死亡的价值和意义，认为"死亡是美的母亲"[1]，死亡

---

① Stevena Wallace. *The Collected Poems of Wallace Stevens* [M].New York: Vintage Books,1954.p.69.

其实也不失为一种幸福，死亡也许可怕，但没有死亡可能更加可怕。正是因为死亡的必然，才会有生生不息、活力不断的大千世界，生命的美也才实现了永存。花的凋谢，树的腐朽，人的老死等都属于正常的自然死亡，不应该拒绝而应该认同。而自然的暴力也不能一味地被摒弃，大草原上，"鬣狗嗥叫着将死鹿的肠肚扯出来"①，这是再自然不过的事情了，而像猫诱捕蛇，蛇捕食青蛙，青蛙糟蹋虫子，诸如此类的自然暴力行为同样无须斥责。从某种意义上来讲，正是因为有这样的暴力，才促使各个物种在一种优胜劣汰的竞争中实现自身的进化和生命的繁盛。森林里，草原上，每天都在重复上演着食物链游戏，在诗人看来，这里并不存在恐怖，存在的只是大自然必然的规律。生态诗歌对于自然界自发的、本能的暴力行为和死亡行为表示认同甚至褒扬，表达的正是一种生态死亡观。

生态整体主义，是贯穿整个生态学的最基本的法则。这一法则认为，所有的事物，既然存在于世间，就一定具备其存在的特殊理由，也都会在生态系统中发挥着其他事物无法替代的特殊作用，不应该存在高低贵贱与美丑之分。"从生态的角度来看，大马哈鱼、水苔草、水里的虫子都与地球和气候互动共舞……每个有机体都在这个复杂的群舞中发挥着自己的作用。"②传统的自然诗对于美之自然进行褒扬与讴歌无可厚非，但一味地批评甚至鄙薄丑之自然则有失公允，更何况就对维护自然的贡献来说，有时自然丑比自然美来得更加伟大。试想，没有豺狼的捕猎，草原还会如此太平吗？没有细菌的分解作用，世界还会如此干净吗？基于这样的生态整体主义法则，当今的生态诗歌从生态自然的角度描写毒蛇、老鼠、苍蝇、蛆

---

① Gary Snyder. *No Nature:New and Selected Poems* [M]. New York: Pantheon Books,1993.p.170.

② Coetzee, J.M. *The Lives of Animals* [M]. Princeton: Princeton University Press,1999.pp.53-54.

虫、食粪虫、排泄物、真菌等各类低等或有害生物甚至垃圾，"不仅没有让人感到鄙夷或恶心，而且还有一种令人耳目一新的善和美，原因就在于生态诗人把这类自然的生态价值和精神价值有机地结合了起来，而其生态价值的判定依据就是生态学的科学发现"。[①]

美之自然与丑之自然，同为自然的重要组成部分，在维系自然和谐发展的过程当中，自然丑所起的作用丝毫不亚于自然美，然而，由于自然丑往往以不太招人喜爱的面目出现而常常被人忽视甚至被人误解。而从某种程度上来说，大自然之所以发生了"病变"，其中一个重要原因就是人类对自然美自觉和不自觉的偏爱，而对自然丑却存在着一些偏见甚至谬见。诗歌，本来就是最富于诗化生活的艺术形式，生态诗歌将自然丑纳入摹写的范畴，完全可以借助于独特的意象和诗化的情境来揭示包蕴在自然丑中的内在的、深层的美，继而一定程度上修正人们对自然丑的误识，树立辩证的自然审美观。生态诗歌力求从生态的视角而不是从文化的视角真实地呈现自然的全貌，以便让人们认识到自然之中的一切低等甚至有害生物都是自然的造化，一切非人类行为的自然暴力与死亡都在生态系统中发挥着不可替代的作用，因而都是神圣的，甚至也是美丽的。

二、诗意建构：益生态"丑"形象的审美转化

中国诗歌自古以来并不乏对丑之自然的描摹，蚊、蝇、虻、蚤、虱、蛇、蝎之类均有所涉，比如范仲淹和孟郊就作过同题诗《蚊》。不过，诗人对此类丑物的态度往往是揭批、鞭挞，借以讽刺现实社会中的丑恶现象。

---

① 闫建华等.当代生态诗歌：科学与诗对话的新空间[J].西北师大学报（社会科学版）,2009(2).

"饱似樱桃重，饥如柳絮轻。但知求朝暮，休更问前程。"(《蚊》)范仲淹逼真地描绘了蚊子吸血前后的形象，讥讽那种唯求饱腹而无所事事的庸人俗吏。"五月中夜息，饥蚊尚营营。但将膏血求，岂觉性命轻。顾己宁自愧，饮人以偷生。愿为天下癞，一使夜景清。"(《蚊》)孟郊借只顾自己吸血求饱的营营饥蚊，揭露了那些损人利己而毫无愧疚和廉耻之心的人。当然，丑陋之物在诗人笔下也有可爱的形象："隔窗偶见负暄蝇，双脚挼挲弄晓晴。日影欲移先会得，忽然飞落别窗声。"(《冻蝇》)杨万里笔下怕冷的苍蝇见到窗棂上的阳光高兴得双脚摩挲的形象让人觉得煞是可爱。只不过，此类诗歌与生态审丑并无多少关联。

中国当代诗坛其实也不乏赞美垃圾的诗作，甚至还形成了一个独特的派别——"垃圾派"。垃圾诗派坚持"三原则"：第一原则，崇低、向下，非灵、非肉；第二原则，离合、反常，无体、无用；第三原则，粗糙、放浪，方死、方生。[①]垃圾派领军人物四川诗人徐乡愁曾说："活着就是人类的帮凶，我们不如抱着这个世界一起跳入粪坑，崇高有多高，溅起来的粪花就有多高，我们用肛门呼吸。"《屎的奉献》《拉》《拉屎是一种享受》《解手》《你们把我干掉算了》《人是造粪的机器》《拉出生命》等构筑了他的"屎诗"系列。"垃圾派"自 2003 年 3 月创立，以《北京评论》论坛为大本营，一大批具有先锋性的诗人蜂拥而起，成为继"下半身"之后当今中国诗坛影响最大也是争议最大的先锋诗歌群体，在网络诗坛上更有"北有下半身，南有垃圾派"的说法。正因为这些"垃圾诗"也以反传统的目光审视丑陋的事物，也曾被误读为生态审丑诗。不过，中国诗坛的所谓垃圾诗并非真正意义上的生态诗。

---

① 老头子. 垃圾派宣言 [J]. 低诗歌月刊,2004(7).

从某种意义上来说，作为废弃物，垃圾是生命的终点，但作为被分解之物，垃圾又是生命的起点。垃圾的分解是自然新陈代谢进程中必不可少的一个环节，经由霉变和分解，垃圾最终可以成为重新滋养生命的腐殖质。因此，赞美垃圾应该同赞美可爱生命一样具有可行性，关键在于诗人是以何种眼光和心态审视和描写垃圾。应该说，无论是中国的"垃圾诗"还是美国的"垃圾"诗，诗人们都是以一种欣赏的眼光来对待垃圾，然而，中国"垃圾诗"往往是以"崇尚恶心面目"的态度歌赞垃圾，极尽恶心渲染之能事对垃圾之物的面目进行描写。这样的"垃圾诗"，面目可憎，意象丑陋，意境低俗。而美国"垃圾"诗则是以"赞美有益本质"的态度歌赞垃圾，对垃圾之物的恶心状貌并不细节化，而是着重于渲染其作为生态要素的本质。比如，埃蒙斯（Emmens）的《催化剂》（*The Catalyst*）："赞美蛆吧 / 最顶级的催化剂 / 催动着永恒不变的 / 变化"[1]，如此我们不但感觉不到恶心，而且还可能因为生态科学知识被赋予了精神的意蕴而体味到"丑"象中所蕴含的内在美。如此"垃圾"诗，形象虽然谈不上美好但内里却饱含诗意，意象虽说不上高雅但意境却不俗。

美国的生态审丑诗虽然描述的对象是垃圾或低等甚至有害的事物，但往往会将其置于一种诗意的境界中，于是，这些事物的出现便不再是以一种恶心的状态呈现在我们的视野中。同样是写粪便，美国诗人斯奈德的笔下是"这闪光的信息 / 照亮了自然之神走过的印迹"，充满着诗意而神圣的想象空间；而中国诗人徐乡愁的笔下则是"别人都用鲜花献给祖国 / 我奉献屎"（《屎的奉献》）[2]，恶心之余就是低俗。同样是描写死亡，美国诗人罗

---

① Ammons,A.R.*Collected Poems,1951-1971* [M]. New York: Norton,2001. p.110.

② 徐乡愁. 屎的奉献 [J]. 低诗歌月刊,2005(5).

杰斯在《被活吃的断想》中，想象自己成为不同动物的食物，而且悠闲地品味着"最平常／最缓慢的身体被分解"的腐化过程，感受自己怎样"一个细胞一个细胞地／被转化、被重组／被赋形"①，虽然是一个死亡过程，但呈现在读者面前的却好似一个新生命的诞生过程，死亡因其生态化而被赋予了诗意，不是痛苦而是享受；而中国诗人徐乡愁的笔下却是"我的头颅开始腐烂／头发和头屑不停地下掉／我的五官开始腐烂／眼屎鼻屎耳屎大量分泌／我的心脏开始腐烂／面对一个伟大的时代也无动于衷／我的骨头开始腐烂／腐烂深入骨髓腐烂开始长蛆"（《你们把我干掉算了》）②，粗俗之余了无情趣，毫无诗境可言。

可以这样说，美国生态诗人之所以歌颂垃圾，是因为他们从中发现了与众不同的生态意义和美学价值，而中国"垃圾派"诗人专注于垃圾，则主要在于他们玩世不恭的社会姿态。美国生态诗歌之所以采取"审丑"策略，围绕垃圾、暴力与死亡、"低等"与"有害"动物勾绘一幅幅关乎"丑"的画卷，是力图"通过呈示丑中所包孕的自然的神奇和美妙来修正读者以往对丑的陋见，引导读者正确认识丑的生态价值、精神价值和生存权利，并在此基础上采取有益于生态健康的正确行动"③。而中国的"垃圾诗"却往往是打着"解构传统、解构崇高"的幌子，以一种反其道而行之的新奇姿态吸引众人的目光，并没有什么值得玩味的寓意，也没有值得欣赏的诗趣。

鞭笞人类的反生态丑行，无论是西方的生态诗歌还是我国的生态诗歌，

---

① Rogers Pattiann."On Being Eaten Alive",*The Dream of the Marsh Wren:Writing as Reciprocal Creation* [M]. Minneapolis:Milkweed,1999.

② 徐乡愁.你们把我干掉算了 [J]. 低诗歌月刊,2004(6).

③ 闫建华.当代美国生态诗歌的"审丑"转向 [J]. 当代外国文学,2009(3).

都取得了比较丰富的成果，一定程度上掀起"老鼠过街"的效应。然而，相较于美国等西方国家大量肯定生态卑陋事物的"褒丑"诗，中国的生态诗歌在这方面还存在很大的差距，甚至可以说还没有真正起步。然而，从一定意义上说，能不能真正突破人类中心、人类至上主义的思想束缚，用博大的胸怀包容那些外丑而内美的生态元素，正是一个国家一个民族生态文明发展程度的重要标志之一。青山也好，绿水也好，都只是生态文明的表征之一，一切对生态可持续发展有益的事物都有其可歌可赞的价值。中国的生态诗歌在继续履行批判职能的同时，更可以开拓自己的题材视野，更多地关注低等生命，关注益生态的"丑"事物。

第十章　生态诗歌的科学技术异化之虞

　　近三十年来，我国生态文学发展的成绩是有目共睹的，生态散文、生态小说、生态诗歌、生态报告文学等生态文学体裁均有一定的建树。对于当前的生态文学作品，文艺界和学术界有褒有贬，不管是褒多于贬，还是贬多于褒，具体分析某些有代表性的生态文学作品案例，可以帮助生态文学创作者取长补短，不断提升创作水平。这里主要选取生态诗歌进行个案批评，以期能够以点带面，进一步揭示生态文学的创作规律，总结创作经验，提升创作水平。

　　诗歌，向来被认为是营构意境、抒写诗意的上佳文学样式。它撷取美妙的生活，唤醒空灵的诗思，借助和谐的韵律，为我们构筑出优美的诗境，从而陶冶我们的情操，诗化我们的生活。"科学技术是第一生产力"，这是对科学技术在人类文明史上的巨大助推作用的鲜明表达。科学技术，作为人类文明进步的核心推动力，为人类社会的发展做出了巨大贡献，自然而然地就成为中外诗歌反复吟咏的题材。然而，当生态危机频频出现于我们面前时，人类不得不开始了反思之旅，诗人们也开始重新定位生活的诗意。密集林立的高楼，气势恢宏的大坝，迷宫一般的立交桥……这些科技文明的成就不再过多地以"高贵"的身份闪现在平仄交错的字里行间。相反，科学技术越来越以一种被质疑的方式出现在参差错落的诗行中。这样一种"不知天高地厚"敢于对"第一生产力"说"不"的诗歌，主要就是生态诗。

跟生态小说、生态散文等文学形式一样，生态诗，也主要是借助于独特的语言形式，在人们的心目中重新建构人与自然和谐的生态梦。跟传统自然诗相比，生态诗歌的"筑梦"更多的是通过揭"丑"的方式唤醒人们的良知。科学技术作为人类改变自然的一种重要而高效的手段，它所扮演的角色在"生态梦"的建构中起着关键性的作用。随着科学技术的不断升级，人与自然的关系也进一步恶化，虽然科学技术对于生态修复具有一定的积极性作用，但相对于它巨大的破坏性而言，这点"正能量"似乎极其有限。更可怕的是，被表面的胜利冲昏头脑的人类对此并没有正确的认识，仍然在一意孤行地滥用科学技术以满足自己的征服欲。对于反生态行径的曝光与忧虑，已经成为当前生态诗歌越来越重视的主题。而人类对待自然的反生态行径之所以能够"战无不胜"，在很大程度上就是依赖我们开发的科学技术，于是，对于人类无节制滥用科学技术及其严重后果的揭露与批判，也就成为生态诗歌批判性的重要内涵。

第一节　对文明外衣掩盖下虚伪科学技术的无情曝光

近代科学在文艺复兴和人文主义运动中诞生，其初衷是要使人类摆脱封建神道的奴役和统治而获得自由和解放，谋求幸福与发展，缔造美好的现代文明。但是，科学技术的异化正一步步地促动它走向出发点的反面。科学技术的滥用而导致环境破坏、生态污染等全球性问题的爆发，正在越来越迅速地将人类带入恐怖的沼泽地。缺少了有力的监控，科学技术渐渐远离建设性的"第一生产力"而转向破坏性的"第一生产力"。近现代以来，科学技术在人类欲望的牵引下，求速度，走捷径，贪求眼前利益而不顾长远利益，已经结出了很多恶果，其负面效应愈演愈烈。美国诗人杰弗斯（Robinson Jeffers）在其名诗《科学》①中描述了这样一个科学怪物：

> 人创造了科学巨怪，但却被那巨怪控制
>
> 就像自恋和灵魂分裂的疯子不能管束
>
> 他的私生子
>
> 他造出许多刺向自然的尖刀，本想
>
> 用它们实现无边的梦想，而噬血的刀尖
>
> 却向内转刺向他自己
>
> 他的思想预示着他自己的毁灭

确实，几次技术革命的洗礼，使得现代科学技术几乎达到了"无所不能"的程度，人类文明的成就也不断产生瞬时刷新的效应。然而，经过工业革命的催化和市场经济的榨取，今天，科学技术已经渐渐背离了它最初朴素的美好追求，正在成为一部分人攫取暴利的"专利"，成为人类压榨大自然的工具，科学技术为我们创造诗意生活的功能正在持续地发生着裂变。科学技术越发达，科学技术的触角延伸得越广泛，由它缔造的文明就越脆弱。

---

① Oscar Williams（ed.）. *The Pocket Book of Modern Verse* [M]. Washington: Washington Square Press, 1969.p.331.

现代文明由科学技术推动，但科学技术带来的现代文明又让我们充满困惑甚至恐惧。杨晓民的《波音737纪事》①，以波音飞机象征人类的先进现代文明，以诗人的独特感受来领悟这种现代文明的可怖。

和拾穗归来的人们一样，我在波音737的后座上

欣喜若狂

……

我在步入熊市的飞机上百花齐放

直至在飞机里听见了地中海一架波音737的坠毁

我不知道如何为波音737悲伤

波音737的一个兄弟在空气中融化了

我心中的花瓣加速陨落

我也为同类不幸的命运唏嘘不止

诗歌流露出的正是人类在工业化洪流中"进出不由己，爱恨难遂心"的尴尬，是人类面对科学技术"双刃"性的无奈和无助。

生态诗人侯良学，多年来致力于揭露以先进科学技术为表征的现代文明华丽外衣掩饰下的龌龊与悲哀。且看他的《我跟踪了一辆豪华的小轿车》②：

那是一辆豪华的黑色小轿车

---

① 杨晓民. 波音737纪事 [J]. 诗刊,2002(2).

② 侯良学. 让太阳成为太阳——侯良学生态诗稿 [M]. 太原：三晋出版社,2010:82-83.

……

麻袋里装的全是尾气排放的东西：

先是排出两只鸟

我盯视它们的飞行

却看不出是什么鸟

它们的翅膀突然折断

像几颗炮弹跌在地上

接着排出两尾鱼

它们满身油黑

没游多远就掉在沥青里

翻动着圆凸凸的眼睛

然后排出两匹老虎

一匹没有耳朵

一匹没有尾巴

……

　　这是诗人跟踪一辆豪华小轿车时所"看到"的一番奇怪但似乎又很平常的景象。现代科学技术，缔造了神奇的现代文明，但是，这是一种畸形的文明，是一种看似先进实际上丑态百出的伪文明。大自然因此而遭受严重破坏，人类也因此而不断退化，诗人的心情更是沉重而悲痛的。"一个诗人便是自然的神经，自然的伤痛就是诗人的伤痛，如果你是一个麻木的人，如果你是一个'人类中心主义'者，你就不可能写出一首生态诗歌。人类对自然犯下了滔天之罪,诗人就是那个赎罪的人。"① "诗人就是那个赎罪的人",侯良学期望通过自己的思考进一步澄亮自己的心灵,也感化和警示众多的良知未泯之士。从蒸汽机车到内燃机车、电力机车,再到今天的"和谐号""复兴号",正是科学技术推动现代"文明"前进的有力见证,然而,青藏铁路的一声长笛,却也让原本已经开始恶化的原生态环境更是雪上加霜!凭借科学技术的武装,火车的速度越来越快,但人类文明这列火车却未必真能"和谐"起来。

我们的火车是我们大智慧的结晶

我们的火车叫做子弹头

我们的子弹头要冲出亚洲走向世界

我们要逢山开山逢水开水逢林开林逢天开天逢

……

反正逢什么开什么

我们的子弹头要穿过宇宙寻找另一颗地球并把它变成我们的殖民地

让那里所有的物种都成为我们的奴隶

……

我们要运回他们的水、空气、土壤、森林、草原、煤、石油、天然气

……

凡是对我们有用的我们都要全部运回来

现在我们的车厢开始卖水喝

① 侯良学.公告 [OL].侯良学博客"生态侯良学",http://blog.sina.com.cn/ magic718.

没钱买水喝的人皮肤干枯成一道道裂缝

我们车厢里空气稀薄

还有人嘴上举着大烟筒宛如生殖器一样吐云纳雾

乘务员清理着堆积如山的垃圾变成白发苍苍的老头

他每喊一次下车啦都掉下一颗牙齿

然而车厢里人越来越多

火车越开越慢

不断晚点

不断改线

总有另一列火车擦肩

这是侯良学的《坐在火车上思想》①。这样一列代表着现代文明的"子弹头"高速列车为什么会越来越步履蹒跚呢，是因为它凭借自己的优势"逢什么开什么"而掠取了太多太多的自然资源，甚至为了获取更多的资源填充越来越大的欲壑而不断改变原定的线路。看来，科学技术即使再强大，如果处置不当，它所缔造的文明也很难成正比。

转基因技术，常常被视为优化物种、提高种群素质的一项伟大发明。它主要是将人工分离和修饰过的基因导入生物体基因组中，实现某种意义上的优化。然而，转基因的副作用同样是巨大的，比如说，为了减少病虫害，同时也为了提高产量，农作物转基因技术往往会将某些对人类不具备急性中毒反应的"弱毒性"基因加入其中，从而极有可能造成自然环境下生物加速灭绝的严重后果。因此，转基因技术的应用，对于自然界物种而

---

① 侯良学. 让太阳成为太阳——侯良学生态诗稿 [M]. 太原 : 三晋出版社 ,2010:50-51.

言无异于一个灾难，而对于人类的存在来说，也许同样意味着一种祸害的肇始。1997 年，英国科学家应用转基因技术成功地克隆出绵羊"多莉"，从而也引发了一场关于"克隆"技术的大讨论。人们在兴奋之余，种种担忧甚至恐惧也接踵而至。

假如多莉在人类的判断中
仍算是一头羊
尽管它没爹没娘
请允许我以多莉的名义
向人类致意

震古烁今
没有任何一只动物
也包括山姆鹰、罗马狼

像多莉一样一夜成名
并将在历史的鼓上一锤定音
它的羊角星空般旋转
羊毛白雪似翻滚

多莉拷问人类的尊严
让时光倒流的可能似隐似现
OK，多莉产下小绵羊

它尽管灭祖，却未曾绝孙

我以多莉的名义向人类致意
我的出场仍需假以时日
当人类制定出允许拷贝灵魂的《灵魂法》
我将公开我第一个克隆人的历史身份

诗人侯马在《我以多莉的名义向人类致意》[①]中别出心裁地以克隆羊"多莉"的名义向人类发出质疑，"它尽管灭祖，却未曾绝孙"，这究竟是好事还是坏事呢？

第二节　对科技变异与人性异化恶性循环的深深忧虑

在人类不断膨胀的欲望刺激和引领下，科学技术不断地发生着变异。马克思曾经这样描绘过科学技术异化的现象和后果："技术的胜利似乎是以道德败坏为代价换来的。随着人类越加控制自然，个人却似乎愈益成为别人的奴隶或自身卑劣行为的奴隶，甚至科学的纯洁光辉仿佛也只能在愚昧无知的黑暗背景上闪耀。我们的一切发现和进步似乎结果是使物质具有理智生命，而人的生命却化为愚钝的物质力量。"[②]后现代主义者也认为，科技理性是导致科技异化的重要祸首。科技理性"只是一种以支配自然为前

[①]　侯马.我以多莉的名义向人类致意[A].安琪等.中间代诗全集[M].福州：海峡文艺出版社,2004.

[②]　马克思恩格斯全集（12）[M].北京：人民出版社,1962:4.

提的有限的理性，它在寻找知识的根据、劳动的效率、程序的合理时，并不问人生意义的根据，丢失了对终极价值的依赖，失去了对生命意义的反思。"[1] 科学技术的失控终将导致人性的异化，从而反过来又促使科学技术异化的加剧，这是一个令人恐怖的恶性循环。19世纪时，尼采就深刻地揭露了理性异化和科学万能对人的扭曲。在他看来，"科学的巨大范围今日强加于每一个人"，这是"严酷的奴隶状态"，但人们却在这种蒙昧之中不觉悟，以致使"当今的精神何其荒芜，何其满足和冷漠"！[2] 在尼采看来，如果人们采取了一种非道德的态度对人之外的世界运用科学技术，那世界迟早也会以一种毁灭一切的方式报复人类。对于这样一种科技异化和人性异化恶性循环的丑陋现象，一些生态诗歌也进行了揭示和讽刺。

工业革命以来，科学技术的飞速发展极大地推动了人类社会的物质繁荣，并因此而被人们所神化，然而由于缺乏监督和制约，最终超越了伦理和道德，偏离了正确的轨道，科技又成为人类破坏生态自然的"坚强后盾"。二战后的德国百废待兴，唯发展主义的思想刺激着科学技术走向疯狂。德国诗人豪福斯敏锐地觉察到这其间蕴藏着的巨大危机，意识到这种丧失理性、失去制约的快速发展，就如同一辆只装油门不设刹车的汽车疾驰而直奔死亡。他在《技术进步》中大声疾呼：

它（技术进步）的脊梁一天天

在向前弯曲

某一天它会弯到

---

① 邱夕海,陈俊明.从科技异化到科技人化——西方后现代主义对科技的伦理反思与道德重塑[J].南京林业大学学报(人文社会科学版),2001(2).

② [德]弗里德里希·威廉·尼采.偶像的黄昏[M].长沙:湖南人民出版社,1987:58-59.

用双唇紧贴大地的地步

而现在离地面已咫尺之遥

　　科学家们应该清醒地认识到，人类对物质的无限需求与生态系统的有限承载力存在着不可调和的矛盾，科学技术和科学家都应该肩负起神圣的历史使命，对人类的未来负责，而不能只为逞一时之英雄。科学技术异化所带来的严重后果，足以让我们感受到文明背后的嗖嗖寒意。生态诗人华海在《铁轨，穿过风景线》①中激愤地向我们呐喊：

我们向前逼近

大山向后退去

这乌亮乌亮的铁轨

恍惚凌空而起 像两枝箭

尖锐地射向

自然的深处

嗖嗖地

突然感到寒气袭来

感到最后被射穿的

却是我们的后背

　　而寒意的背后呢，也许就是人类止不住的自我毁灭的脚步。

---

① 华海.华海生态诗抄[M].北京：大众文艺出版社,2006.

　　科学技术的神奇之处，原本应该是给人们提供更多的方便，让我们有更厚重的充实感，然而，这神奇的科学技术却让我们越来越彷徨，越来越丧失了归属感。当代美国诗人 W.S. 默温（W. S. Merwin）在《机场》中表达了现代人一种深深的无奈：作为科技产物的"机场"不再是"一个位置"，"而是一个装满标识的容器 / 指导着一个过程"。而那些在我们看来很方便的自动售货机和玻璃围栏则只不过是装饰了"一个专为缺席生活而建的 / 功能场所。"我们凝视手中的机票，却"没有人知道"那条"回家的路"，甚至于，"我们忘了 / 自己曾在哪里"。科学技术的发展，极大地改变了我们的消费行为、工作场所、工作方式以及生活情趣，让我们一步紧似一步地与世隔绝。"使一座座的玻璃建筑不再成为人们的'家园'，失去了'位置'的有机组合。在'玻璃'建筑物内工作的人们，难得看到头顶上的星星月亮，难得接触脚下的青草树木；他们不能用眼睛去看自然，只能透过'玻璃之眼'打量外面的自然世界。"[①]脱离了大自然，可怜的人类最终恐怕只能成为上帝的一个摆设。

　　老鼠可以成为人类心目中的英雄吗？恐怕不容易，因为"胆小如鼠"似乎早已成为定论。然而，现代科学技术却让"老鼠"成了我们生活中不可或缺的一部分。

老鼠一样的鼠标，当代英雄的坐骑

只恨唐·吉诃德生不逢时

看今日的网络情场上

---

　　① 朱新福.从《林中之雨》看美国当代诗人 W.S. 默温的生态诗学思想 [J]. 当代外国文学 ,2005(1).

唐式骑士军团的个个勇士

不骑老马、不骑瘦驴

骑一只鼠标跑遍一尺桌面

……

鼠目寸光这个词，早该纠错勘误

鼠标点击，看时代风云翻江倒海——

在所有的枪机扳动以前结束战争！

在所有的银行开门以前掠尽财富！

老鼠一样的鼠标，数字时代的坐骑

爽，你当完中国的金庸侠士

酷，他再当美国的骇客枪手

唐·吉诃德再次出山

换了个名字叫比尔·盖茨

骑着一只鼠标闯进全球美眉的梦

——《老鼠怎样成了英雄》[①]

在这里，诗人叶延滨巧妙地在人人喊打的"老鼠"和受人尊崇的"英雄"之间搭建起一种悖谬和错位，暗示我们更应该警惕这样一只高科技"老鼠"。到处钻营的老鼠，贼头贼脑，善于打洞，喜好劫掠，成就了"老鼠过街，人人喊打"的俗语。而今天作为网络高科技产儿的老鼠——鼠标更是无所不在，它控制着我们的手脚，控制着我们的精神，控制着我们的时间，控制着我们的财富……一句话，它正在试图控制人类的一切。而当

---

① 叶延滨.老鼠怎样成了英雄 [J]. 诗探索,2006(4).

我们所有的东西都被一只"老鼠"控制的时候，我们也许就失去了健康，失去了情义，失去了思想，失去了一切的一切。

第三节　对科技歧途上人类反思心态缺位的辛辣讽刺

无论是科学技术的变异还是由此而造成的人性的异化，都是生态"异化"的祸根。科学技术是一把典型的"双刃剑"，如果掌握在智慧之神的手里，将会成为造福人类的利器，如果掌握在疯狂魔王的手里，就必然成为毁灭人类的凶器。面对一次次近乎毁灭性的生态灾难，如果人类能够及时反思自己的行为，并不断从中吸取教训，善待科技，那么，诗意生活也许会重新回到我们的身边。然而，可悲的是，很多人即使到了黄河仍不死心，见到棺材还不流泪，完全没有了羞耻之感，更不用谈什么生态责任了。

德国诗人卡施尼茨（Kaschnitz）在其著名诗作《广岛》中展示了二战中在广岛升起蘑菇云（投下原子弹）造成无数平民伤亡后不以为耻反以为荣的美军飞行员扭曲的嘴脸：

（他）正撑着四肢趴在花园草地上（和孩子）嬉戏，那张扭曲的脸
笑得已变形。要知道矮树篱笆后
正站着一个照相师，他和世界的眼睛一起在观望①

说起当年广岛和长崎的原子弹爆炸，很多非日籍人士都会觉得大快人

---

①　Kaschnitz, Marie Luise. *Gedichte* [M]. Insel Verlag,2002.pp.185-186.

心，可是，我们有没有想过，这样一朵蘑菇云，它所造成的无辜平民伤害和生态灾难该有多么严重！直到今天，当年的蘑菇云还留下了严重的后遗症。即使是和平年代的和平用核，对生态环境也存在着极大的潜在危害。1957 年苏联克什特姆核灾难，1979 年美国三里岛核事故，1986 年苏联切尔诺贝利核电站爆炸，2011 年日本福岛第一核电站事故，等等，都为我们敲响了警钟：为了让悲剧不再重演，必须放弃那种以拥有核武、核能为荣耀的思想。

科学技术引领了现代工业文明，工业文明葬送了生态文明。人们一方面享受着现代化的先进东西，另一方面则在现代化的乌烟瘴气中苟延残喘。只是，很多人对此似乎早已麻木和习惯，正如于坚《便条集·292》所描述的：

汽车站旁边是有毒的大街

我早已习惯含着铅

快乐地生活 奇异的芳香

令我食欲消失 性欲亢进

化学反应与高潮一起完成

不只在秋天我的头发脱落

骨骼松弛 我继续

为他们写着

关于落叶和树的诗歌

就像一个骗子

基于城市的重度污染，我们不得不在工业废气和汽车尾气里讨生活，这本该是多么的可悲！然而，我们并没有意识到灾难的发端，而是快乐地身处其中，不但没有怨言，反而还要昧着良心去写赞美诗。这样一种自欺欺人的方式，不正是我们莫大的悲哀吗？显然，诗人于坚这看似平静的叙述，却近似于一种对人类终极生命的观照。

无独有偶，华海的生态诗也发出了相似的感慨：

窗外，有股怪味飘来

五岁小儿梦中醒来说臭

老婆清晨开窗说臭

我说：忍忍吧，它有产值、税收，还有奖金

正因为"它有产值、税收，还有奖金"，能满足人们的财富欲望，所以这"臭"是值得"忍"的！

日报上说工厂建立了治污机制

人大督查了，政协过问了

专家也论证怪味并无啥大害

既然如此，那么：

还有啥好说，专家论证

有益无害我也信

只能怀疑自己的鼻子

……

怪味从不远处制药厂传来

厂是好厂

谁都这么说

造药治病能不是好厂？

有点怪味嘛，譬如饱嗝、放屁

口臭、狐臭、脚气之类

（——《窗外，飘来怪味》）①

既然大家都说了"造药治病能不是好厂"，那这怪味也就很正常也必须很正常了，因为你如果感觉不正常那只能是你自己不正常。所以，我们就该以平常心，像面对饱嗝、放屁、口臭、狐臭、脚气之类来面对这怪味，而如果你能习惯到"昨夜竟因为没有闻到那股怪味而失眠"的程度，那就是最高境界的"享受"了！诗人以辛辣的反讽，对这样一群包括"我"在内的无知抑或无良者进行了有力的鞭挞。虽然我们也许没有直接带上斧头、化学药剂或其他高科技工具无所顾忌地破坏生态环境，但我们贪图小利的纵容无疑助长了生态环境破坏者更为嚣张的气焰，我们也就成了名副其实的帮凶。如此一来，诗歌借助于"苏格拉底式的反讽"，让"生态破坏者及其庇护者暴露出他们的可笑与荒谬，同时表现了人们对生态危机现实的熟视无睹以及意识到危机之后的自欺欺人，表现了诗人对反生态思想和行为的蔑视、嘲笑的情绪"。②

诚然，利用科学技术本身并没有错，关键在于我们有没有在尊重科技规律的前提下利用科技，在于我们误入歧途后能不能反省自身。当我们身

---

① 华海.华海生态诗抄[M].北京：大众文艺出版社,2006.

② 梅真.论华海的生态诗[J].江苏大学学报（社会科学版）,2008(2).

处关键的十字路口时，是继续自欺欺人还是勇于迷途知返？这才是对人类智慧的真正考量。

或许，我们早已习惯于对神奇的科学技术顶礼膜拜、广而颂之，然而，科学技术并没有一直沿着我们期待的道路和方向走下去。虽然科学技术是一把能为我们解决难题的"钥匙"，但人类的局限性决定了它不可能成为一把解决一切问题的万能钥匙。它为我们打开了一扇窗，与此同时却往往又为我们关上了一扇门。在强大的天灾面前，科学技术显得那么的脆弱，而在频频的人祸背后，科学技术的能量却显得如此之巨大。面对"双刃"性十足的科学技术，一切溢美之词构建的大厦或神话终将坍塌。著名美学家叶朗先生说过，"'丑'的审美价值就在于可以显现'生活的本来面目'"，"丑常常最能显现一个人的个性特征"。[①] 展示科技之丑，揭露科技之丑，是完整把握科学技术"本来面目"的重要方式，也是我们全面理解生态的又一把钥匙。生态诗歌的"审丑"，实际上旨在为我们建构起一种新的生态意境。"作为艺术品，由于它在反映现实丑的同时对丑进行了否定，体现了美的观念、美的情思和美的理想，因而反映现实丑的艺术品又是美的。真正的艺术，无论其反映对象是美还是丑，它都是一种美的创造。"[②] 我们也希冀"审丑"这样一种独特的审美方式，能够激发起人们更加深刻的关于自然、科技和人类相互间和谐关系的思考。

科学，是人类文明进步的阶梯，但科学技术的运用必须置于被监督的范围之内，失去监督的科技被随意滥用，极有可能给人类和整个自然带来毁灭性的灾难。"科学技术的发展并不都表现为正确认识自然、合理利用自然、在自然能够承载的范围内适度地增加人类的物质财富，在很多情况下

---

① 叶朗. 美学原理 [M]. 北京：北京大学出版社 ,2009:359-360.

② 柯汉琳. 丑的哲学思考 [J]. 文艺研究 ,1994(3).

它又表现为干扰自然进程、违背自然规律、破坏自然美和生态平衡，透支甚至耗尽自然资源。"①科学技术的的确确极大地推动了现代化进程，然而，现代化进程又严重危及我们自己须臾不可以脱离的生态环境，并累积成为越来越庞大的一笔笔"生态赤字"。

我们没有理由拒绝知识经济的到来，也没有理由阻碍科学技术的进步，然而，我们要做的绝对不是将知识和科技当成征服自然的工具，而应该是将其转化成人与自然和谐相处的媒介。

---

① 刘文良 . 敬畏自然：真正的科学观、科学的自然观 [J]. 科学·经济·社会 ,2008(4).

第十一章　自然生态与人文生态的深情相映

——株洲本土作家的生态情怀

　　工业现代化带来了严重的生态灾难，导致了多重生态危机。一是人与自然相冲突，引发了自然生态危机；二是人与他人相冲突，引发了社会生态危机；三是人与自我相冲突，引发了精神生态危机。当前生态问题的核心与关键，是人与自然的关系。重视自然生态危机，消除自然生态危机，对于解决当前日益严重的生态危机来说显然是非常重要的，但生态危机又绝不仅仅限于狭义的自然生态危机，还有社会生态危机以及精神生态危机。要真正解决生态问题，不仅仅是要解决自然生态问题，更为根本的也许还在于要解决社会生态和精神生态方面的问题。自然领域发生的危机，有其深刻的人文领域的根源。生态问题，本身也是社会问题。生态危机最本质的根源是"社会原因"，这是马克思关于生态问题本质的经典阐述。良好的社会生态可以为自然生态提供有序的保障，而不良的社会生态则可以造成自然生态的毁坏。无序的社会生态破坏正常的自然生态，良好的社会生态促进自然生态的良性发展，生态文艺在直接关注自然生态的同时，更应该将关注的目光投向社会生态，通过呼唤健康的社会生态推动良性自然生态的重建。同时，自然生态的恶化与人的生存抉择、认知模式、价值观念、文明取向、社会理想等密切相关。人类不但是自然性的存在，同时也是精神性的存在，在自然生态和社会生态之外，还有一个精神生态系统。生态危机不仅发生在自然领域、社会领域，同时也会发生在精神领域。人类社会中的生态失衡、环境污染正在不知不觉中向人类的心灵世界、精神世界迅速蔓延。"精神污染"，甚至已经成为最可怕的污染。不只是自然生态的破坏可以毁灭人类，人类自身的精神生态严重失衡同样可以毁灭人类自身。而且，人类精神生态失衡所导致的后果还可能远远超出自然生态失衡的后果。回归自然是人类身心健康、心态正常的必由之路，只有回归自然，与自然和谐相处，形成"人天合一"的境界，才是人类精神家园的最终归属。因此，以反映人与自然关系为主要目的的生态文学就不应该只是从自然的角度反映自然生态的问题，也可以甚至也应该从社会生态和精神生态的角度来反映人文生态的问题。

第一节　美好生活感召下的时代轻唱
——万宁《躺在山上看星星》赏评

湖南株洲作家协会主席万宁女士近作《躺在山上看星星》（首发于《中国作家》2018 年第 8 期，获评"2018 中国中篇小说年度佳作"），以"精准扶贫"和"二胎政策开放"为时代背景，集中笔墨叙写了林岚由一个女教师转岗副县长几年间的立体生活轨迹。小山村，山村人，纯朴地方纯朴事，全面小康不停步。小说的时代切入意识很强烈，但也并没有过多地受此局限，而是希望以一种特别的生活仪式感，悄悄地打动读者的心扉，默默地彰显宏大的时代主题。《躺在山上看星星》，3 万字的篇幅，对于天上的星星而言，确实不算多，但也正印证了中国老话"纸短情长"。而且，从小说的题名以及叙写的故事和主要"取景地"来说，《躺在山上看星星》又是一篇难得具有"生态主题"的文学佳作，其间所展示出的自然生态、社会生态以及精神生态内涵真实、厚重而踏实。

一、山村要利用自己的生态优势和乡土特色脱贫致富

"精准扶贫"这样一个题材，到《躺在山上看星星》出版之际已经流行将近 6 年的时间了，按理说也已经到了收获的季节了，因为按计划到 2020 年就要实现全面小康。《躺在山上看星星》虽然不是一个完全意义上的精准扶贫题材小说，但其间作为线索推进的精准扶贫是成功的，甚至是卓有成效的。偏远的小山村终于依靠发展特色产业、特色旅游而成为网红村，特色农产品甚至一度断货。精准扶贫，扶的是智慧，扶的是特色，扶的是志气。自从 2013 年 11 月习近平总书记在湘西十八洞村首次提出"精准扶贫"理念以来，扶贫终于找到了科学的方向，踏上了高速铁轨。数以万计的贫困村依靠自己的乡土特色和曾经被严重忽视的发展潜力，在扶贫队的帮助、引导和带领下，纷纷走上了摘帽（贫困之帽）的幸福大道。

这不，林岚在王家湾蹲点时，做得最多的也就是深入调研。她细细体察村子的民情风貌，认真分析村子的资源优势，积极引入社会资金，将王家湾开发成了度假村，而且通过网店的方式让村里原本"土得掉渣"的各式农产品都成了城里人争先抢购的香饽饽。只要找准了脱贫的路子，勤劳的村民想不发财致富都难。"村里日子好了，女娃妈妈回家了。"这一情节最是经典。男人没有留得住媳妇，孩子没有留得住妈妈，为什么？抛开伦

理道德不说，就因为深度穷困。精准扶贫，也就是"让妈妈回家"工程，贫困山村不再缺少女人味，留守儿童不再缺少慈母爱。全面小康如何实现？扶贫造血是主渠道。实际上，十八大以前乡村扶贫就已经坚持很多年了，但效果却有些让人尴尬："来村里帮他们脱贫的人来过几拨，什么'三走访，三签字'，来一趟村里，拿个表格要他们每个人签个名，证明来的干部与贫困对象拉了家常、算了收入、询问了需求，可到最后，村里还是有好多人贫困。"究其原因，最根本的还在于缺乏"精准"意识，大队人马，熙熙攘攘，上午过来，下午回去，看看现场，走走过场，递个红包，送点粮油，没有培养贫困村民干事创业的精神，倒是惯坏了他们等靠要的毛病。

党的十八大以来，以习近平同志为核心的党中央先后在党内开展了三大教育活动，党的群众路线教育实践活动，"三严三实"教育实践活动，"两学一做"学习教育活动，都取得了突出的成效，这在《躺在山上看星星》中得到了很好的艺术表现。首先是机关工作作风变好了。第一女主角林岚的工作热情和务实作风自不必说，从其他人的身上我们同样看到了令人欣喜的转变。尽管作品中出场并不多的石在研县长后来可能未能避免"被调查"，但他的每一次出场都是充满正能量的——防汛抗洪稳打稳扎、思路清晰、细心周密，被林岚无意中"抢"了风头后能够淡然处之。他后来犯了什么错误而被追查，根据小说的暗示，应该是因为多年前出现的事情而被牵连到，但可以肯定的是，"十八大"后，他已经成了一名合格的县长。女镇长全乖妹不仅人长得漂亮，做事也非常有头脑有章法，虽然有一段时间因为保胎的特殊原因而没有坚守工作岗位，但总体来说，她雷厉风行的工作作风为百姓广为称道。

当然，在民风、社风、行风以及领导干部工作作风不断向好的大好形势下，万宁也不忘善意提醒我们要有"任重道远"的危机意识和责任意识。形式主义仍然不愿放弃它长期以来不断巩固的"阵地"，形形色色的会议依然很多。当然不是说不要开会，但如果是每一个会议都要求相关或不相关的人员都得参加那就有些过分了。这不，林岚副县长宁愿"躲"到条件艰苦的乡下去蹲点扶贫，也不乐意参加一些不相关或关联不大的会议。还有，一个刚刚考上公务员的小伙子头天晚上为了赶材料，凌晨两点才休息，第二天却因听报告时犯困闭着眼睛而被纪律检查组拍到并登报批评。最终，小伙子发起飙来，卷铺盖走人了。这当然不可能是万宁在为这些干部开脱，而是她委婉地批评、善意地提醒我们形式主义可以再少一点，毕竟还有大批的要事、实事等着我们去完成。

著名作家周立波先生说过："伟大的艺术家是时代的触须。"[①] 一个好的作家，他的生活领域可以有盲区，但他的时代触角却不能轻易地打折扣。习近平总书记在全国文艺工作座谈会上指出，"我国作家艺术家应该成为时代风气的先觉者、先行者、先倡者，通过更多有筋骨、有道德、有温度的文艺作品，书写和记录人民的伟大实践、时代的进步要求，彰显信仰之美、崇高之美。"[②] 只有具备敏锐的时代感知，一个作家才能让自己的创作真正做到"以人民为中心"，也才能以文学艺术这一特殊的话语形式推动时代前进的步伐。当敏锐的时代触角与鲜明的责任意识实现艺术碰撞的时候，作品的渗透力、感召力就有可能汇聚成为一股股颇具震撼力的正能量效应，激起读者的心理共鸣。

---

① 周立波. 周立波选集：第 6 卷 [M]. 长沙：湖南人民出版社,1984:5.

② 习近平. 在文艺工作座谈会上的讲话 [N]. 人民日报,2015-10-15.

二、善接地气的帮扶才可以赢得乡亲们的赞许和配合

时弊是一个时代负能量的衍生物，但时弊也可能正是这个时代革新和前进的推动因素。《后汉书》中的"针砭时弊，月旦社会"，原本用来品评人物，而现在常常用于比较文雅地说长论短。"针砭"又叫作针石，李时珍在《东山经》里说："高氏之山，凫丽之山，皆多针石。"本意是说用针刺、砭刮治病。"时弊"主要是指当今社会中常见的一些恶习、弊病或者不正之风。针砭时弊，也就是指借助文学作品的故事题材和人物形象，将现实社会中不合理的现象或轻或重地揭示出来，加以抨击，以期校正。其实，时弊并不那么特别可怕，关键是我们以一种什么样的态度面对它，以一种什么的方式处置它。《躺在山上看星星》也许能带给我们某些启示。

"这个社会，在任何时候都不缺少指手画脚的人，他们指望乡村原生态，可是自己却又要逃离。"万宁看似平静的叙述中隐含着一针见血的批评。很多事情，说起来很容易，而做起来却是百倍艰难。更何况，有些人永远只是要求别人怎么样，而自己只想做轻轻松松的局外人，甚至是偷偷地躲在一旁，等别人即将成功的那一刹那跳将出来大喝一声"还有我"。另外，还有一群职业"喷子"，不管你说什么做什么，也不管是对还是错，他们无一例外地都要喷一喷，以彰显他们的存在，体现他们之所以为人的价值。这些人总把自己幸福的希望寄托在别人的勤奋和牺牲上面，把自己的存在感寄托在歪曲事实、扰乱局势的戏耍上面，这样的"救世主"我们不要也罢。

近几年来，形式主义之风已经在很多领域得到了有效遏制，但类似于"陪会""造势"这样的事情还是经常发生。"第二天早上七点，林岚坐在车上，还在傻笑，只是回青山县的高速公路上起了浓雾，县政府办公室一个电话又一个电话地打过来。林岚解释，'路上大雾，车子只能慢慢开。'她

心想，有什么，又不用我讲话，少了我，只是少一个人而已，催什么呢？一个领导的活动，为啥跟个一大帮人。林岚不懂。"睿智的万宁一语道破天机，什么时候形式主义被真正遏制住了，领导干部也好，普通员工也好，就可以有更多的时间更充沛的精力干好自己最重要的本职工作了。

《躺在山上看星星》对时弊的针砭之所以能够产生震撼效应，笔者认为主要在于作者万宁内心里面有一股子"土"气，说白了就是能够做到眼睛向下，善于深度挖掘生活。"村里四面环山，常有蛇出没，而世间万物，一物降一物，祖辈传下来，在房前屋后养几只鹅几只鸽子，蛇就会绕道走。"读到这里，读者自然会心中一亮，又学到一门知识了，回头还得看看自己乡下的老妈是不是这样做的，如果不是，那么赶紧想办法帮老妈落实落实。"全乖妹去了省城医院，抽血化验，她的身体一切完好，可以生育，只因她是熊猫血型，一般会与老公的血型对抗，怀孕两月时，如果注射一下老公的血清，以后每隔一段时间再注射一次，保证就能生个健康宝宝。"天哪，这哪里只是乡村闭塞啊，城里难以受孕的高知夫妇恐怕也不见得知晓这医道吧。看来将农村女人不孕而离婚全怪罪于男人的无情无义也不是那么妥当，"暴殄"医学知识必然会导致相应的后果。

作为一个善于深入百姓代言民生的作家，对于朴实村民的小小私心，她往往会持一种比较宽容甚或默认的态度。小说有一处细节笔者觉得处理得非常成功。因为山蛇的价格不菲，王家湾村的村民们便全山搜索，大肆捕蛇，不管是毒蛇还是安全蛇，抓了就卖，这当然是破坏生态的不义之举。而随着作者笔锋一转，"等村里一拨出去打工的人回来说，我们是一百多块一条卖出去，人家是一百多一斤卖给客人，划不来，还不如抓了我们自己吃。有在城里做大厨的，回家给大家做过几回，村里各家各户也就都学会了，嘴痒了，也会去山上捉一两条，但不卖钱了，他们觉得山里有蛇还是好一些"，生态保护的效果自然水到渠成。虽然村民们偶尔也会逮一两条回来治治嘴痒，但毕竟不会造成蛇族的消亡。这样的情节处理便会因为真实而可信，也会因为契合民情、配合国策而受到欢迎。

习近平总书记强调，文艺工作者要想有成就，就必须自觉与人民同呼吸、共命运、心连心，要始终把人民的冷暖、人民的幸福放在心中，把人民的喜怒哀乐倾注在自己的笔端。这就要求我们的文艺工作者"欢乐着人民的欢乐，忧患着人民的忧患"，既做一个社会问题的审视者，也做一个群众心声的代言者，用文学艺术特殊的魅力促进问题的解决，助推社会的进步。应该说，万宁通过《躺在山上看星星》为我们做了一个很好的诠释。

三、鲜活的生态融会着作家巧妙的叙事与睿智的哲思

"文艺的生命在于打动人，在于推动文明进步，而文学艺术能不能打动人，关键还在于作品中所蕴含的思想光芒、人文情怀具不具备掀起读者、听众、观众情感波澜的艺术魅力。"[1]作品主旨、叙事艺术、情结情怀，都是决定文学艺术成败的关键要素。语言新不新鲜，节奏合不合理，韵味悠不悠长，这常常也是检验一部小说可读性强不强的重要标准。应该说，《躺在山上看星星》在这方面做得不错。"那些重重叠叠的山峦，墨黛凝重，云烟翻涌，近前的雨水呈疯狂状，往玻璃窗上扑打，一阵一阵地，汇成一股股水流，时不时花了人的视线。"小说开篇通过对"恶劣"环境的描绘暗示主人公将会经历一场非同寻常的坎坷的写法在小说创作中非常常见，很难

---

① 刘文良，罗依坤.文艺的责任与担当：由曾海民《挺过两百天》说开去 [J].湖南工业大学学报（社会科学版），2015(4).

给人新鲜感。于是，作者独辟蹊径，通过别致的叙述来激发读者的阅读兴趣。"疯狂"的雨水，往玻璃窗上"扑打"，"花"了人们的视线。这些对于窗外暴雨的形象描绘，不仅让我们感受到了一丝丝清新，更让我们为副县长林岚的履职捏上了一把小汗。诸如此类鲜活而富于想象的语言，在这部小说中很容易就可以搜索到。"林岚看到了自己的优势，高学历、无党派又是女性，如果自己还是少数民族，那就是传说中的'无知少女'，只可惜她祖祖辈辈都是汉族，但除此之外，她仍然有优势。"尽管"无知少女"是一个老段子了，但放在这样一个具体的语境中，仍然能让我们读出一种别样的感觉。因为这里的特殊语境就是，林岚对于日复一日、年复一年重复上课的内容已经有些烦腻，而且还处于评职称失利的情绪低谷中，通过自我调侃和解嘲的方式放松一下，毕竟有利于身心健康。

小说的节奏控制很重要，推进得过于快速，就难以铺开全景，也难于设置和激活悬念。作为中篇小说来说，更需要作家有很好的全局意识和把控功底，既不能让其成为"缩微景观"，也不能让其走向长篇。在节奏处理方面，万宁一方面采用了传统的插叙、补叙等叙述方式，适当地宕开笔墨，延展情节，扩容增效；另一方面，就是巧妙地结合文字艺术实现节奏和语言魅力的"二重奏"。"村民说这是王家湾的古城堡。虽然破败得看不清原貌，山风戚戚中，它们的沉默不代表这里没有发生过故事。"是啊，这种情形并不代表这里没有发生过故事。既然是古城堡，肯定有故事，而究竟是什么故事呢？读者可以尽情地发挥自己的想象，而且每个人都可以形成适合自身心理需要的想象。"人的心一旦安静，眼睛才会望得更远，看星星也能看到它们的脸，闪烁的眯眼，弯起的双唇，还有它们脸上的颜色，橘黄、淡蓝、浅红、深绿，像极了小时候眼睛里的万花筒，自己稍稍动一下，星空的图案与颜色立马更换，奇妙得人在瞬间成了白痴，只会傻傻地看着。"读着这样奇幻而真实的描述，相信习惯于关注小说情节发展的读者也很难做到不慢下来细细品味这优美的画境，仿佛自己也就是一个快乐的白痴。

不得不说，《躺在山上看星星》良好的可读性还来自富有哲理意味的语言。"能说出下属想要说的话，肯定是个好领导。""工作就是这样，按上面提的要求，落实到下面，满意买账的少，苦就苦了做事的人，立在中间，明明茫然，却不能做出茫然状。"做一个优秀的下属实乃不易，做领导的，是不是该经常换位思考一下呢！"摊上有钱人家，人生其实是另一番苦。尽管林蒙从不说，可是从她的眼神里，能知道她的世界并不全是外人的那些羡慕。"幸福有时候就那么简单，钱还真不是最关键的。面对"代孕"这样一个充满伦理争议的现象，作者也不忘用一种哲性思考表达出自己的怀疑。"有时她也会傻傻乎地思考生命，自古以来，我们的个体生命源自两个生命在某一刻的冲动，在那个过程中，一般情况下是有情有爱的，即便没有情爱，也绝对有荷尔蒙的亢奋，那是两个生命一起创造的结果。可是如今人类连创造生命都知道偷懒，一个生命的产生，可以不用两个生命在一起碰面，他们甚至不曾谋面，只要一个玻璃试管。"如果真的是爱情坚贞的夫妻由于自身的生理原因导致无法怀孕而不得不借腹生子，那还可以引起人们的同情，但如果是因为"偷懒"或者担心身材走样而寻求代孕，那恐怕就只能说是人类的悲哀了。

好文章，一定是文学家"自觉坚守艺术理想"的结果，是文学家"不断提高学养、涵养、修养，加强思想积累、知识储备、文化修养、艺术训练"[1]的结晶。"人就是怪异，吃个鸡蛋，还要去认识一下生蛋的鸡，还想

---

[1]　习近平.在文艺工作座谈会上的讲话[N].人民日报,2015-10-15.

了解鸡的居住环境。"会心一笑之余，还可以触动我们哪根神经呢？估计就是尼采那根哲学神经了。《躺在山上看星星》让我们看到了作家万宁颇为不俗的文学功底，看到了她深厚的文学素养以及用智思驾驭情节、语言以及意境的能力，更可以隐隐约约地看到她伏案凝神、豁然开朗的写作场景。

四、立体丰满的人物塑造与生态的多元特性相映成趣

人物塑造是小说创作关键中的关键，人物塑造成功与否，直接关系着小说主题的深度，关系着小说是否能激发读者的共鸣效应。作为一个小中篇，《躺在山上看星星》的人物关系并不错综复杂，作者也无意于将人物关系网编织得非常复杂而让读者产生敬畏感，而是意欲通过每个人物"可以怎样、应该怎样、就是怎样"的刻画，让他们各归本位，从而让每一个人物，无论出场次数有多少、出场时间有多长，都能让我们感觉到"恰好"。

林岚是小说的叙事主角，作者对林岚的塑造可以说是极其成功的。林岚的身份是纯粹的，以前是教师，现在是副县长，要说有什么不一样，那就是她是女副县长。可喜的是，作者并没有赋予这个"女"字性别之外的内涵；除了性别之外，这个"女"字不代表也不意味任何其他的什么，没有一些读者想象或期待的"美女副县长""美女下属"等内涵。但也正因为这个"女"字，林岚的身份又是多元的，妻子、母亲、女儿、妹妹、闺蜜，从而又牵出各种关系与问题。她之前是大学里教林园设计的老师，几个月前，因为评教授失利，正处于情绪低落的时期，偶然间接触了一张关于招考县处级干部的启事，"她安安静静地看着，内心却在翻江倒海，她抬头望着格子间的同事，每天上课下课，面对总是青春的脸庞，每年说着类似的话，说是在传授知识，而这些知识在他们今后的工作或是生活中，能用多

少却是未知。"我们很难说林岚从教师队伍的"出走"有多么值得鼓励，也很难说她这样的认识究竟是高尚还是肤浅，但我们不得不说，这就是人生，是真正的人生。我们只能说，钱钟书的"围城"效应在任何时候都有它的市场，而无论在什么岗位上，只要能发光发热，人生就是精彩的。

转岗之前林岚是大学教师，转岗之后林岚是副县长，不管是哪一个岗位，都决定了林岚为人处世、讲话发言都应该是很有修养的，是有风度的，但一旦被逼急了，她也会有泼辣撒野的时候。这才是真正的生活，这才是人性的丰满。小说无意于将林岚包装成为一个完美的淑女型领导，也无意于将她圈定为一个十足的贤妻孝女。她是有自己的个性的，也是有自己的追求的。为了自己的事业，她甚至不惜偷偷服用"白色药片"让老公多少个夜晚的卖力都成了"瞎折腾"。善意的谎言也是欺骗，严肃地说，林岚没有尽到贤妻的责任，但这完全没有影响到我们对她的好感，对她的认可和肯定，也许就因为"这就是生活""这才是生活"。

不只是林岚，小说中出场的人物，但凡在情节推进中发挥了比较重要作用的，都能让我们感受到血肉之于灵魂的意义。县长石在研、丈夫郝民、姐姐林蒙、姐夫言咏、镇长全乖妹等人物形象，其三言两语、举手投足之间就能给读者留下深刻的印象，这很大程度上得益于作者对人物形象驾驭的轻车熟路。全乖妹，这样一个镇长，在山洪极有可能暴发的情况下，竟然心安理得地在家里保胎，而让一个仍处于哺乳期的副镇长夏花花带着孩子在镇里值班。对此，不只是林岚这个副县长，就连我们读者都可能会很愤怒：这是什么样的官僚做派？而且还是在十八大之后！然而，随着线索的推进，渐渐卷入我们眼帘的全乖妹却是一个很认真很活泼很能干很能替百姓着想的好镇长，能做乖女人，能开小玩笑，能想主意，能干事情，也能愤世嫉俗。

而即使是一个没有介绍名字的"女娃",在小说中也就出场了两次,但同样给我们留下了非常真实而深刻的印象。"从这些人家走出来,林岚总是要沉默好久,像今天,她走进全福满家时,看见他家七岁的女儿站在小板凳上炒菜,小手抓着锅铲,在一口巨大的铁锅里翻动着二三十片扁豆,稍不平衡,人就会栽进锅子里,当然这是林岚多余的担心,女娃在灶台边麻利得让人不敢相信。"穷人家的孩子早当家,作者凭借对七岁女娃特别瘦弱但不失精干的白描以及锅里"二三十片扁豆"的强调,真真切切地戳中了人们的泪点。巨大的铁锅,是因为穷人家做饭炒菜的锅可能跟养猪煮潲(猪食)是用同一口锅,而"二三十片"与巨大铁锅则构成一个非常鲜明的反差。下一次再见到她时,名字依然只是"女娃",但这一次却境界大为不同。"正说着,厅屋有女娃喊婆婆,林岚随乖妹妈走出去,女娃端着瓦钵,说她娘酿了发奶水的甜酒。乖妹妈接过瓦钵,嘴里道谢着,把白糯糯的甜酒倒进自家钵子里,洗了瓦钵,放进十个红喜蛋,女娃端着,出了门。"女娃依然是那么的懂事,但喜庆的氛围不由自主地洋溢开来,甜酒、红喜蛋,更重要的是原本因为穷困而离家出走的女娃妈妈回来了!

妈妈回家,一个看似不经意的场景,却饱含着丰富且不乏深刻的含义。暂且不论这位妈妈的道德品性究竟如何,这一情节所展示的现象在贫困的农村绝对不是孤例,贫困的生活下确实衍生了无数的痛苦与无奈。从某种意义上来说,这位因穷而逃、因富而归的妈妈也有了足以让人感慨好一阵子的辛酸、无奈、逃避、希望、幸福的情感发展史。我们无意于对这位妈妈进行道德审判,"无论是乡土文学还是城市文学,人性之'恶'无处不在弥漫四方。贫穷的乡村几乎就是'恶'的集散地,每个人都身怀恶技。""文学的价值更在于表达了其他媒体不能或难以表达的世道人心和价值观。如果文学对当下生活的新经验不能进行令人耳目一新的概括，不能提炼出新的可能性而完全等同于生活，并以夸大的方式参与'构成时代氛围'，那么，文学还有存在的必要吗？"①这位妈妈的表现，甚至可以说是作者万宁的刻意安排。物质扶贫是重要的，而精神扶贫的意义也许更加深远。

星星点灯，只为照亮你我家园。总的来说，《躺在山上看星星》是作家万宁女士又一篇佳作，是一曲美好生活感召下的时代轻唱，其立意高远、文笔酣畅。小说的背景，除了精准扶贫之外，还有放开二胎政策时社会及某种人群的心理氛围，而林岚身陷其中，以她的视角看到的是世俗的纷乱与现实的凌厉。小说中的林岚，扶贫是她工作的一部分，其副县长的身份也毕竟牵扯到各种其他事务。当然这些并不是重点，重点在她的内心，在她对这个世界的看法。小说情节通过两条线索延展，一条是林岚工作所在地，一条是她的生活所在地，来来又往往。她生活的环境是立体的，夹杂着政治、经济因素以及或多或少的社会乱象。作为一个严谨惯了的教师和公务员，她的生活是有态度的，而她的态度隐藏在故事情节中。扶贫只是一个载体，小说写的仍然是世道人心。世道，是社会与时代；人心，是人性与心灵。好的小说是立体呈现客观生活的，是不特意粘贴某种标签的，在虚构与非虚构之间，作者用心表达就好。如果说一篇小说完美到让人找不到任何瑕疵，那对于所有作家来说恐怕都是一种谎言。笔者以为，《躺在山上看星星》如果能将结尾再优化一下，很有可能会更有看点。小说以林岚在一种"无厘头"情况下被带走调查或协助调查为结尾，而且，相对

① 孟繁华.写出人类情感深处的善与爱：关于文学"情义危机"的再思考[N].光明日报,2019-03-27.

于一个 3 万字的中篇小说来说，林岚这样一个正能量满满的好干部接受无端讯问的篇幅比较长，无形当中也在一定程度上减弱了正能量的威力。当然，瑕不掩瑜依然是这部小说最恰切的注解。文学艺术，必须坚持"以人民为中心"的创作导向。"作为为人民的艺术，就应该尽可能地满足人民的多方面需求，一方面，我们可以用纪实性的艺术作品书写自己对现实世界的认识和体悟，另一方面，也可以用浪漫主义创作抒发人类对过往历史的回味以及对未来世界的美好憧憬。"[①] 很显然，万宁是有责任感的，她的责任感就在于虽然暂时也许还谈不上为时代树碑立传，但终归在做着反映百姓心声、回应民生需求、推动社会进步的美善之事。在文学艺术这样一片心灵家园里，需要有更多的万宁们，坚持与时代同步伐，坚持以人民为中心，坚持以精品奉献人民，坚持用道德引领风尚。的确，作为新时代的作家，要扎根人民，自觉践行社会主义核心价值观，"立足中国现实，植根中国大地，把当代中国发展进步和当代中国人精彩生活表现好展示好，把中国精神、中国价值、中国力量阐释好"[②]，讲品位、讲格调、讲责任，将千百年来积淀、优化而成的中华民族伟大基因传承下来、弘扬开去，为实现中华民族伟大复兴的中国梦而奉献出文学艺术应有的动能。

---

① LIU Wenliang, Hu Yue, MA Xianghui. Mutual Reference and Integration of Ecological Documentaries and Ecological Feature Films [J]. *Argos*,2018(70):101.

② 习近平在看望参加政协会议的文艺界社科界委员时强调：坚定文化自信把握时代脉搏聆听时代声音 坚持以精品奉献人民用明德引领风尚 [N]. 人民日报 ,2019-03-05.

第二节　食人间烟火　讲本土故事　传中国声音

习近平总书记曾在多个场合强调，艺术家只有解决了自己的历史责任和社会担当的问题，在我们的作品里面才能找到它的正能量，找到它的价值观，有助于社会、心灵、生活、家园的和谐。文艺的生命在于打动人，在于推动文明进步，而文学艺术能不能打动人，关键还在于作品中所蕴含的思想光芒、人文情怀具不具备掀起读者、听众、观众情感波澜的艺术魅力。一个文艺家，一部文艺作品，最怕的就是"不食人间烟火"。文艺家应当善于立足本土、立足当下、立足人民，将自己的思想和艺术眼界从中国本土向全世界拓展，以中华精神和中国元素为内核，生动、形象、诗性地向世界人民讲述中华好故事，将社会主义核心价值观、中国人民的梦想与全人类共同追求的向真、向善、向美的精神境界进行有机对接和延伸，通过展现中华民族的特殊魅力吸引世界目光转向东方。

一、《江山无限》：江山美，美在自然更美在人文神韵

彭雪开先生的散文集《江山无限》（湖南文艺出版社，2002年版）摆在我书橱显眼和顺手位置已经很长一段时间了，时不时地我就会翻开来读上一两篇文章。掩卷沉思，泱泱中华，几多辉煌几多失落，悠悠几千年，演绎多少人间悲欢，民族盛衰，国家兴亡事。英雄悲泪，奸贼当道；荣枯进退，是非功过；内忧外患，国恨家仇；江山易主，世情冷暖，皆历历在目。区区15万字，催人感慨万千，心潮澎湃。我一直在想，是不是时间的流逝会慢慢地冲淡我心头的涟漪。然而，事实并不是这么简单，每读一篇，

每尝一遍，都会受到一次新的震动。直到有这么一天，我心中的波涛越来越汹涌，以至我无法强作平静。于是，我想记下这些感受，但愿能借此打开心中的积思，告慰作者的辛劳。

先说说《江山无限》的作者彭雪开先生。彭雪开1953年出生在攸县，长大后当兵、务农、做工、读大学、任教、从政、写作，在醴陵市担任党委、政府领导职务10年后，调入当时株洲师范学校任党委书记，后来院校合并到了如今的湖南工业大学，目前是一名退休教授，致力于研究地名文化。头戴一顶老旧草帽，穿紧身衣服防滑胶鞋，腰间一边斜挎水壶一边别着一个小纸本的他，不分季节、寒暑、节假日，深入湖南的村寨集镇、高山大岭、深山野谷、丘冈平原、寺院庙宇、古迹胜景，甚至荒村废址等地，进行地名考察。十余年来，他走遍全省14个市州，110多个县、市、区，1100多个乡镇（村），行程2万多公里，完成了100个县级以上行政区地名的"前世"源流考释和1000个乡镇村区划地名的"今生"历史文化阐述。出版了《株洲古今地名源流考释》《湘东地名文化纪事》《湖湘地名纪事》（1—4卷）等研究著作。其中，《湖湘地名纪事》入藏斯坦福大学东亚图书馆。这些开创性的成果确立了彭雪开先生在地名学方面，尤其是县级行政区古地名研究领域省内乃至全国的学术权威，中国地名研究所研究员、地名学会副会长商伟凡曾称赞他"出道较晚却成就斐然"。彭先生对于祖国河山的热爱，对于"原生态"的着迷，无不尽情地凝结在《江山无限》中。展开《江山无限》，一股浓郁、凝重的史学气息扑面而来。作家心头的凝重叠在历史的凝重之上，一幅幅凝重的画面便深深地烙在每一个读者的心里。它以祖国江山为载体，从一个新角度、新层面，展现了中华民族拼搏、奋斗、自强不息的发展史。作者钩沉史迹，纵横现实，通过大量的实地考察，丰富的资料搜集，缜密的古籍考证，将凡是与祖国江山在时间、空间上相涉的地理、历史、人物、文化等尽收笔端，娓娓道来，汪洋恣肆。悠悠历史，漫漫江山。作者所触之处皆为祖国江山，而所述之景无不据史。《江山无限》近70篇，每一篇都是一处江山，每一篇又都是一杯历史。我们可以毫不夸张地说，《江山无限》就是一部中华民族的史诗。中华民族的屈辱，中华民族的抗争，中华民族的崛起，在这里都能找到"见证人"。故宫、圆明园、刘公岛、骊山、湘西草堂、滕王阁、朱张渡口、避暑山庄、大雁塔、长城、兰亭、孔林、蓬莱、泰山、西双版纳、岳麓山、葫芦岛、岳阳楼、驻马河、沈园，等等，等等。这不正是一个风景名胜缩微图，每一处景观都值得游赏。努尔哈赤、林则徐、孔子、杨慎、李泌、项羽、王夫之、王勃、秦始皇、楚文王、唐玄宗、杨贵妃、松赞干布、文成公主、朱元璋、李斯、岳飞，等等，等等。这分明又是一个历史人物画廊，每一个人物都值得品读。欣赏彭雪开的散文，我们惊叹的并不是彭先生广泛的游历，我们感叹的也不只是彭先生优美的文笔，而是彭先生深厚的历史功底。对于祖国的诸多风景名胜，古往今来多少骚人墨客歌咏过，吟赞过，但其笔到之处多为"风景"，而像彭先生这样注重从历史从文化的角度来记风景名胜的却不多见。彭先生的博学实在是值得佩服，以景带史，以史托人的艺术境界可谓美轮美奂。试想想，如果没有对中国历史的广泛而深入的了解，要写出这样有深度有内蕴的散文是不可能的。实际上，彭先生也正是通过这种方式，让世人更加懂得保护生态的重要性。试想，如此精致如此完美如此可爱的大好河山，谁又忍心去破坏呢？谁破坏谁就是罪人！

一篇散文，即使记景也写史，而如果没有深邃的思想的话，恐怕也称不上佳作。幸运的是，《江山无限》在描述景观、再现历史的同时，又融入了作家可贵的哲理思考，融入一种可贵的现代思索。抒写江山、回望历史时又不忘叩击人类的思维，这或许正是《江山无限》最为动人动心之处。在这里，很多景观甚至成了某一哲理的代名词。"人是环境的产物。自从西方古哲人，举起这面心旗以后，世代就在人类的心岸上，高高飘扬。然而，人类又恰恰忘记了另一面：人又是环境的对立物。人类创造了无数个文明和亚文明，但任何文明，又是一种痛苦的对抗。在创造各种文明时，我们有时又自觉不自觉地毁坏文明。人是自然之子，但做儿子的偏偏爱在母亲身上，不停地榨取，使它变得丑陋不堪，不可忍睹。""但愿这块神奇秀美的土地上，在世象繁华的今天，那些热带雨林，不仅仅在植物园地里，应在山野，在平川，在一切可以生存的地方，以特有的生存方式，与人类与我们共处，让这一面面绿色的旗帜，在我们有些干渴的心地上，永远地呼呼飘响吧。"这是《绿的无言》对保护环境的一种倾情诉说。"是的，一个人要成为某种精神殿堂崇拜的偶像，肯定与凡人不同。他必须有坚定的信念，执着的追求；有不畏艰险，自我牺牲的精神。他在精神的炼狱里，苦受煎熬，不改其志节。"这是《七重劲翼》对成功者的礼赞。"封建帝王们，总在纵欲与求长生中，作两难选择。事实上，这种选择是可怜而可悲的。他们在泥沼中，越陷越深，不可自拔，连秦皇汉武都不能避免。然而历史上的许多政要大贾，文人墨客，学人士子，平民百姓，大都跌入那种虚妄的传说里，拜倒在海市蜃楼的胜景中。这是多么沉重的回想。"这是《识得蓬莱始为君》对古今悲剧根源的探求。"有时，一个没有英雄的民族，是可悲的民族。这是一种文明衰竭的象征。玛雅人曾在巴西的丛林中，创造了可与埃及比肩的灿烂文化。然而，不知何故，西班牙人入侵它时，这个民族，居然没有英雄振臂一呼。他们悄悄地退入丛林，在潮湿昏暗的雨林中，无声无息地生活着。他们创造的玛雅文明，也就成了暮鸦回旋的废址。那一片苍苍的文明印迹，在落日余晖里，无奈地啼哭它的悲哀。"这是《英雄纪念碑》对民族魂魄的呼唤和呐喊。正是融入了作家深邃的思想，彭先生的散文显示出一种知性对感性的超越，他并不满足于对历史的单纯感悟，而是用近乎史学家考证的眼光，深入历史现象的内部，洞悉其本质或规律性的东西，让他的散文闪耀着知性的光芒，从而获得一种冷峻的艺术张力。

《江山无限》不仅饱蕴着深厚的历史底蕴和人文精神，更弥足珍贵的是它还包含着太多的学者型散文的因子。且不说访古、石刻、碑文、历史、传说、民俗、宗教的直接考察及探幽揽胜，作者还将整个踏访视为探索中华文化的学堂。在写作中，彭先生很善于用一种以小见大，再由大化小的方法，叙述的是细节，而真正展示的则是历史大背景，从多角度讲述历史的变迁，表现出探索历史本相的科学精神。他也非常注重历史的厚重感和阅读的趣味性，用艺术的手法化解历史的艰深和枯燥，充分体现了一个成熟作家的艺术才华。《逝去的风景》讲述的是云南的马帮生活，文章对马帮的背景、马帮的组成、马帮的生活习惯等做了细致的描述，极具历史掌故的趣味性。整个散文似乎意在展示云南马帮的历史，而其真正的主旨还在于反映社会的发展、时代的进步、民族的强盛。情感的自然流露尽在这"醉翁之意"中。当你游览秦陵，观看气势不凡的兵马俑时，你会做何感想呢？彭先生用一种钻探历史的目光，透视着这些神态各异的陶俑。"不过，你用心灵的羽翼，轻轻地拂去它们身上的尘埃时，你就会发现：这些秦俑在齐整的身姿步态中，已渗透着人生的苍凉。有的庄重果决，那是一统六国、定尊于一的爱国情态；有的阴沉、凶悍，那是战场上生死搏杀的嗜恋；有的脸容苦涩，似乎淋浇了太多的社会苦汁；有的幽默豁达，一副对人生社会乐观情怀；有的木然无告，像是被人摔入痛苦深渊。这确是幅生动的风尘世俗画，那画里布满着希望，寄寓着前景，更体现了时代冷酷与严峻。"这《迷乱的画卷》，绝非一个走马观花，不谙历史的观光者所能描绘出来的，也不是一般作家的认真细致所能奏效的。正因为有了切身的感受，有了深沉的思索，很多在内心深处反复体验、思考过的历史问题，一旦迸发出来形诸文字，就产生了一种现实的震撼力。

反思过去，解读历史，为的是开拓未来。不错，彭先生岂肯"忘本"！欣赏《江山无限》，我们分明能读到彭先生那深重的忧患意识，那强烈的社会责任感，那拼搏进取的精神。《读泰山》有云："然而，我对人们畏惧泰山的心态，确难以理解。登泰山时，我看到许多香客，走进碧霞元君寺，烧香跪拜；虔诚地步入宋坊神殿，祈祷有加；不少农妇登上岱顶，凿石成粉，拿回家做药引子，以镇邪祛病。而泰山石敢当的传说，就断然把我推入无极的深渊，飘飞的心魂，时时感到痉挛。这些当地百姓自古津津乐道，信以为真。如今，泰山周围建民房时，总不忘把'石敢当'的石碣，嵌入后墙正中，以降恶避邪，禁压不祥。我不怀疑这种传说的世俗价值。但泰山在这里，已完全神化了，一块小小的石块，居然威力无穷。自然物的神化，是不幸人们心灵的寄托。今天，一个在世界之林中自强的民族不应有这种心态。我们应告别这些低微无望的精神荒地，昂起会思索的头颅，寻找自己的路。"这种忧患意识是何等鲜明！一个民族的存在，一个民族的兴盛，不能没有民族精神。对于中华民族伟大的民族精神，彭先生向来都是礼赞的。《登龙门》一文中，对于几代道士历经36年才完成"达天阁"工程的凿山精神，彭先生非常感动："在极端艰苦的环境中，完成这浩繁的工程，需要的是一种勇气、毅力，还是信念？这些道士、文人、石工，没有工钱，全是义务。为了积功德以厚来世？为了修善行让人观览？这或许有一点。但据我观察，这不是主要的。……在一种精神园地里，他们充分地放逐了自己，很难用一种世俗目光，关注他们的举止行为。"用今人的思想烛照历史，从今天的角度洞察历史，打通古今，才使历史研究获得了现代含义，才使现实超越历史，从而真正起到借古鉴今的作用。

"我们走进这座历史的宫墙内，当年那种逐渐衰弱的脚步声，已飘逝在辽远的太空。我们中华民族早已挺直脊梁，今天又在世界浪潮中，奋力拼搏了。我们强劲的脚步声，已叩响全球，历史上那种病弱的声响，我是再也不愿听到，但愿这是对先辈们的最后一次绝听！"这当然不是《江山无限》最后的绝响，但彭先生《避暑山庄》里的这段话确实有些振聋发聩，因为它正代表了彭先生也代表了当代中国人那拼搏进取、自强不息的精神。《江山无限》尽管没有将主要笔墨落在优美的自然景物和令人神往的生态环境上，但我们从字里行间领悟到的却分明又是满满的生态情、浓浓的人文意，这是自然生态与人文生态的妙合无垠。

二、《仙庾岭》：株洲美，美在风景更美在风景守护者

从株洲市区东行十余公里，缓缓的丘陵山峦之间，有一峰挺立，就是仙庾岭。仙庾岭系株洲市四大省级风景名胜之一，被称为远古散落株洲荷塘的奇异"珍珠"。仙庾岭之所以成为风景名胜，除了风景确实优美之外，更得益于地方政府对生态环境的高效保护，得益于其独特而深厚的历史和文化底蕴，孝文化、宗教文化以及名人文化，为这处闹市边缘的风景赋予了浓郁的人文内蕴。仙庾岭又名仙女岭，相传唐玄宗之孙李豫的妻子沈珍珠（修行后改名李慈惠），为躲避"安史之乱"，来到这里修行成仙，因此

而得名。仙庾岭，"仙"就是指李慈惠仙姑，"庾"则是囤积粮食的地方，"仙庾"寄托着当时当地人渴盼"仙女娘娘降伏天妖让这里风调雨顺、五谷丰登从而成为粮仓"的美好愿景。

因为身居株洲，仙庾岭我并没有少去，或携家眷，或伴友人。虽多次流连于"山展秀靥，水绕农家，古刹流芳，孝道昭后"（作家侯清麟语）的美景和意境，但总感觉赏得不够透，悟得不够深。此番株洲本土作家曹光辉先生惠赠新作《仙庾岭》，倒让我有了一种旧地重游的兴致。如果这部35万字的小说，能够让我对于仙庾岭有一个更加全面更加清晰更加透彻的认识，那必将是人生的又一大幸事。

作者在"后记"中写道，株洲市荷塘区政府办和文体局作了创作长篇小说《仙庾岭》的决定和安排，众多区领导一致要求该小说创作要与仙庾岭风景点结合起来，为株洲的旅游事业进一步繁荣从宣传上造势出力。对于一个小说家而言，这样的命题要求委实有点"苛刻"，但不能不说，曹光辉的《仙庾岭》又确实做到了。小说采用"书名与景点串联书写的扇面结构"，由若干平行线的脉络展开，撒得开也合得拢，将人物命运、故事情节、历史缘起、景点特色有机地融会到了一起。读小说，嚼历史，游景点，享自然，悟人生，倡美德，似乎都能在这里寻觅到一方胜境。

习近平总书记在多个场合反复强调，要讲好中国故事，传播好中国声音。文学，以故事为内容，同时又是传播声音的适宜载体，在讲好中国故事的文艺工程中必然要发挥其重要的优势和作用。传播中国声音，首先就是要讲好中国故事，这也正是文学创作所擅长的。文学本来就是讲故事的，从古老传说到《诗经》，从唐诗宋词元曲到当代诗歌散文小说戏剧，莫不如此。从某种意义上来说，讲好中国故事，就是要讲好本土故事，要讲好我们自己的故事。《仙庾岭》正是着力讲述株洲本土的故事，同时又是一个与当朝皇帝有着密切关系的故事，是一个充满着传奇色彩的正能量故事。如此定位如此选材，自然也就会早早地在读者心目中留下万般期待。

公元 755 年，安禄山发动兵变，唐玄宗的孙媳妇——苏州美女药师沈珍珠带着两位宫女小红和小兰来到今日株洲荷塘区仙庾岭，带发修行，采药驱瘟，施救苍生，兴建"慈善堂"，设立"诊病房"，为民祈寿，为民造福，因而受到人们的广泛爱戴。这就是小说的主线，也是小说感人化物的根本所在。李慈惠[①]，胸怀博大，医术高明，一心为民着想；小红和小兰，善良朴实，救死扶伤，只顾付出不求回报。正是这三位"仙女"的及时出现，正是她们的仁爱之心和回春妙手，仙庾岭的百姓才从瘟疫笼罩中摆脱出来，避免了一场险些被瘟神斩草除根的危机。

其实，除了这根"三仙女济世苍生"的主线外，小说还有一根容易被读者忽视的线索，那就是仙庾岭百姓的自我拯救。与其说是仙女们拯救了百姓苍生，不如说是百姓们自己拯救了自己。仙庾岭的人们能够度过这场劫难，纵然有李慈惠三仙女的全力救助，但更重要的还是老百姓在三仙女的带领下展开的自救行动。在作者的笔下，仙庾岭的民风是朴实的，百姓是可爱的。除三位外来仙女外，小说刻画了仙庾岭五类"土著"居民：石嫂子、石老倌为一类，胡才、胡蝶、刘寿仁、张三花旦为一类，石砌匠为

---

① 据历代有关资料考证，李慈惠原名沈珍珠，系苏州美女药师，其父沈家仁是当地乡村著名大药师。沈珍珠自小跟父亲学医、集采药、制药和组合穴位带动排毒按摩祖传绝艺于一身。因才貌双全，被送入皇宫成为唐玄宗李隆基孙子李豫之妻，并封为"广平王妃"，深得皇祖和夫君宠爱赞美。因沈珍珠进宫须从夫家姓，故取修行法名李慈惠。公元 755 年，安禄山和史思明合谋造反，李隆基携皇室西逃，李慈惠被安禄山扣留，欲加残害。幸其随身携带有皇祖唐玄宗所赐的"如朕亲临"御牌，李慈惠九死一生出走苏杭，辗转南行，后隐姓埋名隐居于善化东南仙女岭半峰（即今日株洲荷塘区仙庾镇仙庾岭），饮恨出家，带发修行，并捐出金银首饰修庙立塔，重修道观，采药发功、抗疫斗瘟，开荒种粮，施救灾民。

一类，柴大爷为一类，柴秀亦可为一类。通过这五类人，写尽了仙庾岭山民们的人生百态，但最终都落在一个点上——是他们齐心协力拯救了自己也拯救了仙庾岭。

石嫂子、石老倌代表着仙庾岭普通百姓中最广泛的一类，他们老实本分、心地善良，尝尽了人生艰辛但依然保持着一颗乐观的心。被苦难生活压弯了腰，被瘟疫病魔缠住了身，但他们对生活依然充满着期待，力求让生活充满情趣，让爱情、亲情与友情充实心间，懂得感恩更懂得回馈。石嫂子与石老倌原本是青梅竹马的一对，但因为石砌匠卑鄙的横刀夺爱而只能接受不公平的命运，然而他们也并没有完全被传统思想所束缚，该来的该做的终归还是来了还是做了。这是不是山民们的开化尚不敢说，但作为人之常情却也无可厚非，毕竟有着特殊的背景和环境，这也许正是小说作者所要展示的人性（当然这样的展示是不是妥当仍然值得商榷）。

胡才、胡蝶、刘寿仁、张三花旦代表着仙庾岭青年人中比较上进的一类，他们或者有知识，或者有才艺，有追求，他们敢爱敢恨，偶有冲动但很少乱来，偶尔有点小自私但关键时刻又总是能够牺牲小我、顾全大局。他们比较容易接受新生事物，也更容易包容他人，有一颗相对大度的心。从一定意义上来说，他们是仙庾岭充满希望的一代，承担着彻底改变仙庾岭命运的责任。虽然在很多方面他们表现得还比较稚嫩，但成熟和担当必定是迟早的事情。

同样是生于斯长于斯的石砌匠则显得比较另类，他以耍小聪明的方式抢走了好伙伴的心上人，迫使石妹子（后来的石嫂子）与他生米煮成熟饭，尔后又贪图美色和富贵而抛妻弃子，对家境优裕的柴大小姐穷追不舍，面对瘟疫缠身的丁伯没有丝毫的怜悯之心……但即使是这样一个败类型反面人物，最终还是被李慈惠的大爱无私所感化，说明作为山里人的他善良的本性并不曾完全消失。

柴大爷一定不是读者所喜欢的一个人物，但也一定不是大伙特别憎恶的一个。靠正当与非正当手段而发家的他，有钱有地有房，但在很多方面都表现出他的自私，抢人参偷灵芝，占地占水占山林，挖空心思积聚财富，想方设法将女儿捐出去的嫁妆木料偷偷收回，活脱脱一副封建地主老财的模样。不过，柴大爷最终并没有让大伙彻底失望，面对瘟疫再次来袭的灾难，他不但没有执意阻拦女儿对慈善堂的捐助，而且还很大度地捐出了一大袋用于配药救命的珍贵的仙女参。

柴秀，在这群百态人生画像中，她应该是一个刻画得极为成功的人物，虽然她的出场并不是最多的，但每次出场都有"惊艳"，甚至还总能带来一些心灵鸡汤。作为"豪门"柴家的千金大小姐，她主动抛却了一般大小姐常有的矜持与傲慢。她不顾门第差异对胡才产生了爱意并主动"出击"，甚至可以在大庭广众之下把香吻送给他。她不顾父亲反对执意为慈善堂捐献财物，并在救死扶伤之中做出了很多很多贡献……这无疑是一个相当成功的圆形人物，她的出场给了我们悬念，她的表现给了我们惊喜。

李慈惠、小红和小兰"三仙女"是小说的主角，她们为仙庚岭所做出的贡献是不可磨灭的。她们的功绩早已有了历史的评价，无论我们给予多高的赞扬恐怕都不为过。愚以为，《仙庚岭》作者曹光辉的高明之处就在于，他不着痕迹地把株洲人的真、株洲人的善和株洲人的美进行了比较精到的展现。三仙女拯救仙庚岭的苍生百姓确实是功德无量，是英雄中的英模，但仙庚岭的土著居民在与瘟疫恶魔做斗争的过程中同样展现出了他们的英雄本色，这就是今日株洲之所以能够迅速崛起并成为全国文明城市、全国卫生城市、全国园林城市、全国交通模范城市、全国"最具幸福感城市"的根源所在。

株洲是炎黄文化的发祥地之一，以农耕文化、医药文化、工业文化、市场文化、火文化和原始艺术为内核的炎帝文化是株洲的核心文化，敢为人先、艰苦兴业、开拓创新、百折不挠、不畏牺牲、无私奉献的炎帝精神是株洲的根本精神。株洲市委市政府正在带领全市人民沿着习近平总书记指引的正确方向和道路，以"富强、民主、文明、和谐、自由、平等、公正、法制、爱国、敬业、诚信、友善"的社会主义核心价值观为引领，奋力打造株洲发展升级版，以实现让全市人民物质更加富裕、精神更加富有、生活更加幸福的总目标。《仙庚岭》所要传递的也正是这样一种敢于担当、不畏艰辛、奋勇争先、干在实处的火车头精神。

2020年春节前后，一场新型冠状病毒感染的肺炎肆虐在中国并在全球很多国家和地区蔓延，在这样一场抗疫大战中，中国的制度优势、良好的国家治理体系和能力得到了很好的检验，这是世界上其他国家所无法企及的。在这样一场抗疫大战中，中国人民的众志成城表露无遗，中国瑰宝——中医药在治疗新冠肺炎的过程中也发挥了非常重要的作用，这些与《仙庚岭》的故事又是何其的相似。难道是小说作者曹光辉先生有先见之明？当然不是，这是因为伟大的中国人民本来就有这样的优秀禀赋。

"艺术可以放飞想象的翅膀，但一定要脚踩坚实的大地。文艺创作方法有一百条、一千条，但最根本、最关键、最牢靠的办法是扎根人民、扎根生活。应该用现实主义精神和浪漫主义情怀观照现实生活，用光明驱散黑暗，用美善战胜丑恶，让人们看到美好、看到希望、看到梦想就在前方。"①《仙庚岭》的创作，以其深入历史、扎根生活的笔触，用炽热的真情抒写了

---

① 习近平. 坚持以人民为中心的创作导向创作更多无愧于时代的优秀作品 [N]. 人民日报,2014-10-16.

株洲发展中的动人诗篇。"这是一部书写'忠孝圣人'李慈惠之大忠大孝大德大美的传奇小说，又相当于株洲市荷塘区仙庾岭风景区的民俗风情旅游指南，道家、儒家、山光、湖色、采药、制药、行医、抗灾、慈善和感恩等诸多意象贯穿于文本当中，彰显出'忠孝荷塘'独特的人文风情和深厚的文化底蕴。"① 小说中，我们感受到了满满的正能量，真真切切地体悟到了"光明驱散黑暗，美善战胜丑恶"的终极真理。中国梦，是每一个中国人的梦，筑梦，是每一个中国人的责任。老百姓的中国梦，首先就是过上安定、幸福、充满希望的生活。美丽株洲，是株洲人民缔造的，幸福株洲梦，还得靠株洲人民自己来倾情构筑。

三、《椿树堂笔记》：湘潭美，美在简约更美在情韵

曾朝晖先生的厚著《椿树堂笔记》于 2019 年由民主与建设出版社出版，因为迟迟没有发表我的读后心得，曾先生料我已经淡忘这件事情。其实没有淡忘，而是工作一直忙没有抽出时间细品。2020 年春节期间，因新冠肺炎来势汹汹，我宅在家里自我"隔离"，曾先生看准时机，悄悄地微信上问我对他的大作有什么批评意见。既然这个春节，自由时间终于开始垂青于我们这些平日里匆匆忙忙的公务狂了，那么我自然也不能浪费，一直惦挂心上的《椿树堂笔记》终于堂而皇之地占据了我案头电脑旁的一个重要位置。

一卷文章　云山烟雨引人思
楚湘风骨　家国情怀激心魂

---

① 蕳光辉. 仙庾岭 [M]. 北京：新华出版社,2016: 扉页.

内封上两行文字，看似静静地传达着"椿树堂人"曾朝晖先生的心扉冀望，实际上却汹涌着他深切而强烈的家国情怀。"一个人，从湘军老营走来，心应原乡，蚁行不止，为文化的长河，增一滴水。"这就是他出版这部笔记的初衷，是他几十年来醉心笔耕、孜孜以求的真情表达。

文艺创作不是无根之花、无源之水，生活是文艺创作的源泉，这已经是没有任何人会怀疑的命题了。然而，生活只是生活，尽管生活本身就有诗意，但要让生活的诗意成为文学的诗意，那就离不开文学家认真对待生活的态度，离不开"以人民为中心"的情怀。习近平总书记指出，关在象牙塔里不会有持久的文艺灵感和创作激情。我们要走进生活深处，在人民中体悟生活本质、吃透生活底蕴。只有把生活咀嚼透了，完全消化了，才能变成深刻的情节和动人的形象，创作出来的作品才能激荡人心。① 任何一个成功的文艺家，他首先就得是一位生活的有心人，是一位热爱生活之人。

作者笔下的椿树堂，位于湘潭市湘乡西北角，这里"坐雪峰余脉，西四十里许娄底界，北宁乡界四里，东望韶峰七十里，登高南眺褒忠大山二十余里。"在一些人看来，尽管属于各种"交界"之处，但这里并不算很富裕，更谈不上繁华，但在作者的眼中，这里却是人与自然相约相畅相和谐的理想之所在，是让人流连、让人倾慕的生态胜境。"椿树堂耕耘久矣，千载以降炊烟不绝，人勤春早，沃土芬芳。林、塘、田、土错落，气象清润，叠曲开合；此间存古树、古井、古道、古台基，引人遐思。岁岁年年，牛嘶鸡鸣，蛙声阵阵；若清夜观天，可探星象银河，诚天人合一之境地也。而深入品观，涵韵清纯，渗化心灵，则天高地厚，生意发达，感先人功德，

---

① 习近平.习近平在文艺工作座谈会上的讲话[N].人民日报,2015-10-15.

敬意生焉。"在很多人的记忆中，若干年前，这里原本还类似于一个穷乡僻壤，然而物质资料的不富裕并不等于这里的人们一定缺乏幸福感，一个驾着牛车的老农洪亮的嗓门中唱出的幸福感可能比一个开着奔驰车的富商的幸福感还要强。在基本物质生活得到满足的情况下，幸福不幸福那就看我们的欲望几何了。

简单生活，简朴生活，这其实就是对生活的大爱。英国湖畔诗人华兹华斯（William Wordsworth）用诗歌赞美了"简朴地过活"，同时可怜为欲望所累的人们，说他们："虽然很幸运、很富有，/ 心中却不快，脚步却沉重 /……整年里 / 脸上都没有笑意。"浪漫主义生态作家梭罗（Henry David Thoreau）在被誉为"纯正生态读本"的《瓦尔登湖》中反复呼吁："简单，简单，简单吧！……简单些吧，再简单些吧！"他大力提倡，为了活得更简单、更质朴、更快乐，人们在物质生活方面只要满足最基本的需要就可以了，完全没有必要在物质世界中将自己异化成生活的工具。对于那些为了追求不必要的富足而被重负压垮的人，梭罗进行了批评和嘲讽："大多数人，喘息着爬行在生活的道路上，他们被人为的生活忧虑和不必要的艰苦劳作所控制，而不能采摘生活中的美果。……一天又一天，没有一点闲暇来使得自己真正地完善……他没有时间使自己变得不只是一架机器。""看哪，人已经变成他们的工具的工具了。"[1] 梭罗所追求和践行的，其实就是那样一种不为自身的奢华而去随意榨取大自然的生活。

朝晖先生并非反对富足，他也住摩天混凝土高楼，点便捷网约车，坐"蓝天大鸟"，但他始终认为只要做生活的有心人，能够发现生活中点点滴滴的温暖，享受生活中点点滴滴的诗意，那就足以成就一个人简单的幸福。

---

[1] Henry David Thoreau. *Walden* [M]. Princeton: Princeton University Press, 1971, p.153, 8.

一壶土酒，一块腊肉，一碟咸菜，当然最好还有一本什么书，这就是一种很惬意的生活了。《椿树堂笔记》的字里行间，反复洋溢着这种生活的诗意和人生的幸福。正是因为对生活的有心，朝晖先生才能将生活的点点滴滴珍藏在箱底、打包在电脑、烙印在心中。一张有些模糊的黑白老照片、一页泛黄的手稿、一封隐藏错别字的书信，都记录了椿树堂人对于迷之生活的珍视情怀，而一张保存非常完好的 1986 年寒假放学（致家长）通知书则将朝晖先生之于生活的"有心"彰显得淋漓尽致。

以生活之有心成就文学之诗心，这就是"椿树堂人"朝晖先生的可爱可喜可赞之处，也是《椿树堂笔记》深受读者喜爱的一个重要砝码。作者在《写作，风景的背后是什么》一文中对写作的源头有过恰切的感悟："灵魂与激情，想象和透视，毅力与担当，文化记忆及其沉淀都是写作者前进路上不能缺少的精神元素。换句话，火的燃烧，汗水，屐痕，霜寒，压在肩上的担子，社会的褶皱与生活的喧哗，以及夜静山空的澄明观照，都是写作者的心灵之约。风起云涌，泥泞斑驳，一潭清水，穿越迷雾，兴奋点和痛感，写作者的人生字典里应有清晰的释读。"由《椿树堂笔记》不难看到，无论是"人文乡愁"还是"艺苑游历"，也无论是"人物写真"还是"艺术批评"，抑或是"文化交流""求真问道"，每一个板块每一个栏目都可以让我们感觉到浓浓的生活味、厚厚的生活情。"故乡的文化传统、故乡的山水亲情，故乡师友间传承切磋的道义情怀，都沉淀在我的记忆深处，融会在我创作的激情之中。故乡是我生命和文化的起点，在前进拼搏的路上不断给我力量；我血脉里搏动的是她早已注入生命的基因。"朝晖先生早已离开椿树堂到毗邻城市株洲工作和生活，但他对自己的故乡——湘乡是如此的眷恋，很大程度上是源于他对大自然的向往，源于他对生活的热爱对儿时故土的迷恋，源于他浓烈的家乡文化情结。再没有比热爱生活更容易激发起文艺家的创作欲望了，这句话诚然不假。

"感人心者，莫先乎情，莫始乎言，莫切乎声，莫深乎义。"白居易《与元九书》一语道破天机：文章要能产生感染力，首当其冲的就是要展真情、发真声。前已述及，以热爱生活为基础，椿树堂人曾朝晖满心充溢着浓浓的故乡情、师友情，然而，单单有真情恐怕还不足以成就一个文人的气质，更不足以成就一个文人的能量。习近平总书记对于文艺工作者"传递正能量"寄予很高的期望，他强调，文化文艺工作者和哲学社会科学工作者"都肩负着启迪思想、陶冶情操、温润心灵的重要职责，承担着以文化人、以文育人、以文培元的使命。大家理应以高远志向、良好品德、高尚情操为社会作出表率。要有信仰、有情怀、有担当，树立高远的理想追求和深沉的家国情怀，努力做对国家、对民族、对人民有贡献的艺术家和学问家"①。

心存使命意识与担当精神的曾朝晖，深知中华优秀传统文化是自己文化行旅的根脉所在。"月是故乡明。中国的人心，还是要靠中华优秀传统文化的魅力去召唤和凝聚。如何进一步凝聚海内外中华儿女的灵魂，可以商量探讨，无疑需要加强我们的价值观建设；减少中西文化交流赤字，也需要我们从家庭起步多做文化建设和传播的工作。"他家国之情郁积，始终怀有一种强烈的文化自信，认为有着几千年传统文化积淀的中华民族文化璀璨，孕育着实现中华民族伟大复兴的强大根基。"一只候鸟，回家的路哪怕三千里、一万里，风再大、雨再急，也要飞回家去；一路上就算电闪雷鸣，

---

① 习近平在看望参加政协会议的文艺界社科界委员时强调：坚定文化自信把握时代脉搏聆听时代声音 坚持以精品奉献人民用明德引领风尚 [N]. 人民日报 ,2019-03-05.

前方休息处即使布下捕鸟的网，撒下诱惑的食饵，也在所不惜，一定要回家，要还巢。"热爱中华民族的拳拳家国情毕现于字里行间，这恐怕还不只是一个简单的文化自信问题，同时还是道路自信、理论自信、制度自信的深刻体现。"既如此，心中有根有家的中国人更是不能忘却根本，要珍惜呵护我们的文化根脉，呵护家园山水，爱乡爱国。我今纵情歌一曲：鸟翔千里还巢路，槐香一树故园情。愿闻和鸣，愿得共振。"无论我们是中国大陆公民，还是中国港澳台公民，我们的文化根脉都是一致的，我们没有理由不为中华民族的繁荣昌盛做出自己应有的贡献。

文艺工作者，最幸福的一件事情，应该莫过于自己的作品被人欣赏，而且在引领人们积极健康向上方面发挥了作用，在推动经济社会文化发展方面做出了有益的贡献。习总书记说，"文艺创作如果只是单纯记述现状、原始展示丑恶，而没有对光明的歌颂、对理想的抒发、对道德的引导，就不能鼓舞人民前进。应该用现实主义精神和浪漫主义情怀观照现实生活，用光明驱散黑暗，用美善战胜丑恶，让人们看到美好、看到希望、看到梦想就在前方"①。在传递正能量方面，椿树堂人应该说是做到了毫不含糊，他的作品，每一件都素净而不失高雅，他的情怀，每一字都绝不颓废。他认为，好故事是文化的珍珠，它因内涵而珍贵。"故事何以流传？它被人深深记住，只因意蕴难忘。故事是已经发生了的和人的精神、道德、价值旨归与历史变化有关联的事情。好故事负载了人们公认的精神意义，道德价值和文化传承的珍贵颗粒，它包含了值得记取的正能量，或者值得人们反思引以为鉴的负面教训。"《一位犁过田打过炮站得稳的老干部》叙写株洲龙潭山区走出来的谭天佑，这是一个犁过田，入过伍，做过乡党委书记，

---

① 习近平．习近平在文艺工作座谈会上的讲话 [N]．人民日报,2015-10- 15.

担任过高速公路建设指挥部指挥长的同志，无论在哪一个岗位上，这位小伙子、年轻人、中年干部、老同志都能做到一身正气两袖清风。"株洲县湘渌江河堤建设有前后三位指挥长，湖南省境内湘耒高速建设同期有七个县区指挥长，这些人只有谭天佑一直站立不倒，其他八位指挥长经不住利益的诱惑、在重磅糖衣炮弹的袭击下都倒下去了，成为阶下囚。"也许是山区人家纯朴的民风及长期工作经历的熏陶造就了这位屹立不倒的谭指挥长，但我们更相信是他自身的境界让他拒绝同流合污。"谭天佑额头上的皱纹，不是坐办公室里熬出来的，那是风霜磨砺的结果。他七十岁了，总结自己为人为官做事创业的四字诀是'德、真、实、廉'，即为人有德，待人以真，干事要实，当官要廉。我望着谭老馆闪亮的眼睛，和他干了两杯劲酒，我明白这是他精神闪耀人生事业站得稳的真章所在。"

即便是一位普通得不能再普通的乡亲，朝晖先生也要将其质朴地刻画一番。"乡翁贺喜求者，年八十，负薪挑水，一人耕食，屡历大悲而不倒，人咸悲其所悲。然耋翁衰不怜乞，争于天命，自助助人，风骨卓然。""翁敦诚拙实，奉公守法，劳作争先，和睦邻里，性达观，与人语朗声有机趣。囊昔，逐溪田数十里，宿棚放鸭；尝赴赣西伐木锯料；或乡中耕种，龙城超市助力，数十载风雨无阻，勉力不歇。又兼乡厨酿酒事，助人为乐，终年勤朴也。"这是《硬汉吟》中描写的一位乡民，能够入《椿树堂笔记》，恐怕也是众多乡民中颇具代表性的一位，虽其质朴却见本色，虽其平凡却传能量。"文化文艺工作者要走进实践深处，观照人民生活，表达人民心声，用心用情用功抒写人民、描绘人民、歌唱人民。""要始终把人民的冷暖、人民的幸福放在心中，把人民的喜怒哀乐倾注在自己的笔端，讴歌奋斗人生，刻画最美人物，坚定人们对美好生活的憧憬和信心。"① 在践行习总书记对文艺创作的要求上，朝晖先生做到了，而且做得还不赖。

"没有质量的时光容易滑过，增加内涵化育气质的阅读不可少。"这是椿树堂人曾朝晖先生众多"教科书式座右铭"中的一铭。坚持阅读，一来可以高雅地休闲，二来可以增长见识，三来可以化育气质，四来可以提升鉴赏能力，五来可以充实交际话题的素材，六来可以让批判变得更加儒雅，七来，假如你是一个文艺创作者，那么你还可以借此提升你的创作能力和水平。当然，这些都是建立在优秀文艺作品阅读的基础之上的。习近平总书记语重心长地告诫我们，"文艺要赢得人民认可，花拳绣腿不行，投机取巧不行，沽名钓誉不行，自我炒作不行，'大花轿，人抬人'也不行。……能不能搞出优秀作品，最根本的决定于是否能为人民抒写、为人民抒情、为人民抒怀。"② 为人民抒写，就需要我们虚心向大自然学习、向人民学习、向生活学习，扎实地进行生活和艺术积累，将人民的创造，将人民的冷暖，将人民的希冀，将人民情怀，将人民的故事，连同大自然的神奇，化为人民需要的、喜欢的好作品。"文艺工作者要想有成就，就必须自觉与人民同呼吸、共命运、心连心，欢乐着人民的欢乐，忧患着人民的忧患，做人民的孺子牛。这是唯一正确的道路，也是作家艺术家最大的幸福。"③ 欢乐着人民的欢乐，忧患着人民的忧患，自然生态、社会生态与精神生态交相辉映，朝晖先生的《椿树堂笔记》在这方面已经做得比较成功，当然，他还可以做得更好。

① 习近平在看望参加政协会议的文艺界社科界委员时强调：坚定文化自信把握时代脉搏聆听时代声音 坚持以精品奉献人民用明德引领风尚 [N]. 人民日报 ,2019-03-05.

② 习近平 . 习近平在文艺工作座谈会上的讲话 [N]. 人民日报 ,2015-10- 15.

③ 习近平在看望参加政协会议的文艺界社科界委员时强调：坚定文化自信把握时代脉搏聆听时代声音 坚持以精品奉献人民用明德引领风尚 [N]. 人民日报 ,2019-03-05.

参考文献

[1] 习近平谈治国理政 (第 2 卷)[M]. 北京 : 外文出版社 ,2017.

[2] 中共中央关于完善社会主义市场经济体制若干问题的决定 [M]. 北京 : 人民出版社 ,2003.

[3] 中共中央宣传部编 . 习近平新时代中国特色社会主义思想学习纲要 [M]. 北京 : 学习出版社 , 人民出版社 ,2019.

[4] 中共中央宣传部编 . 习近平总书记系列重要讲话读本 [M]. 北京 : 学习出版社 , 人民出版社 ,2016.

[5] 马克思恩格斯选集 (第 3、4 卷)[M]. 北京 : 人民出版社 ,1995.

[6] 马克思恩格斯全集 (第 42 卷)[M]. 北京 : 人民出版社 ,1979.

[7] 马克思恩格斯选集 (第 44 卷)[M]. 北京 : 人民出版社 ,2001.

[8][元] 陈澔注 . 礼记· 月令 [M]. 上海 : 上海古籍出版社 ,1987.

[9][晋] 王弼 . 诸子集成 (三)· 老子注· 道德经上 [M]. 北京 : 中华书局 ,1954.

[10][清] 王先谦 . 荀子集解· 王制 [A]. 诸子集成 (二)[C]. 北京 : 中华书局 ,1954.

[11][清] 王先谦 . 诸子集成 (三)· 庄子集解· 山木 [M]. 北京 : 中华书局 ,1954.

[12] 陈晓明 . 无法终结的现代性 [M]. 北京 : 北京大学出版社 ,2018.

[13] 傅修延 . 中国叙事学 [M]. 北京 : 北京大学出版社 ,2016.

[14] 高彩霞 . 生态文学作品导读 [M]. 北京 : 中国环境科学出版社 ,2006.

[15] 黄轶 . 中国当代小说的生态批判 [M]. 北京 : 北京大学出版社 ,2014.

[16] 雷鸣 . 危机寻根 : 现代性反思的潜性主调——中国当代生态小说研究 [M]. 济南 : 山东文艺出版社 ,2009.

[17] 刘文良 . 范畴与方法 : 生态批评论 [M]. 北京 : 人民出版社 ,2009.

[18] 刘再复 . 李泽厚美学概论 [M]. 北京 : 三联书店 ,2009.

[19] 龙其林 . 生态中国 : 文学呈现与跨文化研究 [M]. 北京 : 北京大学出版社 ,2019.

[20] 鲁枢元 . 生态文艺学 [M]. 西安 : 陕西人民教育出版社 ,2000.

[21] 佴荣本 . 文艺美学范畴研究——论悲剧与喜剧 [M]. 南京 : 南京大学出版社 ,2002.

[22] 南宫梅芳 , 魏文文学里的生态——英美生态文学赏读 [M]. 北京 : 北京大学出版社 ,2015.

[23] 王诺 . 欧美生态文学 [M]. 北京 : 北京大学出版社 ,2003.

[24] 王诺 . 生态批评与生态思想 [M]. 北京 : 人民出版社 ,2010.

[25] 王全根 . 儿童文学的审美指令 [M]. 武汉 : 湖北少年儿童出版社 ,1989.

[26] 汪树东 . 天人合一与当代生态文学 [M]. 广州 : 广东高等教育出版社 ,2018.

[27] 韦清琦 , 李家銮 . 生态女性主义 [M]. 北京 : 外语教学与研究出版社 ,2019.

[28] 谢廷秋 . 寻找诗意的家园：贵州生态文学研究 [M]. 北京：社会科学文献出版社 ,2018.

[29] 徐恒醇 . 生态美学 [M]. 西安：陕西人民教育出版社 ,2000.

[30] 姚文放 . 当代审美文化批判 [M]. 济南：山东文艺出版社 ,1999.

[31] 叶朗 . 美学原理 [M]. 北京：北京大学出版社 ,2009.

[32] 余谋昌 . 生态哲学 [M]. 西安：陕西人民教育出版社 ,2000.

[33] 乐黛云 . 跨文化对话 (第 2 期)[M]. 上海：上海文化出版社 ,1999.

[34] 曾永成 . 文艺的绿色之思 [M]. 北京：人民文学出版社 ,2000.

[35] 詹福瑞 . 自然、生命与文学 [M]. 北京：人民出版社 ,2018.

[36] 张炯 . 文学透视学 [M]. 北京：中国社会科学出版社 ,2015.

[37] 张云飞 . 天人合一：儒学与生态环境 [M]. 成都：四川人民出版社 ,1995.

[38] 周宪 . 文化间的理论旅行：比较文学与跨文化研究论集 [M]. 南京：译林出版社 ,2017.

[39] 朱立元 . 后现代主义文学理论思潮论稿 [M]. 上海：上海人民出版社 ,2015.

[40][法] 阿尔贝特· 史怀泽 . 敬畏生命 [M].[德] 汉斯· 瓦尔特· 贝尔编 , 陈泽环译 . 上海：上海社会科学院出版社 ,1995.

[41][美] 艾凯 . 世界范围内的反现代化思潮 [M]. 贵阳：贵州人民出版社 ,1991.

[42][法] 埃德加· 莫兰 . 复杂思想：自觉的学科 [M]. 陈一壮译 . 北京：北京大学出版社 ,2001.

[43][俄] 巴赫金 . 巴赫金全集 (第五卷)· 陀思妥耶夫斯基诗学问

题 [M]. 白春仁 , 顾亚铃译 . 石家庄 : 河北教育出版社 ,1998.

[44][美] 波林· 罗斯诺 . 后现代主义与社会科学 [M]. 张国清译 . 上海 : 上海译文出版社 ,1998.

[45][美] 布伊尔 . 环境批评的未来 : 环境危机与文学想象 [M]. 刘蓓译 . 北京 : 北京大学出版社 ,2010.

[46][美] 大卫· 雷· 格里芬 . 后现代精神 [M]. 王成兵译 . 北京 : 中央编译出版社 ,1998.

[47][美] 大卫· 雷· 格里芬 . 怀特海的另类后现代哲学 [M]. 周邦宪译 . 北京 : 北京大学出版社 ,2013.

[48][美]E· 拉兹洛 . 人类的内在限度 [M]. 黄觉 , 闵家胤译 . 北京 : 社会科学文献出版社 ,2004.

[49][德] 弗里德里希· 威廉· 尼采 . 偶像的黄昏 [M]. 长沙 : 湖南人民出版社 ,1987:58-59.

[50][德] 冈特· 绍伊博尔德 . 海德格尔分析新时代的科技 [M]. 宋祖良译 . 北京 : 中国社会科学出版社 ,1993.

[51][美] 亨利· 戴维· 梭罗 . 瓦尔登湖 [M]. 徐迟译 . 上海 : 上海译文出版社 ,1993.

[52][美] 蕾切尔· 卡逊 . 寂静的春天 [M]. 吕瑞兰等译 . 长春 : 吉林人民出版社 ,1997.

[53][美] 麦金太尔 . 德性之后 [M]. 龚群等译 . 北京 : 中国社会科学出版社 ,1995.

[54][捷] 米兰· 昆德拉 . 小说的智慧 [M]. 长春 : 时代文艺出版社 ,1992.

[55][英] 珀西· 卢伯克 . 小说美学经典三种· 小说技巧 [M]. 方土人等

译 . 上海 : 上海译文出版社 ,1990.

[56][美] 唐纳德· 沃斯特 . 自然的经济体系 : 生态思想史 [M]. 侯文惠译 . 北京 : 商务印书馆 ,1999.

[57][美] 威廉· 怀特 . 小城市空间的社会生活 [M]. 叶齐茂 , 倪晓晖译 . 上海 : 上海译文出版社 ,2016.

[58][美] 约翰· 缪尔 . 我们的国家公园 [M]. 郭名惊译 . 长春 : 吉林人民出版社 ,1999.

[59] 艾斐 . 讲好中国故事与文学语境选择 [J]. 创作与评论 ,2015(4).

[60] 陈菲 , 龙其林 . 生态灾难与中国当代生态文学选本的编选 [J]. 湘潭大学学报 (哲学社会科学版),2020(3).

[61] 陈应松 . 我选择回到森林——长篇小说《森林沉默》创作谈 [J]. 长篇小说选刊 ,2019(4).

[62] 陈晓明 . 人欲与环境——评哲夫的《天猎》[J]. 新闻出版交流 ,1995(1).

[63] 崔昕平 . 拂拭心灵之窗，重谙敬畏与尊重——评董宏猷生态文学力作《鬼娃子》[J]. 出版广角 ,2018(22).

[64] 代迅 . 英美生态批评的三个关键问题 [J]. 学术月刊 ,2015(11).

[65] 党圣元 . 新世纪中国生态批评与生态美学的发展及其问题域 [J]. 中国社会科学院研究生院学报 ,2010(3).

[66] 丁晓原 . 论"全媒体"时代的中国报告文学转型 [J]. 文学评论 ,2020(1).

[67] 董雪 . 关于生态文学的思考——由《困豹》说开去 [J]. 中国石油大

学学报 (社会科学版),2009(1).

[68] 方军 , 陈听 . 论生态文学 [J]. 中南民族大学学报 (人文社会科学版),2003(2).

[69] 方世南 . 生态现代化与和谐社会的构建 [J]. 学术研究 ,2005(3)

[70] 盖光 . 生态文学 : 人类和谐生存的精神祈望 [J]. 鄱阳湖学刊 ,2019(1).

[71] 高春民 . 社会化反思 : 生态文学创作的潜在主题 [J]. 江汉论坛 ,2019(3).

[72] 贺绍俊 .《云中记》《森林沉默》的生态文学启示 [J]. 中国当代文学研究 ,2020(3).

[73] 胡亚敏 . 论当今文学批评的功能 [J]. 社会科学辑刊 ,2005(6).

[74] 胡志红 . 崇高、自然、种族 : 崇高美学范畴的生态困局、重构及其意义——少数族裔生态批评视野 [J]. 外语与外语教学 ,2020(2).

[75] 蒋栋元 . 神、人、兽、魔——美国小说中的替罪羊形象 [J]. 武汉理工大学学报 (社会科学版),2013(3).

[76] 柯汉琳 . 丑的哲学思考 [J]. 文艺研究 ,1994(3).

[77] 雷鸣 . 论中国当代生态小说的阐释路径 [J]. 学术界 ,2020(6).

[78] 李浩 . 论中国艺术史上的审丑意识 [J]. 人文杂志 ,1990(6).

[79] 李群 . 论郭雪波的 "沙漠小说" 与民族生态文学的建构 [J]. 民族文学研究 ,2019(5).

[80] 李西建 . 中国文学需要什么 [J]. 小说评论 ,1995(5).

[81] 李云雷 . 如何讲述新的中国故事——当代中国文学的新主题与新趋势 [J]. 文学评论 ,2014(3)

[82] 刘蓓 . 生态批评 : 寻求人类 "内部自然" 的 "回归" [J]. 成都大学

学报 (社科版),2003(2).

[83] 刘娜 , 程相占 . 生态批评中的环境公正视角 [J]. 东岳论丛 ,2018(11).

[84] 刘晓飞 . 作家· 生态· 文学——新世纪生态文学创作中的三个问题 [J]. 文艺争鸣 ,2010(23).

[85] 廖增湖 . 贾平凹访谈录——关于《怀念狼》[J]. 当代作家评论 ,2000(4).

[86] 龙其林 . 非人类中心膜拜、生态批评泛化及思想主题癖——对当前国内生态文学研究中常见问题的批评 [J]. 青海社会科学 ,2018(4).

[87] 路春莲 , 刘鋆 . 论生态文学的主题 [J]. 名作欣赏 ,2011(5).

[88] 罗宗宇 . 对生态危机的艺术报告——新时期以来的生态报告文学简论 [J]. 文艺理论与批评 ,2002(6).

[89] 梅真 . 论华海的生态诗 [J]. 江苏大学学报 (社会科学版),2008(2).

[90] 南文渊 . 青藏高原藏区可持续发展的新思路 [J]. 青海民族学院学报 (社科版),2002(2).

[91] 吕世荣 . 马克思自然观的当代价值 [J]. 河南大学学报 (社会科学版),2004(2).

[92] 欧阳澜 , 汪树东 . 传统生态智慧在当代生态文学中的赓续 [J]. 华中科技大学学报 (社会科学版),2018(5).

[93] 邱夕海 , 陈俊明 . 从科技异化到科技人化——西方后现代主义对科技的伦理反思与道德重塑 [J]. 南京林业大学学报 (人文社会科学版),2001(2).

[94] 邵薇 , 袁丹 . 试论中国生态小说中的赋魅失当问题 [J]. 鄱阳湖学刊 ,2018(5).

[95] 沈勇 . 精神生态与伦理规范 [J]. 广西教育学院学报 ,2005(2).

[96] 宋俊宏 . 张树铎西部的忧思——生态文学视域下解读雪漠长篇小说《猎原》[J]. 河西学院学报 ,2014(1).

[97] 隋丽 . 中国生态文学的症候式分析 [J]. 沈阳师范大学学报 (社会科学版),2009(2).

[98] 谭仲池 . 中国故事的情理和诗性表达 [J]. 创作与评论 ,2013(22).

[99] 王景全 . 休闲：人与自然和谐之道 [J]. 中州学刊 ,2007(1).

[100] 王光东 , 丁琪 . 新世纪以来中国生态小说的价值 [J]. 中国社会科学 ,2020(1).

[101] 王宁 . 当代生态批评的"动物转向"[J]. 外国文学研究 ,2020(1).

[102] 王佩玉 , 王建华 . 国内外生态文学研究的可视化图谱分析 [J]. 外国语文 ,2018(4).

[103] 王先霈 . 中国古代文学中的"绿色"观念 [J]. 文学评论 ,1996(6).

[104] 王晓华 . 后现代主义话语谱系中的生态批评 [J]. 文艺理论研究 ,2007(1).

[105] 韦清琦 , 李家銮 . 生态女性主义——作为交叠性研究思想的范例 [J]. 外语与外语教学 ,2020(2).

[106] 伍艳红 , 周平学 . 伦理学视野下的生态文学书写 [J]. 天津师范大学学报 (社会科学版),2018(5).

[107] 吴长青 , 周琛 . 生态视野下 < 边城 >"水意象"的乡土情结 [J]. 名作欣赏 ,2016(9).

[108] 吴景明 . 新世纪社会转型与底层写作、生态文学的兴起 [J]. 当代文坛 ,2015(1).

[109] 吴秀明,陈力君.论生态文学视野中的狼文化现象 [J].中山大学学报 (社会科学版),2008(1).

[110] 向玉乔.论环境文学中的生态伦理思想 [J].湖南师范大学社会科学学报 ,2000(5).

[111] 肖鹰.当代审美文化的反美学本质 [J].中国青年研究 ,1996(1).

[112] 闫建华.当代美国生态诗歌的"审丑"转向 [J].当代外国文学 ,2009(3).

[113] 闫建华等.当代生态诗歌:科学与诗对话的新空间 [J].西北师大学报 (社会科学版),2009(2).

[114] 杨经建,周圆圆.独树一帜的生态文学创作——评韩少功《山南水北》[J].湖南工业大学学报 (社会科学版),2009(1).

[115] 杨立学.中西方生态美学与生态文学的不同路径 [J].江西社会科学 ,2017(11).

[116] 于国华.生态文学的典范:阿来的"山珍三部"[J].东北师大学报 (哲学社会科学版),2017(4).

[117] 喻超.自然伤怀与现实省思——评迟子建《候鸟的勇敢》[J].文艺评论 ,2019(6).

[118] 张晗.生态批评的时代责任与话语资源 [J].三峡大学学报 (人文社会科学版),2004(4).

[119] 张贺楠.儿童视角与新世纪生态小说的时间叙事 [J].当代作家评论 ,2015(3).

[120] 张慧荣.21 世纪生态批评理论的多元互补 [J].湖南科技大学学报 (社会科学版),2019(1).

[121] 周仕凭 . 生态文学就是生存文学——专访山西省作协副主席哲夫 [J]. 环境教育 ,2020(4).

[122] 周杰林 . 试论环境文学及其反馈作用 [J]. 河南师范大学学报 (哲社版),1998(5).

[123] 周文彰 . 科学发展观视野中的文化建设 [J]. 求是 ,2004(21).

[124] 朱新福 . 从《林中之雨》看美国当代诗人 W.S. 默温的生态诗学思想 [J]. 当代外国文学 ,2005(1).

[125] 习近平 . 在文艺工作座谈会上的讲话 [N]. 人民日报 ,2015-10-15.

[126] 习近平 . 坚持以人民为中心的创作导向创作更多无愧于时代的优秀作品 [N]. 人民日报 ,2014-10-16.

[127] 习近平 . 决胜全面建成小康社会 夺取新时代中国特色社会主义伟大胜利——在中国共产党第十九次全国代表大会上的报告 [N]. 人民日报 ,2017-10-28.

[128] 认真落实科学发展观的要求 切实做好人口资源环境工作 [N]. 人民日报 ,2004-3-11.

[129] 推动媒体融合向纵深发展 巩固全党全国人民共同思想基础 [N]. 人民日报 ,2019-1-26.

[130] 曹志娟 . 文学批评界为何冷落生态文学创作 [N]. 中国绿色时报 ,2008-4-11.

[131] 陈丙杰 . 探索生态文学的现代性内涵 [N]. 文艺报 ,2018-9-12.

[132] 付小悦 . 让生态与人心都变美——对话生态文学作家李青松 [N]. 光明日报 ,2017-9-24.

[133] 傅小平 . 生态文学：如何走出有生态无文学的窘境？ [N]. 文学报 ,2017-3-16.

[134] 高娟 . 生态文学需要知性书写 [N]. 人民日报 ,2012-7-24.

[135] 高旭国 . 谈生态文学的使命与魅力 [N]. 光明日报 ,2014-3-17.

[136] 胡军 . 生态文学首先应是审美的 [N]. 文艺报 ,2007-8-25.

[137] 姜桂华 . 生态文学大有可为 [N]. 人民日报 ,2004-6-29.

[138] 姜桂华 .《欧美生态文学》读后 [N]. 光明日报 ,2004-06-23.

[139] 雷达 . 当前文学创作症候分析 [N]. 光明日报 ,2006-7-15.

[140] 雷鸣 . 中国生态文学的生态 [N]. 中国教育报 ,2010-8-29.

[141] 雷鸣,李晓彩 . 中国生态文学亟须走出价值观的混沌 [N]. 河北日报 , 2010-3-12.

[142] 李炳银 . 生态文学续思 [N]. 文艺报 ,2020-8-24.

[143] 李青松 . 新时代生态文学的使命和责任 [N]. 中国艺术报 ,2017-10-27.

[144] 刘金祥 . 以中国文学方式讲述中国故事 [N]. 文艺报 ,2014-6-13.

[145] 马金龙 . 叶广芩：让生态小说具有深刻的文化意蕴 [N]. 中国民族报 ,2018-5-25.

[146] 孟繁华 . 写出人类情感深处的善与爱：关于文学"情义危机"的再思考 [N]. 光明日报 ,2019-03-27.

[147] 彭江虹 . 生态文学伦理的"要"与"不要"[N]. 光明日报 ,2012-5-15.

[148] 钱志富 . 用生态文学的写作唤起人们的生态意识 [N]. 文艺报 ,2008-3-8.

[149] 饶翔 . 山水草木万类万物皆我亲朋——生态文学作家徐刚的自然行旅 [N]. 光明日报 ,2017-9-24.

[150] 王迅 . 当代生态小说如何表达责任担当 [N]. 中国艺术报 ,2019-5-20.

[151] 于文秀 . 生态文明时代的文化精神 [N]. 光明日报 .2006-11-27.

[152] 俞吾金 . 问题意识：创新的内在动力 [N]. 浙江日报 ,2007-6-18.

[153] 张田勤 . 动物福利事关人类福祉：媒体吁请善待动物 [N]. 中国妇女报 ,2004-2-15.

[154]Carol B.Gartner. *Rachel Carson*[M]. Frederick Ungar Publishing, New York.1983.

[155]Cheryll Glotfelty & Harold Fromm. *The Ecocriticism Reader: Landmarks in Literary Ecology*[M]. The University of Georgia Press,1996.

[156]Coetzee,J.M. *The Lives of Animals*[M]. Princeton: Princeton University Press,1999.

[157]Gary Snyder. *No Nature: New and Selected Poems*[M]. New York: Pantheon Books, 1993.

[158]Karla Armbrusteran Kathleen R. Wallace. *Beyond Nature Writing: Expanding the Boundaries of Ecocriticism*[M]. University Press of Virginia,2001.

[159]Laurence Coupe. T*he Green Studies Reader: From Romanticism to Ecocriticism*[M]. London and New York: Routledge,2000.

[160]LIU Wenliang, Hu Yue, MA Xianghui. Mutual Reference and

Integration of Ecological Documentaries and Ecological Feature Films[J]. *Argos*,2018(70).

[161]Henry David Thoreau. *Walden*[M]. Princeton: Princeton University Press, 1971.

[162]Miller James E.Jr.ed. Heritage of American Literature: Beginnings *to the Civil War Vol*[M]. SanDiego: Harcourt Brace Jovanovich,Inc,1991.

[163]Philip Sterling. *Sea and Earth: The Life of Rachel Carson*[M]. New York: Thomas Y.Crowel Compang,1970.

[164]Richard Kerridge & Neil Sammells. *Writing the Environment: Ecocriticism and Literature*[M]. London and NewYork: Zed Books Ltd,1995.

[165]Stevena Wallace. *The Collected Poems of Wallace Stevens*[M]. New York: Vintage Books,1954.

后　记

　　大约 16 年前，我正式从学术上接触"生态"这一概念，从而开启了"生态＋"的学术研究生涯。生态批评理论研究，生态文学研究，生态影视研究，生态设计艺术研究，一步一个脚印地走过来，相互独立又彼此交融，共同构筑了我的"生态"研究体系。我博士论文的选题是"生态批评的范畴与方法研究"，博士后研究报告的选题是"后现代语境下的生态文艺研究"；我主持的第一个国家社科基金项目是"后现代语境下的生态设计艺术研究"，第一个教育部人文社科基金项目是"和谐文化视域中的生态批评研究"；我获得的教育部第八届高等学校科学研究优秀成果奖（人文社会科学）二等奖作品是《后现代语境下的生态设计艺术》，获得的湖南省社会科学优秀成果二等奖作品是《范畴与方法：生态批评论》，获得的湖南省社会科学优秀成果三等奖作品是《生态影视发展的困境与对策》。正是"生态＋"让我的学术视野得到了不断拓展，也正是"生态＋"让我的学术境界实现了升华。

　　神圣的使命担当，要以"讲品位、讲格调、讲责任"作为文艺创作的基本准绳，创作出"思想精深、艺术精湛、制作精良"的文学艺术作品。"讲好中国故事，传播好中国声音"，不仅要求我们创作出经得起时代检验的优秀文艺作品，还要求我们营造良好的文艺阅赏氛围。优秀文艺作品要在更广泛的层面上产生更深刻的影响，也离不开负责任、有担当的文艺批评。十多年来，我对生态文艺始终保持着高度关注的热情，这既包括生态文学，也包括生态影视，甚至还包括一部分生态设计艺术。我的想法很简单，也就是尽自己的微薄之力，探索生态文艺创作及鉴赏的规律，揭示其存在的某些问题并寻求应对之策，为生态文艺创作与传播做出一点小贡献。

感谢株洲市文联和文艺评论协会的大力支持，感谢九州出版社的精心编审，感谢为拙著顺利出版付出辛勤劳动的所有人！

刘文良

2020 年 10 月 20 日